日本現代兒童文學

宮川健郎　著
黃家琦　譯

三民書局

現代児童文学の語るもの(Gendai Jido Bungaku no Katarumono)
Original Japanese language edition published by
NHK Publishing (Japan Broadcast Publishing Co., Ltd.), Tokyo

目次

書單

有關引用文

書中除註明出處者除外，其餘引用文均摘錄自該作品首次發行的單行本。日語漢字的注音假名大多省略，不過也有新增的地方。引用的文獻，字體、假名如為舊式標記，均改為新標記。另外，評論、論文等參考文獻的標題，除重要用法，一律省略副標題。

前言　短褲與兒童文學
——何謂兒童文學

短褲下襬的一抹「天空藍」

本書是關於日本現代兒童文學作品論述的一本書。不過，在進入正題之前，我想先從1920年代一名匈牙利作家的作品談起，也就是巴拉吉・貝拉(Balázs Béla)所寫的《真正的天空藍》（1925年）。

《真正的天空藍》是名叫做費魯哥的貧窮洗衣店男孩的故事。父親已經去世，店裡由母親一手張羅。

費魯哥向有錢人家的孩子——屈魯借來的藍色顏料，由於被老鼠偷吃掉了，不知如何是好的費魯哥於是來到城外的原野，摘下一種藍色的大花，擠出花的汁液做成藍色顏料。那種藍色的花，聽說只有在正午鐘響時才會綻開，而且時間只有短短一分鐘，花的名字就叫做「真正的天空藍」。

用這種花液做的顏料所畫出來的天空，就和真正的天空一樣，在太陽西下時，天色會漸漸變暗，星星也會出現，一閃一閃地閃爍著。有時天空打雷，還會將畫紙燒起來呢！就這樣，因為這個不可思議的顏料，費魯哥經歷了許多不可思議的事件與冒險。然而，顏料終有用完的一天，故事也漸漸進入尾聲。最後，費魯哥手中的「真正的天空藍」，就只剩下有次他不小心沾到短褲下襬的一抹顏料。不過，雖然只是一小塊，卻仍然是一片不折不扣的天空，那裡一樣會下雨，有時還會把褲子淋得濕濕的。由於這是費魯哥最後僅剩的「真正的天空藍」，所以他非常寶貝這條短褲，即使褲子穿起來變小了，他還是捨不得丟掉。

「過了三年，費魯哥成了全班唯一還穿著短褲的人。這時費魯哥已經長高許多，大家總愛拿這件事笑他，但是費魯哥一點也不在意，反正至少還有朱娣會陪他一起散步。費魯哥怎麼也不願丟棄這條小孩穿的短褲，其中當然有他的原因……。」

終於有一天，費魯哥的女友朱娣也開始對他的短褲有意見。因為她受不了她的朋友嘲笑費魯哥的短褲看起來很怪異。

「早安，費魯哥。」朱娣眼睛看著地上，有點不好意思的說。

「早啊！」費魯哥回答。

「費魯哥，」朱娣眼睛還是看著地上，「你很早以前不是說過你媽媽替你買了條新長褲，現在你都已經是個大人了，不要再一天到晚穿著這種小孩穿的短褲四處晃了！我拜託你以後不要再穿這條短褲了，還是換穿長褲吧！」

「可是這樣一來，我不就再也看不到那片天空了嗎?」費魯哥語帶悲傷地說。

「但是我的請求可是認真的喔！你以後如果還想和我一起散步，就要聽我的！如果你堅持要穿小孩子的短褲，我以後就

不要和你走在一起了。」朱娣張著藍色的大眼睛，堅定地看著費魯哥。費魯哥望著她的眼睛，不知怎麼地，竟覺得自己彷彿看到了另一片「真正的天空藍」。

那是比短褲上沾染到的那一小片天空，看起來更美麗的天空藍。

「那好吧！」費魯哥說完就跑回家了。

就在那個星期天的下午，費魯哥第一次穿上長褲，和孩提時代那條短褲永遠地告別了。

《真正的天空藍》是篇幻想故事，描寫的是奇異的顏料「真正的天空藍」與少年的現實生活產生的互動。作品的尾聲是描述故事主角成長的瞬間。當費魯哥換下短褲，也代表著他和孩提時代告別。短褲，在此正象徵著孩提時代。

兒童服裝的誕生

菲力普・阿里耶斯在《「兒童」的誕生——舊社會時期的孩童與家庭生活》（1960年，杉山光信等合譯，みすず書房，1980年12月）一書中提到，在中世紀時，兒童被當作「小的大人」，不被視為獨立的個體。「今天我們視為兒童期的時期，在當時被簡約為無法獨自料理生活起居，也就是『小的大人』最脆弱的階段。因此，當小孩的身體一長成大人，下一步便是立即加入大人的作息，一起工作、玩樂。由於這個過程是從小小孩一下子跳到年輕的大人階段，所以並沒有青少年的時期。」此外，阿里耶斯還提到，一直要到進入近代以後，人們才意識到兒童和大人擁有

不同的主體性。

阿里耶斯證實自己理論的方法也很獨特。他年輕時並沒有在大學或研究機構設籍，自稱是「業餘歷史學家」(這同時也是他的自傳書名。《業餘歷史學家》〔《日曜歴史家》〕，1980年，成瀨駒男翻譯，みすず書房，1985年10月)。不像一般的歷史學者大多引用書面文件作史料，阿里耶斯試圖用圖像史料來建構自己的史學理論。他將許多描繪兒童的繪畫或是照片收集起來，按照時間排列，從中發現了許多論點，兒童的服裝就是其中一例。他發現在某個時期之前，兒童並沒有固定的服裝，直到某個時期之後，才開始有了特定的衣服。

「在中世紀，服裝是不分年齡的，唯一的差別是區別不同的階級，而不是用服裝來區別大人或兒童。……然而，到了17世紀，不論貴族或中產階級，最起碼在上流階級裡，兒童穿上了和大人不同的衣服。後來出現兒童特有的衣服，和大人的服裝有了區隔之後，產生了決定性的改變。這點我們從17世紀初許多繪畫中，便能一眼看出。」——也就是說，「童裝」誕生了。而短褲，就是童裝的一種。

在那些願意為兒童準備和自己不同服裝的人們心裡，兒童具有與大人不同的價值，是種惹人憐愛、朝氣蓬勃的獨特個體。由於阿里耶斯的歷史學訴說了人類內心轉變的歷史，因此也被稱為「心性史」。

在《「兒童」的誕生》中提到「對我們來說，短褲意味著老是被視為小孩，是種羞恥的象徵，殊不知每個人其實都穿了好

長一段時間的短褲。」這讓我聯想到，在他的自傳《業餘歷史學家》當中提到高中時代的那篇篇名，不就正是〈短褲的時代〉嗎！

隨著人們開始為兒童準備特有的服裝，專為兒童所作的文學——「兒童文學」也誕生了。

日本兒童文學的成立

若要探討日本兒童文學的源流，我們可以追溯到中世的「御伽草子」、「奈良繪本」，或是近世的「赤本」，但日本真正的兒童文學究竟產生於何時呢？最普遍的說法是1891年（明治24年）1月，博文館刊行的《少年文學》叢書的第一部，也就是巖谷小波的《黃金船》（《こがね丸》）開啟了日本近代兒童文學的扉頁。該書在體例（前言）中提到：

「此書題為『少年文學』，即少年用的文學之意，源於德語Jugendschrift (juvenile literature)。在日本因無適當辭彙，暫且名之為少年文學。森鷗外兄所提『穉（おさな）物語』，應本於同衷。」（圈點，括弧依照原文）

不過，《黃金船》雖被認為是最早針對兒童創作的兒童文學，但作者巖谷小波本身作為一名兒童文學作家的近代性，卻是受到質疑。一來是其內容所講述的忠犬代主人復仇的故事，仍不脫勸善懲惡的思想範疇。二來，巖谷小波所用的文體是文言文，並非言文一致，這點在發表當時便已受到批評（堀紫山等人的批評）。因此也有人認為，應該以小川未明的第一部童話集《赤船》(《赤い船》，京文堂書店，1910年12月）作為近代兒童文學的起點❶。

相較於巖谷小波作品的說書風格，未明以詩意且具象徵性的語彙，構築出一個童話世界。世人對於小波等人為主的明治時期兒童文學，通稱為「御伽噺」(おとぎばなし)，但到了大正時期，兒童文學正式進入「童話」的時代。這點從1918年（大正7年）7月雜誌《赤鳥》(《赤い鳥》) 的創刊可以清楚地看出。而這個時代，也正是「童心主義」的時代。

「我們現在所認定的『兒童』，是在極晚近才被發現、成立的。」「因為，我們眼中被客體化的『兒童』，在某個時期之前是不存在的。」柄谷行人也對「兒童」此一概念的歷史性提出看法。換句話說，大人／兒童的分類，是在近代才興起的產物（〈發現兒童〉〔〈児童の発見〉〕，《群像》，1980年1月，《日本近代文學的起源》，講談社，1980年8月所收錄）。由於兒童文學畢竟是針對有別於大人的新個體「兒童」所寫的作品，因此兒童文學要能成立，前提當然是兒童文學所描繪的主體，同時也是兒童文學的讀者——「兒童」被發現、被視為獨立的個體之後。

「此書題為『少年文學』，即少年用的文學之意。」在巖谷

注

❶參見關英雄，〈兒童文學的「近代」〉(〈児童文学の「近代」〉)，《近代文學》，1956年4月。其中談論未明的《赤船》的一段：其「為兒童文學注入一股新鮮感傷的情懷，作品風格有別於小波的御伽噺，在兒童文學上具有嶄新意義。」(菅忠道，〈日本的兒童文學與小川未明〉〔〈日本の児童文学と小川未明〉〕，《文學》，1961年10月）

小波寫下這樣的字句時，當時的日本人應該也已具有「兒童」的概念了吧。順帶一提，當時所謂的「少年」，指的是相對於「青年」或「壯年」一詞的「少年」，而非相對於「少女」(girl)的「少年」(boy)❷，也就是說，「少年用的文學」就是給「兒童」看的文學。

純真無瑕的兒童——童心主義

正如前面所述，在兒童文學成立以前，必須先意識到「兒童」是屬於獨立存在的個體。然而，各個時代對「兒童」的認知卻不完全相同。

明治時期認為兒童不過是富國強兵的生力軍；大正時期則是在民主主義的新浪潮下，「兒童」的獨特性再度被提出，這就是童心主義。所謂童心主義，是一種將兒童理想化、視其為純真無瑕的想法。而這同時也是支撐著整個大正時期的童話、童謠、教育的兒童觀，以及文學理念的想法。

使童心主義大放異彩的是鈴木三重吉所主持的兒童雜誌《赤鳥》。創刊號上所刊載的「《赤鳥》的宣言」，當中提到：「《赤鳥》乃是排除世下低俗無品的兒童讀物，為了保存與開發兒童的純真性，集合現代第一流藝術家真誠的努力，更為栽培新人創作家出現的劃時代創舉。」請留意其中「兒童的純真性」一詞。

注

❷比方說，1906年（明治39年）3月刊行的島崎藤村的作品《破戒》中，就有「男女少年，正急著朝小學走去」一段描述。

另外，在《赤鳥》裡發表作品的小川未明與北原白秋等人所主張「童心」在大人身上也找得到的看法，則意味著「童心文學」訴諸的是人類內心的純真。這些人致力於兒童文學的近代化，使得大正時期的童話與童謠獲得遠高於明治時期「御伽噺」的藝術性。我們當然也別忘了三重吉、未明、白秋等人都是文壇浪漫主義派出身，換言之，正是浪漫主義對純真無瑕所抱持的一貫憧憬，發掘了「童心」。

進入昭和時期，普羅兒童文學開始興盛，童心主義被批評為忽略了每個兒童背後所背負的階級性。普羅兒童文學的代表，評論家兼作家的槙本楠郎，便以批判性的口吻解釋北原白秋、三木露風、野口雨情等人的童謠觀。他寫道：「就我對現實社會中兒童的觀察，實在無法不指出他們（編按：即北原白秋等人）口中的『兒童』不僅過於偏頗，且流於抽象、概念化，同時也過於偶像化與神祕化。……因為他們並沒有真正觀看現實生活中遍及社會各角落的兒童。真要說他們有注意的，也絕對僅止於某一階級，而且還是他們眼中『可愛的』兒童，即那些能夠滿足他們的概念與觀念、那些從中產階級到中產階級的兒童。一提到兒童，在他們的腦海浮現的就只有這群孩子，並且以為所有兒童都是同一個模樣。

然而，從社會科學中，我們卻明確認識到現代社會中存在著階級對立，與自身所屬的階級。當今社會無時無刻不分立成兩個階級，鬥爭日趨激烈且尖銳。對此，兒童的世界亦有巨大變化，亦將分裂成兩個不同世界。」（槙本，〈普羅童謠論〉〔〈プロレ

タリア童謠論〉〕,《教育新潮》,1928年6月,《普羅兒童文學的諸多問題》〔《プロレタリア児童文学の諸問題》〕,世界社,1930年4月所收錄)

耐人尋味的是,楨本楠郎卻對豬野省三的〈飯糰〉(〈にぎりめし〉,《普羅藝術》〔《プロレタリア芸術》〕,1928年4月),提出了以下看法:

「這種表現手法充分運用、發揮了童話文學的技巧,相當值得重視。」(《普羅兒童文學的諸多問題》)楨本楠郎的這段話顯示,批判童心主義的普羅兒童文學,在創作技法上亦不脫離「童話」的影響。〈飯糰〉是描述貧農之子真二得到一個怎麼吃也吃不完的飯糰,與世間矛盾抗爭的故事。只是,角色設定雖是地主與貧窮少年的對比,高唱「和同伴一起/齊力/戰鬥/勝利必將是我們的!」的基調,情節鋪陳卻相當薄弱。而這也是豬野的另一篇作品〈大鼓燒〉(〈ドンドン燒〉,《普羅藝術》,1928年2月)等普羅兒童文學作品給人的共通印象。日本兒童文學中,開始以散文式的筆法描述兒童身處的現實環境,必須要等到1960年左右才開始出現。

普羅兒童文學作家對於筆下的主角——兒童,有著深厚的信賴。在他們眼中,兒童才是正義的(豬野省三將作品中的主角分別命名為正一、清一〔〈噴嚏婆婆〉(〈ハクショ婆さん〉),《普羅藝術》,1928年3月〕、真二〔〈飯糰〉〕等,便顯現出這一點)。可以說,童心主義強力規範了從大正到昭和時期的兒童文學。

坪田讓治的〈妖怪的世界〉(〈お化けの世界〉,《改造》,1935年3月)和〈風中的兒童〉(〈風の中の子供〉,《東京朝日新聞》晚報,1936

年9月5日～11月6日)，都是取材自數年前發生在家鄉某公司內部紛爭的親身經歷。不過，這些作品並非描寫整個內部紛爭的經過，而是透過善太與三平這兩個小兄弟的眼睛，從小孩的視線，模擬孩童內心世界作間接闡述。菅忠道對於讓治這種寫作手法，評以：「以社會的紛亂與純真的兒童對比，更能突顯惹人憐愛的效果。」(《日本的兒童文學》，大月書店，1956年4月) 不過，善太與三平，基本上仍未擺脫童心主義提出的「純真的兒童」形象。對於〈風中的兒童〉等作品，有人的反應是：「處理的雖是公司至上的大人社會裡的醜陋問題，兒童卻絲毫未受影響」(神宮輝夫，《通往童話的招待》〔《童話への招待》〕，日本放送出版協會，1970年10月)。的確，善太與三平在故事的開頭和結尾都一樣純真。兒童文學開始有意識地描述兒童受到環境影響而逐漸成長的形象，是直到經歷了戰後兒童文學的革新之後❸。

1924年(大正13年) 12月，出版了童話集《規矩特別多的餐廳》(《注文の多い料理店》，社陵出版部／東京光原社) 的宮澤賢治，其作品雖然向來被稱為「孤高的童話文學」(見菅忠道，《日本的兒童文學》，增補改訂版，大月書店，1966年5月)，但卻並不代表他和兒童文學史沒有交集。根據坊間流傳的軼聞，賢治曾經透過熟人將作品投稿至《赤鳥》，但遭到主編鈴木三重吉的拒絕❹。然而，

注

❸關於坪田讓治所描寫的兒童像，可參考宮川健郎，〈坪田讓治「兒童的四季」、「兒童」——無瑕之鏡〉(〈坪田讓治「子供の四季」、「子ども」——無垢の鏡〉，《國文學　解釋與教材的研究》〔《國文學　解釈と教材の研究》〕，1985年10月)。

在我看來，在作品中寫下「大人是不行的……」這樣的字句，且立志以兒童為對象寫作的賢治（小倉豊文，〈新版古典復刻的答辯〉〔〈新しい古典復刻の弁〉〕，《規矩特別多的餐廳》，角川文庫，1956年5月），其作品其實和《赤鳥》同樣，都帶有童心主義的色彩。

《日本現代兒童文學》的講述方式

本書論述日本現代兒童文學歷史的方法，和一般年表式地羅列兒童文學的作家及作品名稱，再加以文章化的文學史不同，主要是針對日本現代兒童文學發展史上重要的事件、作品與時期作重點描述。

前面提過「日本兒童文學中，開始以散文式的筆法描述兒童身處的現實環境，必須要等到1960年左右才開始出現。」「兒童文學開始有意識地描述兒童受到環境影響而逐漸成長的形象，是直到經歷了戰後兒童文學的革新之後。」換言之，日本的兒童文學在太平洋戰爭之後，經過了十幾年，才開始迎接重大的轉變。

提起日本現代兒童文學的大事件，首先當然是剛剛提到的兒童文學的重大轉變——1959年現代兒童文學正式成立，以及其背後的成因，即50年代的「童話傳統批判」。針對這部分寫成

注

❹童話集《規矩特別多的餐廳》插畫家菊池武雄，拿著這部作品推薦說：「這是一篇耐人尋味的作品」，但並沒有獲得採用。參照堀尾青史《年譜宮澤賢治傳》（圖書新聞社，1966年3月）。

的第三章〈兒童文學革新的年代〉，也是本書的主軸。第四章〈脫離「方舟」自立〉，則是針對刊行於1959年、開啟現代兒童文學的首部作品——乾富子（いぬいとみこ）的《樹蔭之家的小矮人》（《木かげの家の小人たち》，中央公論社，12月）詳細探討。成立於1959年的現代兒童文學，當初的方向並非一成不變地延續至今，一般認為，在1980年代，現代兒童文學出現變質，這點將留待第五章〈「方舟」裡的喪鐘〉中作說明。第六、七、八、九章討論的是現代兒童文學的諸多問題。至於最後一章〈投保「兒童文學」概念消滅險〉，則是介紹兒童文學在1990年代的種種現況。

那麼，第一章中我們究竟要談什麼呢？在第一章，我們將追溯的是促使1959年日本現代兒童文學成立的源頭。1945年（昭和20年）的8月15日，日本戰敗當天，在中國上海郊外的一個村落裡，後來寫下了《楊》（《ヤン》，實業之日本社，1967年9月）這部作品的作家前川康男，將特地帶到戰地的小川未明的童話集燒掉了。這其中，就有我們要找的現代兒童文學的起源。本書第一章就要從刊載前川康男出征前作品的一本雜誌談起……。

第一章　《童苑》學生出征號
——日本現代兒童文學的起源

與《童苑》學生出征號的邂逅

我第一次遇見這本《童苑》學生出征號，是在國立國會圖書館的特別室。書的封底頁印著昭和18年12月30日印刷，昭和19年1月1日發行。

《童苑》是早大童話會的會刊。1925年（大正14年）時，早大兒童藝術研究會成立，當時的會長是早稻田第二高等學院的英語教授上井磯吉先生。根據《早大童話會35年的路程》（《早

《童苑》學生出征號

早大童話會會刊第 4 期。B6 大小，全 236 頁，本文為活字版印刷。封面為咖啡色，童話會的標誌桃子則被塗成白色。在雜誌裡有前川康男「以寫遺書的心情寫成的童話」 的〈夜行火車的故事〉、今西祐行的〈在天窗裡閃爍的星星〉與竹崎有斐的〈栗子成熟時〉等作品。他們在大學裡保留了學生的身分出征去了。而戰後前川康男回想到：「並不是因為誰怎麼說，而是一個絕對不能延期的截稿日在催促著每個人。」

大童話会35年のあゆみ》，早大童話會，1960年）卷末年表記載，在次年1926年（大正15年）時，「童話部（藤飯勉）、童謠部（原涉）、兒童劇部（西島巍）等各自獨立，早大童話會開始活躍。」（各括弧依照原文，括弧內是各負責人姓名）顯然，早大童話會的前身就是兒童藝術研究會的童話部。當時童話會的主要活動是將口述童話搬上舞臺，以及童話創作。下文同樣是參照「早大童話會年表」寫成的。

早大童話會的會刊《童苑》，是由岡本良雄、水藤春夫等人在1935年（昭和10年）12月創刊。大正時期的童心文學從昭和初期到1937、1938年左右逐漸衰退，代之而起的是《少年俱樂部》等由講談社雜誌發行的大眾兒童讀物盛行一時。坪田讓治稱呼這段時期為藝術兒童文學的「冬季」（〈兒童文學的早春〉，《都新聞》，1936年3月15～18日）。然而，這段「冬季」，卻也是為了迎向新的春天，童話、童謠的同人誌運動盛行的一段時期。1935年左右，同人誌在全日本大約共發行了100種（鳥越信，《日本兒童文學介紹》〔《日本児童文学案內》〕，理論社，1963年8月），《童苑》也是其中之一。創刊號裡並且刊載了岡本良雄的初期代表作〈隧道小路〉（〈トンネル露路〉）的前半部。（A5版本，全50頁，本文為活字版）

《童苑》第二期於隔年1936年（昭和11年）發行。再下一期的出版，則又過了兩年，於1938年（昭和13年）發行，不僅開本變了，而且是以第二次《童苑》創刊號為名。第二次《童苑》的第二期於1940年（昭和15年）1月發行，第三期則是1942年（昭和17年）5月。接下來的第四期，就是現在我們這裡提到

的學生出征號了。之後，一直要到戰後，1948年（昭和23年）才有第五期的刊行。《童苑》戰前戰後共出刊20冊，如今大部分都可在大阪國際兒童文學館內調閱得到。1950年《童苑》再度改版，成為B5開，鋼版印刷，卷頭題辭為「到《少年文學》的旗下吧！」（「《少年文学》の旗の下に！」）。該期的封底頁同時也列了「《童苑》改名為《少年文學》第19期」，之後雜誌就正式改名為《少年文學》了。

童話會的學生出征

早大童話會雖說是早稻田大學的學生社團，但所請到的顧問卻都是赫赫有名之輩。有同樣是早稻田出身的童話作家——小川未明、坪田讓治，以及濱田廣介等人；也有兒童文學研究的先驅，同時也是兒童文化運動家，曾著有《以教育應用為主的童話研究》（《教育的応用を主とした子童話の研究》，勧業書院，1913年4月）的蘆谷蘆村，甚至還包括了口述童話家松美佐雄等人。也因此，繼岡本良雄、水藤春夫等人之後，早大童話會後來又出現了許多人才。然而，隨著太平洋戰爭情勢告急，1943年（昭和18年），童話會的學生成員面臨到了不得不從軍的現實。

報紙是在1943年9月23日，刊載了法文系學生緩徵取消的新聞。這是內閣會議在該月21日，依據「當前國政營運綱領」所做的決定，並在10月2日發佈了第755號命令「在學徵召延期臨時特例」。「臨時特例」中提到「依兵役法第41條第4項規定，當前不得以在學為由申請徵召延期」。這使得大學或專科學校的學生得以在籍的身分出征，也就是「學生出征」。兵役法第41條雖然也提到「應受徵兵體檢、身家調查者，若於徵召令發佈之學校在藉者，得視其命令發佈機關，以26歲為限，延緩徵召」。但是，在第4條裡卻又註明「如遇戰時或事變等重大情形，其徵召令發佈之機關，不得予以延緩徵召」。於是，10月21日一個下雨天裡，明治神宮外苑的競技場上，有場為即將出征的壯士們所舉辦的餞行會❶。

1943年的秋天到冬天這段時期對於早大童話會的成員來說，似乎也是一段慌亂的時期。「早大童話會年表」就在這年的記載中，提到了以下記事。

「學生出征令頒佈，會員入伍確定。

11月鈴木隆；12月前川康男、永井萠二；11月30日舉辦送別會（本鄉前川家），12月1日，童話會全體會員高唱『桃太郎』，為前川入伍送行。

《童苑》學生出征號發行」

在為前川康男等人入伍而舉辦的送別會中，似乎大家都喝得爛醉。收錄「早大童話會年表」的《早大童話會35年的路程》，

注

❶有關學生出征號，主要參考福間敏矩，《學生動員・學生出征——制度與背景》（《学徒動員・学徒出陣——制度と背景》，第一法規，1980年2月）；安田武，《學生出征》新版（《学徒出陣》新版，三省堂選書，1977年7月）。另可參考中野卓，《「學生出征」前後——某入伍學生所看到的戰爭》（《「学徒出陣」前後——ある従軍学生のみた戦争》，新曜社，1992年2月）；以及わだつみ會編，《學生出征》（岩波書店，1993年8月）。

是由岡本良雄、前川康男與寺村輝夫等人編輯刊行。100頁左右的小冊子，印刷的本數應該不多。內容除了以前會員回憶過去的來稿，前川也以〈二冊童話集〉（〈二冊の童話集〉）為題，寫了一篇文章。對於11月30日的送別會，他是這麼寫的：

「鈴木隆在11月；永井萠二和我在12月1日，分別在昭和18年底時應召入伍。出發前的11月30日晚上，還未出征的童話會的成員們齊聚在本鄉真砂町的我家裡，舉辦送行會，大家喝了很多酒。向坂隆一郎拚命狂飲，聲嘶力竭地喊叫，內木文英則是到處親舔每個人的臉頰。若月澄雄跳著河童舞，震得房子直響，把我父母嚇了一跳。我自己也是一付不管明天如何，縱情飲酒的態度，並且把當作遺書寫成的童話《夜行火車的故事》（《夜汽車の話》）在醉成一團的大家面前朗讀。喧譁一時的大伙們忽然間安靜下來。我心想，就此也要和童話告別了！在我5年的早稻田生活中，一直和這群人在一起。如今學長們陸續入伍，今晚之後大家也將各分西東。我心裡這樣想著，和童話、童話會也是一樣，就要從此告別了。」

法文系學生緩徵取消的命令一公佈後，入伍確定的有前川康男、永井萠二、鈴木隆、周藤磐、今西祐行，以及竹崎有斐等六名成員。1919年（大正8年）出生，當時仍就讀德文系的鈴木隆，以及1923年（大正12年）出生的今西祐行、竹崎有斐等，當時年齡都已超過20歲（周藤磐的生年不詳，由其1947年從法學院畢業推算，應該是1923年出生）。這六個人的名字被列在《童苑》學生出征號的卷頭，以方框標記，上面註明「出征學長」❷，另外還有「為諸位／祈求武運長久　早稻田童話會」等字句。之後，如同前川康男所提到的，鈴木隆、前川、永井萠二在1943年人伍；隔年，周藤磐、今西祐行與竹崎有斐等人也跟著人伍（「早大童話會年表」，前述）。

絕對的截稿日

《童苑》學生出征號是從得知成員緩徵令取消後，才開始準備的。向坂隆一郎在該期的〈後記〉（〈あとがき〉）裡提到，「自9月下旬出征令公佈，到12月1日將為學長送行的這段緊湊期，所編輯而成」。這時的向坂還只是一名高等師範部的學生，戰後他擔任過新潮社的編輯（以及兒童雜誌《銀河》的編輯），以及戲劇方面的工作，於1983年（昭和58年）逝世❸。學生出征號的刊行，向坂功不可沒。前川康男在前述短文〈二冊童話集〉裡便提到「向坂隆一郎等人瘦得像是沒好好吃飯似地，但卻為了《童苑》的刊行東奔西跑。如果沒有他們近似瘋狂的熱情，那冊童

注

❷在向坂隆一郎的〈後記〉中，提到「戰局告急，學生出征令下達，早大童話會也為即將出征的前川、永井、鈴木、周藤、松坂等學長，以及今西、竹崎兩位同學送別。」在卷頭沒有提到的松坂，指的是松坂仁吉。1946年（昭和21年）商學院畢業。

❸有關向坂隆一郎，請參照《回想向坂隆一郎》（向坂隆一郎追悼集編輯會，1984年12月）。戰後，向坂曾提到有關學生出征號「有如出版遺稿集一般，氣氛略感悲壯。」「心想或許是早大童話會『最後的出版』也說不定，在校正時深感責任重大。」（〈勇平進行曲〉，《早大童話會35年的路程》，前述）

話集應該無法順利發行吧!」接著，前川又說「並不是因為誰怎麼說，而是一個絕對不能延期的截稿日在催促著每個人。」

在送走前川康男、永井萠二等人之後，1943年12月24日，入伍年齡又往下降了一年，改為19歲。這是根據第939號命令「徵兵適齡臨時特例」所公佈的。那一年，日軍自卡塔爾島撤退（2月），並且在阿圖島戰敗（5月）。而在學生出征號的〈後記〉裡，以「祈求已在前線的老學長岡本良雄，與即將出征的七名學長們，武運長久」作結的向坂，此時也不得不以有別於內文敬體「です」「ます」明體活字的黑體字，在自己的署名之後，寫下這樣的句子：「在校對將告一段落時，接到取消緩徵的命令，不久我也將踏上學長們的征途。」

《童苑》學生出征號——目次與作家們

《童苑》學生出征號的目次如下所述。

《童苑》第四期（學生出征號）

昭和18年12月30日印刷　昭和19年1月1日發行

總主筆　向坂隆一郎

發行人　松坂仁吉（東京都淀橋區戶塚町　早稻田大學童話會）

印刷所　祖谷印刷所（東京都淀橋區下落合1–18）

B6開，全236頁，售價3日圓

封面　若月澄雄

這本學生出征號是由全新創作集結成的一部作品集。

其中一位是當代日本兒童文學的代表作家，曾為青少年們寫作歷史小說《肥後的石工》（《肥後の石工》，實業之日本社，1965年12月）等作品的今西祐行，他在書中發表了〈天窗裡閃爍的星星〉一作。作品開頭寫著「獻給在大久保主日學的小朋友」，描寫一名病童臨死前的生活。今西在更早之前，也曾在《童話界》24期（1942年7月）上發表了〈阿函〉（〈ハコちゃん〉）。《童話界》是早大童話會的另一份會刊；全版對開，大約4～12頁左右。〈阿函〉是描寫一名定居日本的朝鮮女孩的故事，是篇很好的作品，到現在仍然廣受閱讀❹。

一度離開兒童文學界，創作過《石切山的人們》（《石切り山の人びと》，偕成社，1976年2月）與《好似花瓣雨》（《花吹雪のごとく》，福音館書店，1980年7月）等文學作品的竹崎有斐，此時也發表了〈栗子成熟時〉一作。故事是以白天在工廠工作，晚上上夜校的少

注

❹有關今西祐行的學生出征，請參考敝作〈請問作家——談論「以兒童文學作為教材」的兩個午後〉（〈作家に聞く——「教材としての児童文学」をめぐるふたつの午後〉《日本兒童文學》，1985年4月，《國語教育與現代兒童文學之間》〔《国語教育と現代児童文学のあいだ》〕，日本書籍，1993年4月所收錄）。前半段是關於今西親身的戰爭體驗，以及作品《一朵花》（《一つの花》，《教育技術小二》，1953年11月）的訪問。

年為主角。少年的哥哥將於明年入伍，少年於是在心中暗許「即使哥哥出征去了，我也會在工廠好好努力。」

這期雜誌最先完成的作品，應該是鈴木隆以寓言式手法描寫戰爭的〈鐘之國〉。鈴木除了涉足兒童文學以外，也是後來鈴木清順執導的電影原著小說《花與怒濤》（《けんかえれじい》，理論社，1966年7月）的作者。在這部帶有自傳色彩的長篇小說裡，我們彷彿看到許多早稻田童話會夥伴的身影。「神似承擔了一身憂愁的學生」的中江愁二是永井萠二的翻版；「眉清目秀，令人懷疑他是中學生的紅顏美少年」的北川陽一，指的是前川康男。而「有著外國人的五官，堅毅雙唇」的今井時行，則是以今西祐行為藍本。

1955年（昭和30年）以戰敗後流浪兒為題材，出版了《竹葉船船長》（《ささぶね船長》，新潮社，11月）的永井萠二，在此時的〈第一章〉裡，描述的是幼年時的回憶。在結尾時，他提到：

「接下來，應該進入我們生命的第二個章節了……但是，我卻有再也寫不出來的感覺。……從那時起，已經過了15年。15年——感覺上像是活了好長一段時間。從小學進到中學，從中學進到大學，那是一段由許多悲喜交錯而成的歲月。期間，巨變降臨日本——就是現在，大東亞戰爭正急迫向我們逼近。曾經，家姊笑我是個沒志氣的窮酸小子，此時此刻我也要變成勇敢的軍人了。『第二章，就留待戰場上構思吧！更美的第二章！』在寧靜的夜晚，我喃喃自語著。」

渡邊一夫認為這些出征的學生們，有著如同「將不合理的

要求當作合理、討厭的事情當成喜歡、不自然的事情看作自然般被強迫、束縛、壓迫」的堅毅。(〈感想〉，日本戰歿學生手記編集委員會編，《請聽，海神的聲音》〔《きけ　わたつみのこえ》〕，東大協同組合出版部，1949年10月所收錄）在永井萠二的〈第一章〉最後的部分，以相當感傷的手法，道出了出征學生們內心的苦惱。

「夜行火車的故事」

其他作品也都各自道出了作家們在出征前的煩悶，不過，其中描述最深切的，應該算是前川康男的〈夜行火車的故事〉。這篇作者自述以「以寫遺書的心情寫成的童話」(《二冊童話集》，前記）的作品，只有短短八頁。首章題為〈嬰兒〉(〈赤ちゃん〉)。

「載著我的火車，轟隆地駛進了一個不知名的車站，火車進站後上來了一個60歲左右的老爺爺，和一個背著用被子裹著嬰兒的母親。外面是一片雪的世界。滿月靜靜散放著光芒，大地微微泛著藍光。……夜行火車像是射出的黑箭一般，在夜裡明亮的雪原上奔馳著。火星時而像是放煙火般掠過車窗；車裡的人們，這裡一個，那裡一個，鼾聲接連響起。睡不著的人們則茫然望著窗外的雪景，火車兀自轟隆轟隆地響。」

這段描寫的是主角「我」坐上夜行火車，準備入伍時的情景。從開頭的部分，我們知道這裡的「火車」，指的並不是現實中的火車，而是心裡頭想像的火車。接在這一段引用的部分之後，還有「我」邊看著外面的景色，想像著自己穿上軍服的模樣。

「再過不久，我就要脫去這一身衣服，拿起槍成為軍人了。火車開得越快，我就能越快變成軍人。一想到自己穿上筆挺戎裝、腰桿挺直站在雪地上的模樣，不禁噗哧笑了出來。」

本篇作品分成〈嬰兒〉與〈英靈〉（〈英霊〉）兩篇章節。嬰兒的父親已經戰死，車廂裡不時出現有人扛著白色木箱上車的畫面。在故事結尾，嬰兒的爺爺說道：「我現在要去靖國神社，帶著這個孩子到他爸爸面前許下心願。」旁邊的乘客問：「什麼心願啊？」老爺爺接著說：「這個孩子的爸爸是為了讓世界更美好而犧牲的，所以我要他也像他爸爸一樣，成為讓世界更美好的人。」爺爺說完，安靜地閉上眼睛，而「我」心裡也想著，「如果大家都希望世界變得更好，那世界就一定會變成相親相愛的幸福世界。」不過，令人在意的是，作者在這裡安排了一個聽了老爺爺的話，不知怎麼地竟喃喃罵道「混帳！」的男人。

故事的結尾是「火車的汽笛長長響起，大概是天將破曉的暗號吧。我透過窗戶，凝視著火車急馳的前方，並對自己說，就要成為軍人囉！在漫天風雪中，載著想創造美好未來的人們的火車，像箭一般駛去。」

作品中的雜音

尾藤正英回憶戰時的學生生活，提到一點：「在學校也好，朋友之間也罷，全都缺乏社會科學性思考的風氣」；還說他周圍的友人全是審美主義派。（〈懷疑與徬徨〉〔〈懐疑と彷徨〉〕，東大18史會編，《學生出征的記錄——某集團的戰爭體驗》〔《学徒出陣の記録——あるグ

ループの戦争体験》〕，中公新書，1968年8月收錄）這種當時學生的思惟偏好，也在前川康男〈夜行火車的故事〉中出現。「如果大家都希望世界變得更好，那世界就一定會變成相親相愛的幸福世界」的想法，便可以歸諸尾藤所提的缺乏「社會科學性思考」。只是，這種現象其實不難理解。同樣經歷過學生出征的歷史學者色川大吉，在他的〈受辱的「學生出征」〉（〈汚辱の「学徒出陣」〉，《學生出征的記錄》，前記）一文中，這樣寫道——

「現在回想起來，『學生出征』這件事，對當時的我而言，就像是兩個截然不同的理念互相交雜。一個是超越渺小的自己，為了民族＝共同體犧牲奉獻的想法。其中摻雜著可名之為『日本浪漫派的美意識』的陶醉感，不論是國家或社會輿論，全都讚美那是種公眾的美德，並要大家齊心。另一個理念則是，對於微小的、個人的生命的執著。那是種希望將自己人生最後所剩不多的瞬間，作最大限度發揮，一種幽微但強烈的情緒。這兩種理念在戰爭中不斷交錯、疊合，悲痛的感覺擄獲了我們。」（批點依照原文）色川所說的「現在回想起來，『學生出征』這件事，對當時的我而言，就像是兩個截然不同的理念互相交雜」，對於嚮往著學生出征的前川康男來說，又是怎樣看待呢？我們可以由先前的散文〈二冊童話集〉中，關於入伍前夕送別會的記述看出些端倪。前川在講談社文庫版的《楊》（1976年1月）書末的私家年譜中，寫到1943年一項時，也提到這個送別會「入伍前夕，在早大童話會同伴們面前，朗讀以寫遺書的心情寫成的童話〈夜行火車的故事〉，心裡有著再也無法活著回來的覺悟。」

對於前川來說，他在寫〈夜行火車的故事〉的同時，不就像色川大吉在文章中所提的，想要向超越「渺小的自己」的「民族＝共同體」，奉獻出自己，讓自己與其合而為一嗎？在即將破曉的雪原上疾行的火車，便是他此時想法的寫照。然而，在安排「我」告訴自己「就要成為軍人囉！」片段的同時，前川又在作品中安排了口出「混帳！」的男子。這名男子在看到白木箱的「英靈」被帶上車時，罵了句「混帳！」；在聽到嬰兒父親戰死的故事時，又說了一次「混帳！」但是，故事中並沒有說明他究竟是衝著誰，是變成「英靈」的戰死士兵？還是殺死嬰兒父親的「鬼畜美英」（編按：戰時對美國、英國之貶稱）？亦或咒罵戰爭本身？這點我們就不得而知了。但是這句「混帳！」，卻為作品帶來了某種不協調感，顯示前川康男在向超越「渺小的自己」的「民族＝共同體」奉獻出自己的同時，心裡依然有另一種念頭在拉扯。

那個大罵「混帳！」的男人，在〈嬰兒〉那一章裡，打了一個很大的噴嚏——

「忽然間，像是聽到大砲的聲音，在我前面熟睡的嬰兒哭了起來。原來是坐在我旁邊的人打了個噴嚏。就是那位穿著厚重外套，將領子翻起，之前一直睡覺的肥胖男人。可能是發出的聲音實在太大聲，把嬰兒給吵醒了。『啊，真是不好意思，把他吵醒了。對不起，對不起。』打了噴嚏的男人不斷地點頭道歉，但是嬰兒似乎因為受到驚嚇，一直哭個不停。母親急忙餵他喝

奶，但是嬰兒連吸都不吸。」（批點依照原文）

被噴嚏聲驚嚇因而給吵醒的嬰兒，由於哭得太兇，聲音開始抽咽。在這裡，不論是噴嚏聲、嬰兒哭聲，或是抽咽聲，都是作品中所謂的「雜音」。這些雜音亦可解釋為故事中人物的身體對於作品中描述的狀況，發出無言的不協調感❺。

前川康男是在入伍以後，才接到了刊登〈夜行火車的故事〉的學生出征號。據說他是在晚上上廁所時，閱讀這期雜誌（《二冊童話集》，前言）的。

前川康男努力探索的問題點

前川康男，1921年（大正10年）出生於東京。他是在1939年（昭和14年）就讀第一早稻田高等學院時，加入早大童話會的。曾經發表〈我要像我自己〉（〈ぼくはぼくらしく〉，《童苑》，1942年7月）、〈爆胎事件〉（〈パンク事件〉，坪田讓治編，《城裡的小孩，村裡的小孩》〔《町の子村の子》〕，天佑書房，1943年1月所收錄）、〈落葉松的林蔭路〉（〈からまつの並木路〉，坪田讓治編，《快樂的夥伴》〔《たのしい仲間》〕，天佑書房，1943年4月所收錄）等寫實童話佳作。這些作品全

注

❺有關將噴嚏視作「雜音」，是參考了宮城教育大學研究所佐佐木江利子的意見。從男人的噴嚏，可進一步聯想到普羅兒童文學作家豬野省三的作品〈噴嚏婆婆〉（《普羅藝術》，1928年3月）。在工廠私有山上撿拾木材的老婆婆，遭公司的巡守員指責「從公司的山林裡偷木材，是不可原諒的」時，婆婆一邊哭，一邊打噴嚏說道：「混帳！混帳東西！哈啾，公司的走狗。混帳！哈啾。」在老婆婆的兒子被工廠解雇的當晚，老婆婆上吊自殺了。在這裡，老婆婆的噴嚏，同樣有種與現實格格不入的感覺。

都帶有一種應該稱之為「對事物直觀的目光」之類的特色。在〈我要像我自己〉中，主角惣吉藉由與生活環境完全不同的兩個朋友的交往，逐漸尋找出屬於自我的生存方式。〈落葉松的林蔭路〉則是描寫到大都市成功發展的洋太，回憶起故鄉的落葉松而回到故鄉的故事，從中表現出留在故鄉的人們與洋太在價值觀上的差異。

這種「對事物直觀的目光」，也出現在〈夜行火車的故事〉一文中。前川雖然沒有在故事中充分對將他拉去戰場的根源做出評價，但他誠實地描述了不得不遠赴戰場的自身樣貌。

1945年（昭和20年）8月，前川康男在上海聽到日本戰敗的消息。當他回到老家札幌時，已經是1946年（昭和21年）6月，經過十個月拘留生活後的事了。戰後，他和遠至北海道的向坂隆一郎合組人偶劇團，巡迴演出，並且推出同人誌《小矮人》（《コロポックル》）。一直到了1949年（昭和24年）才回到東京，再度從事創作活動，以兒童文學者協會新人研究會會刊《兒童文學研究》創刊號（《児童文学研究》の創刊号，1950年5月）上發表的〈原始林風暴〉（〈原始林あらし〉），以及早大童話會校友會的雜誌《枇杷果》（《びわの実》）第2期（1951年11月）上面刊載的〈川將軍〉（〈川将軍〉）等作品，開啟了他在戰後創作活動的序幕。（《自筆年譜》，前言）

在學生出征號〈夜行火車的故事〉中，前川所努力探索的，最終還是何謂戰爭、何謂國家這樣的問題。在〈夜行火車的故事〉停留在模糊形象的「國家」，到了戰後作品〈原始林風暴〉

中，藉由描寫將居住在原始林的開拓居民，因違法闖入國有林而被驅逐的權力本身，「國家」得到了明確的形象。

孤零零佇立的天皇

前川康男對於「戰爭」、「國家」等問題的探索，在他後來的作品《楊》（實業之日本社，1967年9月），與《魔神之海》（《魔神の海》，講談社，1969年9月）兩部長篇作品中開花結果。《楊》的舞臺設定為戰爭最激烈時的中國大陸，第一人稱是名為平野的見習士官，帶有作者的影子。情節以平野從被俘虜的中國少年楊那裡聽故事的形式鋪陳；楊是個勇敢面對戰爭的少年。在故事中，平野的中隊長要平野處決楊，但是平野做不到。作品中最後出現中隊長與山本見習官爭論的畫面。中隊長、山本，以及平野三人，邊喝酒邊談到在廣島與長崎投下的「有如火柴盒般的」、「可怕的炸彈」的事。

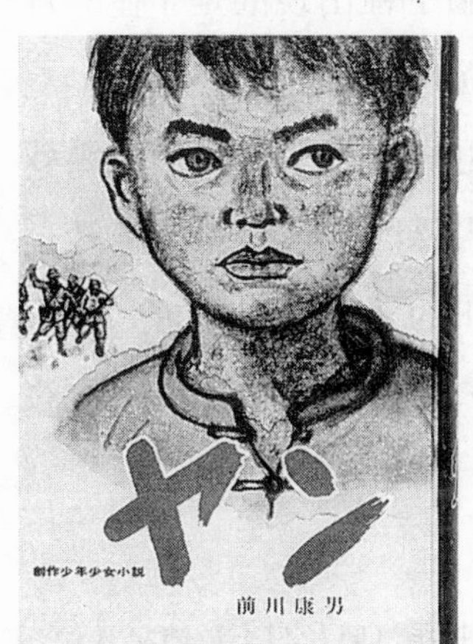

《楊》（前川康男著，久米宏一繪）

初出於《枇杷果學校》，1963年10月～1965年6月。作品的舞臺是戰爭時的中國。第一人稱的「我」是名叫做平野的見習士官，捉到了中國少年楊。楊的工作是在地面告訴美軍攻擊的目標。楊問「我」：「為什麼日本要發動戰爭？」但是「我」回答不出來。故事的構成，大多是楊口述的「到現在為止發生的故事」。追隨哥哥的腳步，從長江畔的埔口來到礦區的楊，他看到的是戰爭的真實與在戰爭下生存的人們。

「『那麼，光憑你說的軍人精神就可以免除炸彈的危機嗎？那根本做不到嘛！』

『做得到！當然，光靠一、兩個人是不行的，必須靠幾千幾萬名士兵的身體來抵禦才能阻止。』

『這樣就算有再多軍人也不夠。僅僅只是一個小小的火柴盒，就要奪去幾萬人，到最後甚至幾十萬日本民族的生命都被結束掉。』

『就算是戰到最後一兵一卒，也不輕言放棄防禦。』中隊長看來好像不想再和山本辯論下去一樣。

『中隊長，不只是軍隊的軍人，目前全日本每個人都在奮戰，都像是軍人一樣。如果照你所說的，所有日本人都必須奮戰至死，那究竟是在守護什麼？難道是渺無人煙的日本國土？』

『守護天皇，守護天皇陛下。』

我們三人頓時沈默了，許久，許久。」

這時，「我」也就是平野見習官，腦子裡出現的是「在一片燃燒的荒野中，天皇一個人孤零零佇立的光景。」

而《魔神之海》一著則是成熟度更高的作品。取材是愛奴族與江戶時代的日本之間的紛爭，深入探討「國家」的構造，以及為何會有戰爭等等問題。依據前川的《自筆年譜》，《楊》是在戰場上開始構思，而《魔神之海》則是在回到北海道之後才有的構想❻。

注

❻《自筆年譜》有關1945年（昭和20年）與1947年（昭和22年）的記載如

焚燒未明

在《自筆年譜》中，有件事情不可忽略，那就是有關1945年的記述。「戰敗那天，我將多餘的衣服與從日本帶來的小川未明童話集《紅蠟燭與人魚》(《赤い蠟燭と人魚》，富山房文庫)給燒了。」（括弧內依照原文）

富山房百科文庫版的《紅蠟燭與人魚》是1938年（昭和13年）12月刊行的版本。我們可以從前川的小品集《二冊童話集》中，看到有關這本童話的描述。因為「是口袋書，而且又收錄了許多代表作」，所以帶去戰場；以及「就像外國的年輕人攜帶《聖經》、歌德的作品上戰場的心情一樣」，說明了他當時的心境。題名為〈二冊童話集〉的文中提到的「二冊」，指的就是《童苑》的學生出征號與富山房百科文庫的《紅蠟燭與人魚》。為什麼前川康男要將《紅蠟燭與人魚》燒掉呢？在他的文章中只這樣寫著：

「我下定決心將這本童話集燒了。從書衣、封面、扉頁、目次開始，一頁一頁撕下來投入火中。裡面的每幅插畫，都令

注

下：

1945年——「我在カイロワン礦坑遇到一位中國少年。他擔任警備隊雜役的工作，是個十二、三歲的獨眼少年。當我聽到他父母因為戰爭雙亡的故事，就想以他為主角寫一部關於戰爭的故事。」

1947年——「從根室遠眺國後島，內心浮現為何人與人要互相憎恨，互相仇殺的困惑。為此感到忿忿不平，於是有了《魔神之海》的構想。」

我回味起書中每篇故事。之所以要一頁一頁、仔仔細細地燒掉，也是想完全毀掉書的形狀。記得入伍前夕11月30日那天，大家一起喝酒時，覺得人生將就此和童話告別，而此時則是有自己的生命與人生都將就此結束的感覺。」

為什麼前川康男要將《紅蠟燭與人魚》燒掉呢？文章裡並沒有清楚地寫出理由。接著上面那段引文後面的是：「從那時起，大約一年，直到回到日本為止，過著好似幽靈一般的生活。」是面臨戰敗，心中的虛無感促使他將童話集燒掉的嗎？

古田足日曾在有關近代用語中提到，近代用語是「對對象加以指示、限定，從眾多事物中將其區分出來」，賦與特定化。然而，「未明卻是將分化的語彙，以完全不同於指示、限定的用法，膨脹語彙原有的語義，並在指涉的對象裡加入情感。」（〈再見了！未明！〉〔〈さよなら未明〉〕，《現代兒童文學論》〔《現代児童文学論》〕，くろしお出版，1959年9月所收錄）戰後，前川康男的文學逐漸出現敘事性，這種敘述方式不久也催生了《楊》、《魔神之海》等長篇小說。與前川此時的表現相對照，我們或許可以說，在戰敗之日，他將《紅蠟燭與人魚》燒掉時，已經有預感即將與小川未明，或是小川未明所代表的「童話」就此訣別。這點從他提到《楊》的構想始自戰場一事，更能得到證明。這只是我個人的穿鑿附會嗎？對於一個經歷戰爭、有意在戰後社會提出一些看法的人來說，在實際創作的過程中，想必也意識到了古田足日所言——小川未明的方法是有界限的吧！

邁向「少年文學宣言」

戰爭，可以說是戰後兒童文學全體寫作的題材。而在作家致力於戰爭這個主題的同時，不僅寫實主義的手法更趨成熟，戰後兒童文學的敘事性與散文性也獲得提升。關英雄在1950年（昭和25年）時提出，「童話」寫作應該擺脫詩的特質（〈創作戲劇的童話〉〔〈劇としての童話を〉〕，《新日本文學》，1月）。他說：「不是『詩般的童話』，而是反映兒童心聲的『戲劇的童話』、『散文的童話』，才是現今兒童文學者必須重視的新疆土。」

而當為了兒童寫作的文學，由詩一般的童話，轉變為擁有散文特性的作品時，兒童文學長篇化的道路也展開了。在此之前的童話，都是屬於短篇形式。1953年（昭和28年）4月，豬野省三、岡本良雄、國分一太郎、佐藤義美、關英雄、筒井敬介、奈街三郎、平塚武二、与田凖一等作家，共同出版了《長篇少年文學》。

在這種趨勢下，其中又以早大童話會的宣言「到《少年文學》的旗下吧!」（又稱「少年文學宣言」）最為引人注目。早大童話會在戰後初期，主要是以寫了〈風信器〉（《童苑》，1953年9月）與《巧克力戰爭》（《チョコレート戦争》，理論社，1965年1月）的大石真，與後來出版了《我是國王》（《ぼくは王さま》，理論社，1961年6月）的寺村輝夫最為活躍。發表「到《少年文學》的旗下吧!」宣言的，則是他們的後輩，鳥越信、古田足日、神宮輝夫與山中恒等人。他們高喊「我們要選擇以近代『小說精神』為本的『少年文學』的道路，而非秉持歷來『童話精神』的『兒童文學』」。這篇宣言發表於由《童苑》改名而來的、發行於1953年（昭和28年）9月的《少年文學》卷頭。小小文章帶來了大大波濤，日本兒童文學因此邁向了一個新的時代。

附記

除了本文中提出的之外，另外參考的還有前川康男〈「我要像我自己」與早大童話會〉（《枇杷果學校》〔《びわの実学校》〕，1981年5月）。

第二章　兩部關於歌謠的故事《緬甸的豎琴》與《二十四隻眼睛》——兒童文學的空白期

詩般的童話，戲劇的童話

以童話集《北國之犬》（《北国の犬》，有光社，1942年7月）步入文壇的作家兼評論家的關英雄，在1950年（昭和25年）時，發表了關於日本兒童文學過去與未來。

「提到我國創作童話的傳統，我第一個想到的就是『詩般的童話』。至今為止，我國的童話文學主要是短篇散文詩，並且出了不少這類型的佳作。小川未明、宮澤賢治與坪田讓治等人優秀的作品，便全都屬於這一類，與其說具有戲劇性，不如說較偏向音樂性。以現代年輕一輩的作家打比方，例如与田準一、佐藤義美、平塚武二等人，便都屬於這一派。詩的特色是文字精簡，也因此，這些作家個個都是短篇作家，沒有一個例外。平塚雖然有長篇作品〈超越太陽與月亮〉（〈太陽よりも月よりも〉）問世，但充其量只能稱為短篇的延長，敘述方式既平面且無趣，反而不如他的小品文〈嶄新的風〉（〈新らしい風〉），這篇只有兩頁的作品，來得詩意清新。」

「兒童的感受性本身就像首詩，但是其所追求的，卻是對外界不停變動的未知世界抱持有如『戲劇』般的興趣，化作形式便是尋求刺激的好奇心。這點從兒童對動物、交通工具的興趣，以及泰山的電影或是女主角命運多舛的通俗少女小說受歡迎的程度，可以得到明證。然而，歷來的文學性童話，卻是將兒童感受性當中「詩的特質」禁錮住，而非向外抒發。亦即，作家將兒童視為詩人，但是是以對作家自己內心的童話情懷抒發讚歌的形式表現，兒童們也許因此得到讚揚，但卻沒有被取悅的感覺。（極端地說，）這難道不就是童話文學的日本式缺陷嗎?」（括弧內依照原文）

以上引用自〈創作戲劇的童話〉（《新日本文學》，1950年1月）一文。這短篇文章在今日大多已被人遺忘（在關英雄的評論集與戰後兒童文學的資料集都沒有被收錄），因此引用了稍長的篇幅。接下來，他是這麼說的：

「從日本式『詩般的童話』居兒童文學的主流發展至今，意味著兒童文學作家在某種程度上，忽略了兒童們對於外界比對自身還感興趣。……是以，不是『詩般的童話』，而是反映兒童心聲的『戲劇的童話』、『散文的童話』，才是現今兒童文學者必須重視的新疆土。」關英雄的這段文章，可以說精確掌握了戰後兒童文學的實際情形。只是，對於當時的兒童文學界來說，如何由「詩般的童話」轉型為關英雄所說的「戲劇的童話」，卻尚無一個明確的方法。

描寫新現實的技法尚未成熟——「無國籍童話」

戰敗後的十年間，是日本兒童文學創作的空白時期。舊有的童話作家們嘗試描寫民主主義等戰後嶄新議題，但由於敘述技法仍未擺脫舊有的「童話」，亦即詩一般象徵性的語言，成果因此有限。「無國籍童話」的出現，正適足以曝露出舊有的「童話」技法在此時期的極限。依據日本兒童文學學會所編纂的《兒童文學事典》（東京書籍，1988年4月），其中關於「無國籍童話」一項是這麼說明的：「指第二次大戰戰後，尤以1947年為鼎盛期的兒童雜誌熱潮中，當時所發表的具有強烈社會諷刺色彩的幻想作品。該名稱是否由波多野完治命名，目前尚無定論。……以最具代表性的筒井敬介《柯爾普斯老師搭火車》（《コルプス先生汽車へのる》），以及平塚武二的《威查特博士》（《ウィザート博士》）等作品為例，除了顯著都有「國籍不明」的片假名人名之外，內容也多帶有強烈的社會諷刺色彩。也因此，一些描述戰敗後日本社會表象，乃至假託動物闡述戰後理念的作品，評論時均被劃歸到「無國籍童話」一項。（由西山利佳執筆）

平塚武二，這個名字在之前關英雄的文章中也曾經出現過。他是在1931年7月，以〈魔法餐桌〉（〈魔法のテーブル〉）發表於《赤鳥》，而開始其童話作家生涯的。關英雄在文章中提到〈超越太陽與月亮〉，是他在1947年8月由講談社發行的作品。至於〈嶄新的風〉一文的首次發表日期則不詳，現收錄於《太郎與影子》（《太郎と影》，櫻井書店，1955年7月）。平塚武二也是「無國籍童話」的代表作家。下面引用的是〈威查特博士〉(《銀河》，1948年1月)的開頭部分。

「鼎鼎大名的魔法師威查特博士，這一次首度訪問我國。啊！搞錯了，不是我國。嗯，不是目本(ジャッコン)國，也不是日木(ニッパン)國，反正就是要去訪問某個地方的某個國家啦！由於是那個很有名的威查特博士要來訪，在那個國家引起了很大的騷動。

『聽說威查特博士即將來訪耶！』

『真的嗎？那個有名的威查特博士？』

『沒錯！就是那個有名的威查特博士。』只是，嘴裡雖然說有名的，在那個過去並不民主的國家來說，威查特博士其實也不算有名。老實說，大家對他的事根本不了解，只知道他很有名，其實什麼都不知道……。」(引用自《日本兒童文學大系26》，ほるぷ出版，1978年11月。以下相同)

據說，這個國家在不久前還沒有民主主義。就在博士前去詢問國王時，國王忽然間大喊：「紅的！」「火紅的！」

「的確如此，餐廳是全紅的。牆壁是、柱子是、天花板也是；王子是、公主是、鬍鬚國王氣派的鬍子是、侍衛長胸前佩戴的勳章也是；庭院的景致、天空、雲朵、太陽等等，全都看來一片火紅。啊！看起來就像是為了國王征戰、犧牲生命的人們的血聚集起來，雷陣雨般傾盆落下。」

故事中提到「啊！搞錯了，不是我國」「反正就是要去訪問某個地方的某個國家啦！」暗指的是戰後的日本。這篇「無國籍

童話」〈威查特博士〉，基本上如果不將場景假定為「日本」這個國家的話，就只是一個無法閱讀、虛構且不能獨立的故事。描寫戰後新現實的新技法尚未成熟，從這個作品便可知一二。

〈威查特博士〉發表於兒童雜誌《銀河》上。戰後初期，許多兒童雜誌陸續創刊，像是《紅蜻蜓》(《赤とんぼ》，1946年4月創刊)、《兒童廣場》(《子供の広場》，1946年4月創刊，1948年1月改名為《少年少女廣場》〔《少年少女の広場》〕)、《銀河》(1946年10月創刊)、《少年少女》(1948年2月創刊)等，這些雜誌被稱為戰後的良心兒童雜誌群。

接下來要引用的是《紅蜻蜓》創刊感言裡開頭的部分，這是由「紅蜻蜓會」的成員大佛次郎等五人聯合署名的文章。「願兒童們的世界永遠充滿優美、豐富的讀物——這是我們始終懷抱的強烈期望。然而，這個心願卻在永不休止的戰爭與黑暗政治之間，每每受到阻礙與壓迫。為了成為所謂的『乖小孩』，兒童們被套上嚴格的規範，猶如拉著馬車的馬只能走在限定的道路上。而今，解除兒童肩膀上沈重負荷的時代來臨了。想到藉由賦與大量優美、開朗的讀物，能讓兒童了解世界是如此美麗、如此快樂的地方，讓兒童們忘情大叫喜悅的模樣，我們的心便跟著雀躍。」

這樣的《紅蜻蜓》，卻在1948年10月停刊了。其他雜誌也不全是銷售不佳，只是到了1951年左右全部停刊了。這原因，我想和找不出可以實現「願兒童們的世界永遠充滿優美、豐富的讀物」的方法有關。

〈唱歌部隊〉

在這段創作兒童文學的空白期，有兩部傑出的作品——竹山道雄的《緬甸的豎琴》(《ビルマの竪琴》,《紅蜻蜓》, 1947年3月～1948年2月，中央公論社，1948年10月）與壺井榮的《二十四隻眼睛》(《二十四の瞳》,《ニュー・エイジ》, 1952年2月～11月，光文社，1952年12月)。竹山是研究德國文學的東京大學教授，壺井榮則是小說家，對於兒童文學的世界，兩個人可說都是局外人。兩部作品都是以散文的技法寫成，這對一直想克服以往的「童話」性，摸索「現代兒童文學」的年輕一輩兒童文學作家來說，想必從中獲益不少。《緬甸的豎琴》與《二十四隻眼睛》都是回憶戰爭的創作，兩部作品的共通點是作品中都出現了許多歌唱的場景。

「我們還真是經常唱歌呢！高興的時候也唱，痛苦的時候也唱。戰爭什麼時候爆發也說不一定，什麼時候會死也不知道，但至少活著的時候要好好地、充滿感情地唱——也許就是這個念頭吧。」(引用自《竹山道雄著作集7》，福武書店，1983年10月。以下相同）

這是《緬甸的豎琴》第一篇〈唱歌部隊〉(〈うたう部隊〉) 開頭中的話。現實生活中不可能存在的「唱歌部隊」，在作品中一共合唱了「荒城之月」(「荒城の月」)、「朦朧月夜」(「朧月夜」)、「埴生之宿」(「埴生の宿」)、「庭之千草」(「庭の千草」)、「巴里的天空下」(「巴里の空の下」) 等等歌曲。《緬甸的豎琴》中的人們藉由歌唱做心靈交流；在第一篇即將結束時，有這麼一段描述。

「隊長舉起了刀。

士兵們『ヌ』地喊叫起來。

就在這時，才剛要發號令的隊長整個人突然定住了。

森林中竟不可思議地傳來一個人的歌聲。那是既高昂、爽朗，充滿著感情所唱出的『埴生之宿』（編按:「埴生之宿」原意為簡陋的房子，此處採直譯，中文歌版本為「甜蜜的家庭」）。……『慢著!』隊長大喊。『聽那首歌!』

森林中的歌聲很快增加為二個、三個，最後變成到處都有應和的歌聲。那是用『埴生之宿』的曲調，配上英文歌詞"HOME, HOME, SWEET SWEET HOME"的歌聲。」

『唱歌部隊』放下了武器。在緬甸叢林深處放聲高歌的，是一群英國士兵。

「這會兒，再也不分什麼敵我，仗也打不起來了。英國兵和我們不知從何時，一起合唱了起來。雙方從部隊中走了出來，手握著手。最後，大家在廣場中央升起火堆，圍著火堆，在我們隊長的指揮下，一起合唱這些歌曲。」

就在這個夜裡，〈唱歌部隊〉中的「我們」得知，就在三天前，已經發佈了停戰的消息。然而，在壺井榮的《二十四隻眼睛》中，歌唱卻顯現某種對立。

「童謠」與「歌謠」的對抗

《二十四隻眼睛》的主角，大石久子老師，是位剛從女子師範學校畢業的正式教員。在昭和3年也就是1928年的春天，被

分配到位於瀨戶內海附近的分校教書。剛來的時候騎著腳踏車通勤，嚇了村裡人一大跳。因為個子小小的，被小孩們取了「小石老師」的綽號。

書中與大石老師成對比的，是同校一名年長的男老師。這位男老師考了十年才通過檢定考，取得教師資格。故事敘述大石老師在海邊不小心受傷，腳骨斷了，男老師代替必須長期休養的大石老師擔任唱遊課的教學。男老師十分努力地練習風琴，在唱遊課，他教給學生們的是「千斤之岩」（「千引の岩」）這首歌。

「千斤之岩重，不如為國盡忠，事變之日，敵出之時，槍林彈雨中，為國向前奮進，獻出男兒本色、獻出肝膽赤誠。」（引用自《二十四隻眼睛》，新潮文庫，1957年9月。以下相同）

但是，這首歌並未受到學生歡迎。在放學回家的路上，一年級的增乃對早苗抱怨：

「『真是不喜歡男老師的唱遊課，還是女老師教的歌好聽。』

說完，便唱起女老師教的歌。

『山上的烏鴉，帶來了——』

早苗與小鶴也接著一起哼。

『紅色的，小小的信封——』」

究竟女老師教唱的是哪些歌曲呢？以下依照出現的順序，摘錄歌名，並附上查證後的作詞、作曲者的姓名以及首次出處。

「慌張的理髮師」（「あわて床屋」，北原白秋、山田耕作，《赤鳥》，1919年4月）

「這條路」（「このみち」，北原白秋、山田耕作，《赤鳥》，1926年8月，

首次標題為「この道」)

「靜夜白鶴」(「ちんちん千鳥」，北原白秋、近衛秀麿，《赤鳥》，1921年1月)

「山頭大王」(「お山の大将」，西條八十、本居長世，《赤鳥》，1920年6月)

「烏鴉的信」(「烏の手紙」，西條八十、本居長世，《赤鳥》，1920年3月)

大石老師所教的，全部都是《赤鳥》裡的童謠。對此，男老師的批評是「簡直是跳盂蘭盆舞時唱的歌嘛！輕柔柔的！」「女孩子還好，男孩子唱這樣的歌可不合適。我必須要教大家一首可以振奮日本大和魂的歌曲。」男老師對太太這樣說。他教給大家的「千斤之岩」，是首歌謠。

1918年（大正7年）7月創刊的《赤鳥》，不只著眼於童話，對於童謠也頗為用心，所有童謠都是為了與學校的教唱有所區別而創作的。相形之下，以明治10年左右，伊澤修二編的《小學歌唱集》為主軸的歌唱教育，則是主張「與其說音樂教育是藝術教育，不如說音樂是教化國民的手段。」(園部三郎等人著，《日本的兒歌》〔《日本の子供歌》〕，岩波新書，1962年11月) 男老師便是遵循以上歌唱教育方針，教導大家唱「槍林彈雨中，為國向前奮進」。從歌謠與童謠的對立點來看，戰爭之所以發生，不正是「千斤之岩」歌詞當中的想法與邏輯，挾著強大支配力導致的結果嗎？《二十四隻眼睛》的故事始於昭和3年的春天，故事中的人物經歷了從戰爭到戰敗，文章開頭提到「如果以十年為一個週期，那麼這個故事便是距今二個週期半前的事了」，而其中有十五年便是發生在戰時。在《二十四隻眼睛》裡關於歌謠「千斤之岩」當中的意象越來越強大的過程，是這麼描述的。

第一章〈小石老師〉（〈小石先生〉）當中提到：

「對於今天第一次站在講臺上的大石老師來說，這十二位從今天起將首次共同生活的一年級學生，那個個富有個性的眼睛，在她心中留下深刻的印象。『怎能讓這些眼睛被污染呢！』她心想。」

最後一章〈一個晴朗的日子〉（〈ある晴れた日に〉）裡，作者安排了一年級這一班再度重逢。只是，原本的十二個人，其中三名男孩戰死，一名女孩病死。好不容易九死一生從軍隊回來的磯吉，也雙眼失明。「眼睛」，在這裡成了被大時代奪走、無法換回的事物象徵。

在最後一章同學會當中，有一幕是大家拿出以前的照片，從中可以清楚看出誰活著，而被奪去的又是什麼。在描寫到磯吉用他再也看不見的眼睛，想看清楚照片上那些已經不在的朋友的長相時，過去的時間彷彿一下子又都回來了。

「『雖然我的眼珠子沒了，可還是看得見這張照片喲。你瞧！在正中間的不就是老師嗎？排在前面是竹一和仁太。老師右邊的是阿乃，這邊這個是富士子；小松還將兩手交握，只露出左手的小拇指，對吧！還有……。』磯吉很有信心地用食指指著照片上每個人給大家看，但是比錯的次數卻越來越多。這時，大

石老師代替不知怎麼回答的吉次應和道:『對，沒錯，一點也沒錯。』

在老師開朗的附和聲中，眼淚從她的臉頰上滑了下來。」

在故事的尾聲，曾經夢想成為歌手的增乃，在同學們面前唱了一首——「荒城之月」。

嚴肅的娛樂

《二十四隻眼睛》的故事裡,「童謠」與「歌謠」是對比的。若以「好人」「壞人」作比喻，或許有些語病，但《二十四隻眼睛》確實是存在著這種善惡二元的思想，而且似乎也是儘管它描述的是戰爭這類深刻的議題,但卻又能受到眾人喜愛的原因。借用石井直人的說法，就是「嚴肅的娛樂」。「嚴肅」與「娛樂」事實上並不矛盾。石井提到:「我向來質疑將作品二分為娛樂性與非娛樂性的作法。或更正確地說，尤指那些標榜主題嚴肅（正經），帶有批判精神的作品。難道，只要主題嚴肅，就算不有趣也沒關係嗎?」（石井，〈娛樂的定義〉〔〈エンターテインメントの定義〉〕，《批評》二號，1992年2月，括號內依原文）

如果以這個觀點,《二十四隻眼睛》應該算是有趣的「嚴肅、正經的娛樂」吧！至於整篇故事圍繞在原本去說服不肯投降的部隊，後來卻下落不明的上等兵水島，是否就是停戰後出現在歌唱部隊被關的戰俘收容所附近的那名緬甸僧侶——此一懸疑主題的《緬甸的豎琴》，應該也算是「嚴肅的娛樂」吧。

以《兔之眼》（《兎の眼》，理論社，1974年6月）出道的灰谷健次

郎，作品直到今天也廣受大人喜愛，原因多少和他的作品符合了「嚴肅的娛樂」有關。清水真砂子便曾說：「具有良心的灰谷站在『弱者』、『反面』的立場，代替他所認為的『弱者』，告發、彈劾立場站在『正面』一方的人。」（〈「良心」的到達點——灰谷健次郎論〉〔〈「良心」のいきつくところ——灰谷健次郎論〉〕，《現代兒童讀物》〔《子どもの本の現在》〕，大和書房，1984年9月）亦即，在灰谷的作品中，我們同樣可以看到像《二十四隻眼睛》一樣明顯的對立構圖。《兔之眼》的主角是名叫做臼井鐵三的一年級小學生，雙親遭遇船難，因此和祖父兩人住在垃圾處理所的宿舍。關於鐵三養蒼蠅作寵物一事，祖父對導師小谷老師說：「這孩子只曉得垃圾場這兒，而這兒……頂多只有蒼蠅，難怪鐵三會養蒼蠅當寵物了，這其實一點也不奇怪。」外表粗野，但內心純真無比的鐵三，正是作者心目中的兒童典型，也是灰谷文學的精神表徵。

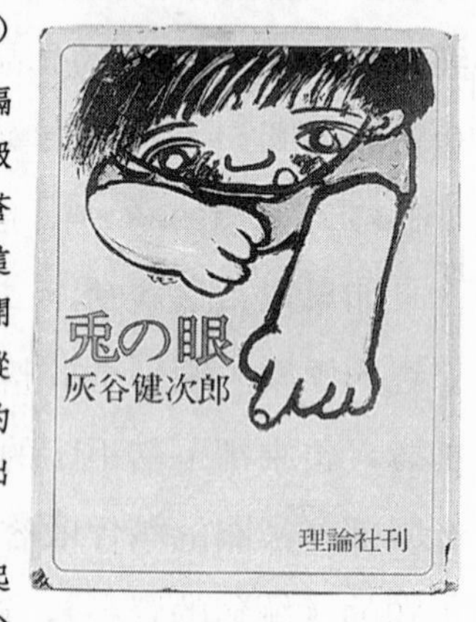

《兔之眼》（灰谷健次郎著，長谷川知子繪）

主角小谷芙美，大學畢業後到位於垃圾處理廠隔壁的小學任教。在那裡認識了飼養蒼蠅的一年級學生，臼井鐵三。小谷老師試著和鐵三一起將蒼蠅分類，並且把每隻不同的名字也記下來。在這過程中鐵三不但學會了如何寫字，也逐漸比較開朗起來。在小谷老師的作文課上，當鐵三看到從箱子裡跑出來的紅色螃蟹時，鐵三寫下了以下的作文：「我動也不動的看著。……然後裡面跑出來紅色的傢伙。我的鼻子一下子覺得清涼涼的，就好像喝了蘇打水一樣，我的心也一下子清涼起來了。我喜歡這個紅色的小傢伙，我也喜歡小谷老師。」

最後，小谷老師開始試著接近鐵三，站在鐵三的立場，去面對周遭其他人對鐵三的困惑。

迎接現代兒童文學

《緬甸的豎琴》的作者竹山道雄，以及《二十四隻眼睛》的壺井榮，都被視為兒童文學世界裡的局外人。同一時期，兒童文學作家們也正為了創作新的兒童文學而不斷摸索著；例如關英雄就是：努力創作「戲劇的童話」。

為了創作長篇兒童文學，關英雄等兒童文學前輩作家在1953年（昭和28年）4月出版了雜誌《長篇少年文學》預備刊。裡頭刊登了關英雄的〈長篇創作的諸多問題〉（《長編創作の諸問題》）、豬野省三的〈創作出積極的人類肖像〉（〈積極のな人間像を〉）等等評論。在1953年6月的創刊號上，關英雄又發表了〈投向現代的照明——續長篇創作的諸多問題〉（〈現代ての照明——続長篇創作の諸問題〉），對於「我們現代日本的兒童文學者所面對的現實，與創作長篇作品時所面臨的問題，究竟是什麼?」提出疑問。這裡所指的是，為了實現「戲劇的童話」，不能靠短篇作品，必須藉由長篇作品不可。

戰後不久陸續有作品發表，像是石井桃子的《信兒在雲端》（《ノンちゃん雲に乗る》，大地書房，1947年2月）、竹山道雄的《緬甸的豎琴》、与田準一的《第五十一顆朱欒》（《五十一番目のザボン》，《每日小學生新聞》，1951年1月1日～4月30日）、壺井榮的《二十四隻眼睛》、國分一太郎的《鐵都的少年》（《鉄の町の少年》，新潮社，

1954年12月），以及石森延男的《部落的口哨》（《コタンの口笛》，東都書房，1957年12月）等❶。但是，長篇創作成為主流，則一直要到1959年以後。

以1912年（明治45年）出生的關英雄為首，其他更年輕一輩的兒童文學作家們也各自以同人誌為據點，尋找新的兒童文學方向。這些刊物共計有：兒童文學者協會新人研究會（塚原亮等人）的《兒童文學研究》（1950年創刊）；由前川康男、今西祐行、大石真等人所創刊的《枇杷果》（1951年7月創刊）；佐藤曉（佐藤さとる）、乾富子、長崎源之助等人的《豆之木》（《豆の木》，1950年3月創刊）；鳥越信、古田足日、山中恒等人的《小朋友》（《小さい仲間》，1954年7月）；香山美子、乾富子、中川李枝子等人的《麥》（《麦》，1953年1月）；以及，岩本敏男、上野瞭、安藤美紀夫等人創立的《馬車》（1954年11月創刊）。論及理想的兒童文學典範，年輕一輩的兒童文學者鳥越信與古田足日兩人都曾推崇吉野源三郎的《你們如何生存》（《君たちはどう生きるか》，新潮社，1937年8月）以及《緬甸的豎琴》兩部作品（鳥越，〈少年文學的道路〉

注

❶佐藤宗子以國分一太郎《鐵都的少年》為「成立於1959年的現代兒童文學之先驅作品」，給予其重新評價。《鐵都的少年》描述的是戰爭時期，從山形縣到工廠就職的少年們，如何在戰後組勞動工會，對社會意識逐漸覺醒的過程。佐藤提到，這部作品運用推理小說的手法，「結合了社會性與趣味性」（佐藤宗子，〈再談「現代兒童文學」的出發〉〔〈「現代児童文学」の出発を問い直す〉〕。《日本近代文學》，1996年5月），另一部國分的作品《蘋果園的四天》（《リンゴ畑の四日間》，牧書店，1956年5月）也是部類似推理小說的作品，兩部都屬於「嚴肅的娛樂」。

〔〈少年文学への道〉〕，《朝日新聞》，1953年12月1日；古田，〈從童話到文學〉〔〈童話から文学へ〉〕，《早稻田大學新聞》，1953年12月2日）❷。

注

❷鳥越信曾經提到「《你們如何生存》（吉野源三郎）與《緬甸的豎琴》（竹山道雄）兩部作品的延長線上，應該可以開闢出新的方向。」（〈少年文學的道路〉）《緬甸的豎琴》吸引人的是什麼？根據偕成社出刊的《緬甸的豎琴》書中的解說，其魅力如下——寬廣的作品舞臺（緬甸）、驚悚懸疑的構成、幽默感（水島機智地以彈奏豎琴嚇走原住民）、象徵性的手法（「青色的」鸚哥、「紅」寶石、「黃」僧衣等巧妙運用原色，突顯「白」骨的恐怖；以及用脖子被扭斷的公雞象徵日本兵被繳械後，成為俘虜的處境與心情）、高格調的文體，以及大而明確的主題（對戰爭的反省與對和平的希冀）。

鳥越在別的地方也曾經提到，關於《緬甸的豎琴》：「雖然竹山道雄的思想在本質上是反動的，但不知為何這篇作品就是讓人感動!」（《圖書新聞》，1966年8月13日）

這裡的「雖然竹山道雄的思想在本質上是反動的」，指的是他曾對美軍航空母艦進駐佐世保港一事，表達過贊成的立場。（見《朝日新聞》1968年1月17日的意見）

我個人則是對《緬甸的豎琴》的敘述方式，抱持幾點疑問。（宮川健郎，〈竹山道雄「緬甸的豎琴」試論——是誰在說故事?〉〔〈竹山道雄「ビルマの豎琴」試論——語っているのはだれか〉，《宮城教育大學紀要》，1985年3月）

在《緬甸的豎琴》的前言中提到：

「我想很多人都看過從大陸或南方復員回來的軍人，每個人都是一付疲倦、瘦弱、沒有精神、看起來可憐兮兮的樣子。其中也有人生了病，臉色蠟黃，被人用擔架抬著回來的。

但是，在這些回鄉的軍隊當中，有一隊卻充滿了活力。他們總是一起唱歌，而且還是用二重唱、三重唱的方式，美妙地演唱高難度的歌曲。……就是這支軍隊的某個士兵，告訴我以下的故事。」

「就是這支軍隊的某個士兵，告訴我以下的故事」——作者用這種

在以上同人誌刊行的1950年代時，眾人在思索些什麼，以及又是如何從「童話」轉化成立為「現代兒童文學」，這些都是我們下一章要探討的問題。

注

方式交待故事的敘述者。但問題是，「某個士兵」究竟是誰？故事裡並沒有這名「某個士兵」自述的場景，我們也不知道他有怎樣的閱歷、站在什麼立場述說這個故事。因為，他用的主語並不是「我」、「自己」，而是「我們」。

第三章　兒童文學革新的年代
——走向「兒童」

到《少年文學》的旗下吧!

日本的兒童文學，在1950年代時，經歷了後來稱之為「童話傳統批判」的一大變動。大家開始思考，在戰敗後的日本社會裡，兒童的文學應該如何表現。大正時期所建立的「童話」思想與方法此時受到質疑，人們開始摸索兒童文學的新方向。具體的成果在1959年（昭和34年）展現，這一年所出版的佐藤曉《沒有人知道的小國家》(《だれも知らない小さな国》，講談社，8月)以及乾富子的《樹蔭之家的小矮人》(中央公論社，12月)，都是具有小說架構的長篇幻想故事(fantasy)，與以往由小川未明、濱田廣介所代表的「童話」完全不同。換言之，「現代兒童文學」於焉成立。從1950年到1960年前後的這段時期，也可說是日本兒童文學史歷程中的一個最大轉捩點。

「童話傳統批判」主要是以批評或研究的方式進行，但導火線卻是始於1953年的一篇論文，也就是〈到《少年文學》的旗下吧!〉

「科學受阻於常識，變革為權力阻撓。發展與進步發芽處，故舊事物常傾全力阻撓其進行。然而，在此同時，勝利又常歸於革新一方。此乃歷史宿命，必然之理。

今時今地，有一嶄新、志在變革的事物誕生了，即《少年文學》。

《少年文學》的目標，在於真正提升古代的兒童文學至近代文學的高度，也意味著與一切舊有事物，一切非合理、非近代文學之間永無止盡的戰爭。」

以上摘錄自早大童話會〈到「少年文學」的旗下吧!〉一文的起始。〈到「少年文學」的旗下吧!〉，亦被稱為「少年文學宣言」，刊載於1953年（昭和28年）9月發行的《少年文學》開頭的部分（但是宣言的日期題為1953年6月4日）。據傳為宣言起草人的鳥越信，回顧當年，說了這麼一段往事。

「早大童話會的會刊中，有份名為《童苑》的雜誌。由於『苑』這個漢字，後來並不在教育漢字當中，而我們所從事的又是兒童文學，對於使用教育漢字中沒有的漢字來作為雜誌名稱，有人以為並不妥當，因此有了改名的構想……，最後就決定改為『少年文學』。」（尾崎秀樹、西鄉竹彥、鳥越信、宗武朝子，《童書百年歷史》〔《子どもの本の百年史》〕，明治圖書，1973年10月）

至於更改雜誌名稱一事，則是因為「有必要聲明為何更改，大伙兒於是建議正式提出宣言。」該宣言就是「到《少年文學》的旗下吧!」❶

❶有關《童苑》改名為《少年文學》的經過，另可參考菅忠道、前川康男、

1944年（昭和19年）1月，早大童話會會刊《童苑》出版了學生出征號，上頭刊載有前川康男等人所寫的童話。戰後，《童苑》仍繼續以早大童話會會刊的身分刊行一段時期。在這中間，國語審議會選定881個教育漢字製成「當用漢字別表」公佈，是在1948年（昭和23年）的事。

關於鳥越信對整件事評以「可能流於外行人聽不懂的行話」，上笙一郎有不同的看法：「從早大童話會的青年們能嚴肅看待教育漢字的問題，可以見得他們……是將兒童文學視為是為現實中的兒童所作的文學，對兒童有客觀且健全的認識。」（〈從「少年文學宣言」到兒童文學實驗集團〉〔〈「少年文学宣言」から児童文学実験集団へ〉〕，《日本兒童文學》，1969年7月）也就是說，青年們對「兒童」是關心的。當初小川未明等主張童心主義的兒童文學者以為純真無瑕所發現的「兒童」形象，此時獲得了重新發現。發表〈到「少年文學」的旗下吧!〉時期的早大童話會，主事者已經改成鳥越信、古田足日、神宮輝夫、山中恒等人。他們在宣言中，立志要「克服」以往的「神仙故事」(Märchen)、「生活童話」、「無國籍童話」，以及「少年少女讀物」。〈到「少年文學」的旗下!〉最後是這麼作結的：

「是以，我們應選擇的道路，也唯有秉持真正志在日本近

注

鳥越信、古田足日的座談會〈談「變革思想」的歷程〉（〈「変革の思想」の流れをめぐって〉，《日本兒童文學》，1975年11月）中，鳥越信的發言。古田足日的〈少年文學宣言〉（《早大童話會35年的路程》，前述）也具有參考價值。

代革命的變革理論。其理論背後的創作方法，不消說，當然必須是以少年小說為主流。我們之所以捨棄以往以『童話精神』為本的『兒童文學』，而就以近代『小說精神』為核心的『少年文學』，其道理也就在此。這條道路想必極為艱辛，但我們有信心，宣言將獲得最後的勝利。」

對童話傳統批判的幾個方向

〈到「少年文學」的旗下吧!〉一文，為被喻為「不興旺，停滯」、「慢性不景氣」的1950年代前半的兒童文學創作之路，帶來了新的方向。鳥越信在〈邁向少年小說之路〉(〈少年小説への道〉，《朝日新聞》，1953年12月1日)；古田足日在〈從童話到文學〉(《早稲田大學新聞》，1953年12月2日) 等文章裡，都曾對「少年文學宣言」當中提出的問題重新檢視。古田並在〈對於象徵童話的質疑〉(〈象徵童話への疑い〉，《少年文學》，1954年6月)，以及〈散文性的獲得〉(〈散文性のかく得〉，《小朋友》，1954年7月) 裡面，作了更深一層探討。有關他主張超越小川未明、濱田廣介所代表的童話傳統的評論，我們可以在1959年 (昭和34年) 9月出刊的古田足日的第一本評論集《現代兒童文學論》(くろしお出版) 裡找到。該評論集卷頭並且安插了他重新寫的文稿〈再見了!未明!〉。

但是，若就此將1950年代的「童話傳統批判」，單純想成只是從〈到「少年文學」的旗下吧!〉到《現代兒童文學論》這麼一條線，那可就錯了！由石井桃子、乾富子、鈴木晉一、瀨田貞二、松居直、渡邊茂男等人共同研討、執筆的《兒童與文

學》(《子どもと文学》，中央公論社，1960年4月)，以及副標題為「對《少年俱樂部》的再評價」的佐藤忠男〈有關少年的理想主義〉(〈少年の理想主義について〉，1959年3月)等論著，同樣不可忽略。古田足日並且就這三項包括自己的論著《現代兒童文學論》在內的「傳統批判」評論，當中共通的論點，提出「站在兒童的立場」一說(〈現代兒童文學史的視點〉〔〈現代児童文学史の視点〉〕，《講座日本兒童文學》，明治書院，1974年3月所收錄)❷。他引用了自己著作中相關的論點作為說明：

「兒童與兒童文學者的共通點，我認為是活力與對基本活動的想望，以及飛躍的想像力。只要兒童們有此需求，而我們自身也或多或少有此需索，那麼我們就該培育這顆心中的種子，

《現代兒童文學論——近代童話批判》

古田足日的第一本評論集。卷頭寫著「再見未明——日本近代童話的本質」。1966年1月刊行的第2版裡，封面印著「《再見了！未明！》重版之感」，古田提到「《再見了！未明！》原本命名為『與未明訣別』，但是『訣』字並不屬於當用漢字，所以改為《再見了！未明！》。……『再見了！未明！』並不是說『永別了！未明！』也不是說『要給未明好看』，就如辭典中『訣別』一詞的釋義一樣，那是對近代童話的一種『告別』，為了要迎向新的出發而向以往的告別。」

注

❷另外還提出「創造開放的世界」(「ひらかれた世界をつくり出すこと」)以及「用散文創作故事」(「散文による物語」)等說法。

創作出符合兒童要求的作品，使兒童成為充滿活力的人。」(〈再見了！未明！〉)

佐藤忠男在〈有關少年的理想主義〉裡提到「少年時代的我們所尋求的，乃是一種形式明確、連少年也明白的……強烈的觀念。」以及「何謂正義？何謂人？何謂國家？何謂死？這些都是問題。」他認為，「從大正末年到中日戰爭的這段期間，日本兒童文學的主流，事實上在於《少年俱樂部》。」並且根據自己兒童時期的讀書經驗，主張應該對以往將《赤鳥》之後的藝術的、良心的兒童雜誌群視為主流的兒童文學史，重新作一番評估。

在這裡，不管是古田的論點或是佐藤的論點，都不脫離「站在兒童的立場」的基調。50年代的「童話傳統批判」，其特色也是向「兒童」的座標挪移。但其中最清楚意識到「兒童」這個主體的，還是《兒童與文學》。

和世界的兒童文學比較——《兒童與文學》

石井桃子等人合著的《兒童與文學》一書的序文裡，提到：

「在世界的兒童文學作品中，日本的兒童文學實在是獨特的異類。兒童文學的世界性基準——『兒童文學應該是有趣的、淺顯易懂的』，在這裡完全不適用。」

序文裡又接著提到「從明治末一直到現在，我們稱之為近代日本兒童文學的東西，對今日的兒童來說究竟是什麼？又，對於兒童的教育是否適當？」這裡提到「在世界的兒童文學作品

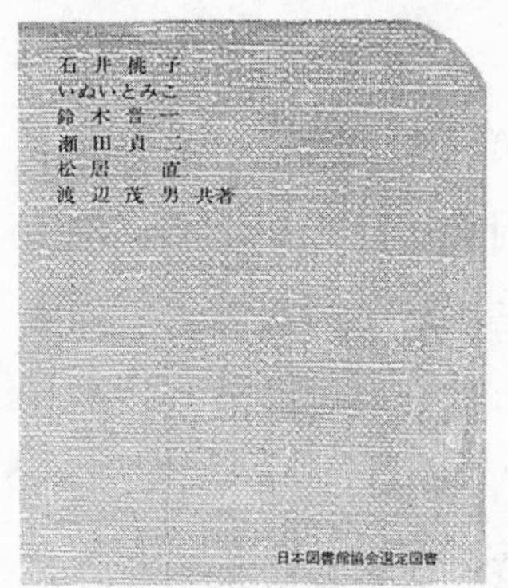

《兒童與文學》(石井桃子等著)

主張「兒童的文學應該要有趣並且一目瞭然、淺顯易懂」。要提出這個觀點，前提當然是已經意識到「兒童讀者」的存在。因此，發現「兒童讀者」這個觀念就是此書的最大貢獻。也有人認為，這本書對於「是什麼鞭策我們去從事這項不可思議的工作(宮川註，《兒童文學》)？這項潛藏在作者內心，可稱之為兒童文學主體的東西為何？」並沒有觸及。(古田足日，《兒童文學研究的課題與方法》，1967年5月，中央公論社刊，1967年由福音館書店再版)

中」，主要是因為石井桃子與乾富子兩人當時正在為岩波書店編集《岩波少年文庫》等書。這一系列以翻譯海外古典名著與新作品為主的《岩波少年文庫》叢書，由1950年（昭和25年）12月開始刊行❸，最初的發行本是凱斯特納(Erich Kastner)的《兩個羅德》(高橋健二翻譯)。關於凱斯特納的翻譯作品，雖然戰前就有出版，比方說菊池重三郎翻譯的《少年偵探愛彌爾》(中央公論社，

注

❸穆沙托夫(Aleksee Musator)的社會主義小說《小熊星座》上、下（1954年5月～6月），或是瑪麗・諾頓(Mary Norton)《地板下的小矮人》（1956年3月）等，都是《岩波少年文庫》所刊行的作品，對當時的兒童文學創作有諸多影響。有關《岩波少年文庫》所介紹的外國兒童文學作品與日本現代兒童文學的關係，可參考安藤美紀夫、上野瞭（主持人）、砂田弘、古田足日的〈外國兒童文學的影響與其所帶來的自立〉(〈外国児童文学の影響とそれからの自立〉)「對談」(《日本兒童文學》，1975年8月)。

1934年6月)，但真正受到廣大歡迎，還是拜《岩波少年文庫》版的《兩個羅德》、《愛彌爾與偵探們》(小松太郎翻譯，1953年9月)刊行之賜；凱斯特納同時也為日本現代兒童文學應該努力的方向，樹立了一個典範。

接在〈序文〉(〈はじめに〉)之後的第一章〈回顧日本的兒童文學〉(〈日本の児童文学をかえりみて〉)，討論的是小川未明、濱田廣介、坪田讓治、宮澤賢治、千葉省三、新美南吉等六人的成就。其中，未明、廣介、賢治等三人多被評以負面評價，而其餘三人則受到肯定。

〈小川未明〉一章是由乾富子執筆。文中關於未明發表於報端的〈今後專心作童話作家〉(〈今後を童話作家に〉,《東京日日新聞》,1926年5月13日)一文，下了這樣的評語「作家『不是為兒童而寫』給兒童看的文學，而是『為了忠於作家的自我表現而寫』」(批點依據原文)。未明在這篇〈今後專心作童話作家〉中，提到自己以往雖橫跨小說與童話寫作，但是今後他要專心童話創作。他將童話稱為「我的特異的詩體」，並且說「目前為止我所寫的童話……，毋寧對大人讀者而言，較能理解故事中的含意。」

兒童文學究竟只是文藝領域的一種，還是應該配合兒童讀者的發育階段調整？究竟是作家個人的自我表現，還是專為兒童所創作？這些，都是經常被提出的問題。關於這一點，1957年(昭和32年)時，國分一太郎這麼說：

「兒童文學既是寫給兒童的文學，就不該忘記訴求的對象

是兒童。因此，作家以自我探求或自我成長的目的來從事兒童文學的創作，根本上是錯誤的。」（〈兒童文學的本質〉〔〈児童文学の本質〉〕（一），國分等人合編，《文學教育基礎講座》，明治圖書，1957年10月所收錄）

但是對於國分的說法，高山毅則持不同意見，此即兒童文學史上所謂的「國分與高山的論爭」。在〈兒童文學時評〉（《近代文學》，1958年8月）中，高山針對國分所言「作家以自我探求或自我成長的目的來從事兒童文學的創作，根本上是錯誤的」，駁斥以「若果真如此，那麼從事兒童文學的作家，又該拿什麼創作出以兒童為訴求的作品呢？能夠打動兒童內心的，難道不就是作家個人在與人生、社會的對決中所獲得的感動嗎？」❹。

「現實中的兒童」——又一個新觀念？

小川未明在〈今後專心作童話作家〉裡，稱呼童話為「我的特異的詩體」，將其視為文類的一種；又稱童話的創作是作家的自我探求之路。針對這個說法，作家乾富子在《兒童與文學》中提出了批評。他認為，兒童文學應該從與「兒童」之間的互動出發。並針對〈今後專心作童話作家〉一文，另外作了這樣的見解：

注

❹此外可參考國分一太郎〈義無反顧〉（〈腰のすえるために〉，《新日本文學》，1958年9月）；古田足日〈重新思考兒童文學的本質〉（〈児童文学の本質を考えなおそう〉，《日本兒童文學》，1958年12月）。

「一種捨棄現實中的兒童，將基礎建立在作家與兒童身上的『童心』，亦即『童話＝詩』的文學形態，便是從此時確立為日本近代童話的主流的」，以及「具備作家洞察力的大人，與現實中兒童的想像力、對探求未知世界的無窮活力，兩者交流」是很重要的……。

在〈序文〉中，我們見到「我們稱之為近代日本兒童文學的東西，對今日的兒童來說究竟是什麼?」接著在〈小川未明〉一章裡又出現「現實中的兒童」這樣的字眼，這是否意味著《兒童與文學》書中所謂的「兒童」，仍然停留在概念的階段呢?

在瀨田貞二執筆的〈宮澤賢治〉一章裡，提到「宮澤賢治有許多部作品，正確來說，是為兒童所寫」。但另一方面，我們同時也聽過類似「賢治的童話是兒童文學嗎?」的相反意見。比方說，在大日本圖書版的《橡實和山貓》(《どんぐりと山ねこ》，1968年6月)的卷末解說〈賢治童話與作為「兒童文學」的資格〉(〈賢治童話と「児童文学」としての資格〉)一文中，神宮輝夫便提到「暫且不提作品的成熟度，我們必須知道的是，賢治的童話是有符合兒童文學資格與不符合兒童文學資格兩種的」。這裡說的「不符合兒童文學資格」的作品，所舉的例子是《凱羅船長》(《カイロ団長》)、《古斯高普多力傳記》(《グスコーブドリの伝記》)以及《銀河鐵道之夜》(《銀河鉄道の夜》)等等；有趣的是，這些正好也是《兒童與文學》歸類為「最受兒童喜愛的」作品，只是兩造都很難對對方的論點提出具有說服力的反證。其中，《兒童與文學》是由近百篇的作品當中，「依據兒童的年齡，挑選出被認為是最

受兒童喜愛的作品」列出一張表，旁邊加註「從我們周遭以及報告中，針對該年齡層感興趣、印象是否深刻作為判定標準……所試作而成」，說明既不具體且欠充分。而神宮輝夫則是對自己所舉例的《古斯高普多力傳記》以及《銀河鐵道之夜》等作品，簡單地以「概念性作品」、「作者並沒有和兒童面對面，只是侷限在自己的世界裡」等評語帶過。可以說，兩造對於兒童閱讀所下的結語都僅止於推論，都只是各自憑著自己腦海中對於「兒童」的概念，做出判斷而已❺。

〈小川未明〉一章所提出的「現實中的兒童」概念，稍後在柄谷行人撰文的〈發現兒童〉（《群像》，1980年1月）中受到了批評。 直接被點名挑戰的是豬熊葉子在〈日本兒童文學的特色〉（〈日本児童文学の特色〉，日本兒童文學學會編，《日本兒童文學概論》，東京書籍，1976年4月所收錄）中關於小川未明的部分；這部分其實是依循〈童話傳統批判〉中，對於未明的觀點。豬熊認為，未明作品中描述的「無知」、「感性」、「柔順」、「率真」的兒童（小川未明，〈少年主人公的文學〉，《文章世界》增刊，1911年4月參照），並不能說是「現實中的兒童」。我們可以引用該文其中的一節：

「自1926年，未明解除了分頭創作小說與童話之苦，宣告

註

❺有關兒童讀者如何看待賢治的童話這個問題，請參照宮川健郎〈宮澤賢治童話論〉（宮川，《國語教育與現代兒童文學之間》〔《国語教育と現代児童文学のあいだ》〕，日本書籍，1996年4月）。《兒童與文學》的部分，則可參考石井直人、宮川健郎〈再讀「兒童與文學」〉「對談」（《日本兒童文學》，1991年4月）。

將專心於童話寫作之後，他的作品世界起了很大的變化。以往未明童話最大特徵的幻想世界，漸漸消失，取而代之的是現實社會中的兒童形象。與此同時，未明的作品開始讓人感受到一股濃濃的說教意味。

在視童話為『我的特異的詩體』寫作期間，未明可以是兒童的讚美者，因為兒童所具有的諸多特性，正是他幻想世界的支撐。但是，當他決定要以兒童為對象從事創作時，未明便不得不正視現實中的兒童。未明覺得有必要為兒童與環境和諧相處提出『忠告』。畢竟，當他一面對到真實世界裡的兒童，是不可能沒發現以往他觀念裡的『無知』、『感性』、『柔順』、『率真』的兒童，其實並不存在。

我們可以說，在創作幻想童話的時期也好，寫作教訓意味的童話時期也罷，未明從來不是站在兒童的立場去思考。……未明先是因為要表現自我的內在世界，所以需要童話裡的幻想世界；等到他捨棄『特異的詩體』，開始致力『為兒童』創作時，則又站在大人的立場，訓示兒童務實且和諧的生存之道。但不論是哪一種，未明都沒有以兒童的眼睛在看世界。」

對此，柄谷行人提出他對「兒童文學史家」口中的「現實中的兒童」、「真正的兒童」的質疑，並以「兒童」此一概念的歷史性切入。他說到：

「大家都說，小川未明心目中的兒童，若對照於『現實中的兒童』，不過是種認知上的顛倒。的確，未明原本就是藉由內發性的顛倒認知才得出『兒童』的定義。但是，『兒童』此一概

念不就是這樣被發現，而後才有所謂『現實中的兒童』、『真正的兒童』等概念產生的嗎？從這個觀點出發，以『真正的兒童』來批判未明的『兒童』認知顛倒，其目的雖是志在凸顯其顛倒的特性，但結果卻反將這個顛倒的特質給隱藏起來。」（標注依據原文）❻

換言之，如果小川未明所構思、描寫的純真無瑕的「兒童」是種觀念，那麼《兒童與文學》當中所提出的「現實中的兒童」，也許只是另一個新觀念。鳥越信所倡導的「兒童的論理」（〈幼兒的心、幼兒的語言〉〔〈幼児の心、幼児のことば〉〕，《言語生活》，1962年5月）一說，基本上也是屬於「現實中的兒童」的範疇。所謂「兒童的論理」，指的是兒童的固有論理。鳥越信以摩爾納爾(Ferenc Molnãr)《帕爾街的孩子們》（1906年）裡頭的〈油灰俱樂部〉為例，說到：「區別大人的文學與兒童文學的基準，……只在於該作品的論理是否屬於兒童的論理」。油灰俱樂部裡有個規定：為了預防裝設玻璃窗時必須用到的油灰乾硬，所以必須像口香糖一樣不斷咀嚼。

不過，整體來說，1950年代兒童文學作家年輕一輩對兒童的重視形成一股力量，將日本兒童文學從「我的特異的詩體」——以為童話只是文類的一種、為作家自我探索的園地的封閉性，注入了一股清新的空氣。

注

❻有關柄谷行人〈發現兒童〉一文，另可參考小濱逸郎的《方法論之下的兒童》（《方法としての子ども》，大和書房，1987年7月）。

三項改革意識

50年代「童話傳統批判」中所引發的，不光是對「兒童」的重視而已。「童話傳統批判」總共提出了三項改革意識。

1. 重視「兒童」——重新審視「兒童」，即兒童文學所描寫的對象及讀者的真實的一面。
2. 散文性的獲得——克服童話當中的詩的性格。
3. 求變的意志——致力讓兒童文學跟上社會的變革腳步。

在以上三點互相作用之下，兒童文學逐漸走出了新方向。

散文性的獲得

「童話傳統批判」雖是針對舊有作家的作品重新檢討，但幾乎所有的批評都集中在小川未明的童話。以收錄於古田足日的《現代兒童文學論》（前述）卷頭的〈再見了！未明！——日本近代童話的本質〉作為例子。

「近代用語是對對象加以指示、限定，從眾多事物中將其區分出來，同時賦與抽象、符號化。……未明卻是將分化的語彙，以完全不同於指示、限定的用法，膨脹語彙原有的語義，並在指涉的對象裡加入情感。」

「未明童話的語彙，和我們一般日常生活中所使用的語彙，本質並不相同。」

「人魚們，不是只住在南方的海裡，也住在北方的海裡。/北方的海，顏色是青色的。有時，美人魚們會爬上岩石，邊

休息邊觀賞四周的景色。／雲隙間撒落的月光，孤單地照在海浪上。一望無際的洶湧浪濤，上下起伏著。」

這是《紅蠟燭與人魚》開頭的部分。這篇作品裡最重要的語詞是「北方的海」；這裡提到的北方的海，和我們日常使用的語彙不同。平常所指的「北方」，意思是地理上的北方，而這裡的「北方」卻是從一般用法中，取其部分屬性，在這裡是漆黑、寂寥以及孤獨，加以強調，藉此象徵一般漆黑、寂寥、孤獨的環境。在這裡，「北方」並不是限定修飾「海」的語彙。相反的，它脫離了原先的日常語義，展現出一種不特定的深遠意涵。作品中的海或是波浪，也都被設定為對人魚抱有敵意。

《紅蠟燭與人魚》在1921年（大正10年）2月16日到20日，連載於《東京朝日新聞》。

1959年的古田足日的文章，並不容易懂。以下是我個人嘗試的解讀。

最近的語學理論裡，有所謂denotation與connotation。其中，我們稱denotation為「明示」，conotation為「暗示」。根據丸山圭三郎的定義，「相對於denotation是在特定時空、文化下，受到一般人公認的、辭典中所收錄的語彙字義的最大公約數，conotation則是指該語彙所觸發有關個人的、情緒的、情境的意涵。」（〈明示／暗示〉〔〈コノテーション／デノテーション〉〕，今村仁司編，《現代思想事典》〔《現代思想を読む事典》〕，講談社現代新書，1988年10月）瀧田文彥則舉「櫻花」的例子。

「比方說『櫻花』這個字，對日本人來說，便不單只是『櫻

花』的意思，想必還伴隨著諸多聯想（但是外國人大概就不至於）。如果再提到『櫻花與錨』，對於在戰爭中長大的人來說，意義就更特別了，其中意味著許多令人難以忘懷的回憶，這就是所謂的暗示。在此必須強調一點，所謂暗示，語義並不一定明確，同時也不限定一種聯想。」（〈語言與文學〉，瀧田編，《言語・人類・文化》〔《言語・人間・文化》〕，NHK市民大學叢書，1975年6月所收錄，一切附註均如原文）

再舉一個例子，比方說「落葉」。所謂「落葉」，是指「散落地上的葉子。或是，從樹枝掉落的葉子」（松村明編，《大辭林》第二版），這是「落葉」一詞的明示。但在同時，我們也可以從「落葉」一詞聯想到「寂寥」、「孤獨」，或是「生命的終結」等，這就叫做「暗示」❼。

古田足日所說的語彙的「一般用法」，指的應該是「明示」；「一般用法中，取其部分屬性」，則是指「暗示」。以「北方」一詞為例，「地理上的意義」是「明示」，而「漆黑、寂寥、孤獨」則是「暗示」。在這裡，古田批評未明的童話所使用的語言，強調「暗示」的部分而非「明示」。的確，《紅蠟燭與人魚》當中的描述「從雲隙間撒落的月光，孤單地照在海浪上。一望無

註

❼「落葉」的例子為中野收所提出（中野收，《傳媒下的人類》〔《メディアの中の人間》〕，NHK市民大學教科書，1989年4月）。有關明示與暗示另可參照羅蘭・巴特(Roland Barthes)的〈符號學要義〉。〈符號學要義〉是分別就明示、暗示、高次語言（談論言語的語言、接頭語）以對比的方式，指出其相異處。

際的洶湧的浪濤，上下起伏著。」文中關於「月光孤單地」究竟是怎麼一種孤單法，浪濤又是如何「洶湧」等，缺乏明確的交代，而是早在說明之前，便先推出「孤單」與「洶湧」等意象。

文學的語言原本就多少帶有暗示，何以古田特意針對這部分作批評呢？就明示的用法來說，比方藥物說明書，就是種完全不含深意的文字表現（如果藥物使用說明書以暗示，呈現有如詩一般的韻文，可是會鬧人命的），和文學用語相差懸殊。

經歷了戰爭與敗戰，戰爭乃至時而引發戰爭的社會結構，成了日本兒童文學不得不處理的課題。（加入1950年代「童話傳統批判」的，大都是大正末年或昭和10年前出生的年輕文學作家。這群經歷了15年的戰爭，受天皇教育長大的新世代，內在價值體系隨著戰敗瓦解。當他們選定兒童文學當志業時，最先意識到的當然就是「戰爭」這個主題）也許正因為如此，古田認為當時的戰後兒童文學界，需要的是以「明示」的方法寫成的作品，並提倡以「生長在事物現象與環境交互影響下的人類形象」作為描述對象（〈近代童話的崩壞〉，《小朋友》，1954年9月）。為了描寫這樣的人類形象，首先當然得將小川未明等人以往偏重暗示筆法的童話，改成明示。為此，古田主張「散文性的獲得」，他提到「所謂的散文性，指的就是使用日常語彙的近代文學的方式。」（〈散文性的獲得〉，前述）經歷了「童話傳統批判」，日本兒童文學就這樣逐漸由詩意的、象徵性的「童話」，轉變為散文的、具有小說性質的「兒童文學」。

作家乾富子的出發

小川未明曾著有〈什麼都裝的下〉(〈なんでもはいります〉,《兒童的王國》〔《コドモノクニ》〕, 1932年1月) 的幼兒童話。作品裡,阿正的口袋不論是牛奶糖或是餅乾,小石頭還是橘子,什麼都裝的下。作品相當簡短,在此整篇引用如下。

「阿正是個可愛的小孩。因此,他的外套也可愛,外套上的口袋不用說也可愛。這個口袋什麼都裝的下,不論是牛奶糖或餅乾,有時候是美麗的小石頭、樹下撿到的紅葉、橡樹果,以及報馬仔大叔給的廣告單等等,阿正都小心翼翼地收在口袋裡。但不知為什麼,以為收好的東西總在不知不覺間不見了。今天,阿正從媽媽那裡得到一個大橘子。原本以為這個橘子裝不進小小的口袋,只見阿正請姊姊將橘子的皮剝掉,然後將橘子分成好幾瓣、好幾瓣,放進口袋裡去了。這個可愛的口袋,沒有裝不下的東西。」(引用自《定本小川未明童話全集》15,講談社,1978年1月)。關於這篇童話,乾富子在《兒童與文學》評到「若用同樣的主題另外寫篇兒童的故事,照理當小男孩『發現』口袋裡什麼都裝的下的同時,應該會有什麼事發生才對。」針對乾富子的說法,古田足日認為是:「對於歷來的生活童話或寫實作品,要求應具有強烈的虛構色彩,或是構築一個與現實分隔的世界。」(〈兒童文學研究的課題與方法〉〔〈児童文学研究の課題と方法〉〕,《日本文學》, 1967年5月) 在這裡,〈強烈的虛構〉(〈強烈なフィクション〉)、〈與現實一度分隔的幻想世界〉(〈現実とは一度切れた世界〉)

等技法，都必須在散文性質的文章中完成，而且還必須是部長篇作品。

乾富子以作家的身分，陸續在佐藤曉、長崎源之助等人辦的同人誌《豆之木》，以及香山美子等人主持的《麥》上發表了短篇〈鶇〉（〈ツグミ〉，《麥》，1953年12月）等作品；直到1957年（昭和32年）出版了《長長的長長的企鵝的故事》（《ながいながいペンギンの話》，寶文館，3月）。從標題「長長的長長的」便知，這篇文章是以散文體寫作的長篇故事。事實上，這篇故事也是幼兒文學的領域裡少見的長篇。故事是描述兩隻名為露露與奇奇雙胞胎企鵝的冒險，以及藉由冒險的過程，兩隻企鵝逐漸成長的故事。以下引用自該書第一個故事〈打噴嚏的露露與怕冷的奇奇〉（〈くしゃみのルルとさむがりやのキキ〉）。

「終於，蛋裡面的寶寶開始啄起蛋殼了。媽媽感到胸口撲通撲通地跳。有一邊的蛋啪的出現了一條裂痕，露出可愛的小尖嘴。接著是灰色亂蓬蓬的頭，微微地就要探出頭時，企鵝寶寶竟然哈啾的打了一個噴嚏。說道:『蛋的外面好冷啊！但我還是得出去。』」（引用自《四個關於雙胞胎的故事》〔《四つのふたご物語》〕，理論社，1993年4月。批點依照原文）故事中，「蛋的外面好冷啊！但我還是得出去。」這句話，便是「求變的意志」。這篇完成於1957年，既獲得散文性，又具有變革意志的《長長的長長的企鵝的故事》，可說是1959年現代兒童文學成立之前的先聲。

1959年，佐藤曉《沒有人知道的小國家》與乾富子的《樹蔭之家的小矮人》出版了。這兩部作品都是具有小說結構的長

篇幻想故事，故事的成立是以戰爭的體驗為背景。以下引自《沒有人知道的小國家》中，第一人稱自述的故事主角高個子，在戰敗後站在荒原裡沈思的一幕：

「於是，戰爭結束了。那是在一個悶熱的盛夏裡發生的事，我站在被焚燒成廢墟的城市裡，忽然想起那座小山，令人懷念的小山，從那次以後再也沒有回去過的小山，不知現在是否仍保持原貌？我記得那座山上流傳著有趣的故事。忽然，想起了春菜的味道。多麼令人懷念的小山啊！」

這是戰敗後，長大成人的「我」想起小學三年級暑假經常去爬的小山、在山裡遇到的「小矮人」，以及因為丟了一隻紅色鞋子而哭個不停的小女孩等往事，因而決定再去爬一次那座小山的情節。在此，不管是《樹蔭之家的小矮人》裡的「樹蔭之家」、小矮人一家，還是《沒有人知道的小國家》裡的小山、「小矮人」＝コロポックル（編按：愛奴語，意指春菜下的小矮人；傳說定居於北海道的時間比愛奴人還早），對於經歷戰時到戰後的故事中主角來說，都意味著心靈的重要寄託。

1959年，同時也是柴田道子以自己在戰時學童疏散的經歷為藍本，出版《從谷底站起》（《谷間の底から》，東都書房，9月）一書的時期。神宮輝夫在〈戰後兒童文學變遷〉（《學校圖書館》，1962年5月）、古田足日在〈昭和→戰後〉（《國文學　解釋鑑賞》〔《国文学　解釈と鑑賞》〕臨時增刊，1962年11月），以及鳥越信在〈日本兒童文學的戰後二十年〉（《週刊讀書人》，1965年5月3日）等文章中，均稱1959年為「戰後兒童文學的轉機」（古田）。稍後，古田足日更

稱1959年為「現代兒童文學的起點」(《有關現代兒童文學史的觀點》，前述)。

翌年1960年，陸續有山中恒的《跳得好就來正式的》(《とべたら本こ》，理論社，4月)(編按：此書名取自神奈川縣的兒童在玩跳繩時口中所唸的童謠，前後句的大意是，如果試跳結果大家的默契不錯，接下來就正式開始。)、《紅毛波奇》(《赤毛のポチ》，同前，7月)、《武士之子》(《サムライの子》，講談社，8月)；松谷美代子《龍子太郎》(《龍の子太郎》，同前，8月)；鈴木實等人合著的《山在哭泣》(《山が泣いている》，理論社，8月)；今江祥智《山的那一頭是藍色的大海》(《山のむこうは青い海だった》，同前，10月)等著作出版。〈到「少年文學」的旗下吧!〉宣言中，對於「以近代『小說精神』為核心的『少年文學』之路的理想，或是萌生於「童話傳統批判」中的各種觀點，就這樣以具體的作品，陸陸續續地開花結果；這些作品並且全是長篇的兒童文學。1961年時，陸續刊行的還有乾富子的《北極的莫希佳、咪希佳》(《北極のムーシカミーシカ》，理論社，11月)；古田足日《被偷走的小鎮》(《ぬすまれた町》，同前，11月)；安藤美紀夫《白色的松鼠》(《白いりす》，講談社，12月)；神澤利子《小不點凱姆的冒險》(《ちびっ子カムのぼうけん》，理論社，12月)等等作品。

闡述社會變革的兒童文學

1959年以後的作品，許多都帶有神宮輝夫在〈戰後兒童文學的定位〉(〈戦後児童文学の位置づけ〉，《日本兒童文學》，1967年10月)

一文中提到的「求變的意志」的特色。而〈到「少年文學」的旗下吧!〉中也提到「我們應選擇的道路，也唯有稟持真正志在日本近代革命的變革理論。其理論背後的創作方法，不消說，當然必須是以少年小說為主流」。例如，山中恒《紅毛波奇》，就是以野狗波奇流浪到礦坑工人工寮，認識了卡可為故事開端。藉由波奇的際遇，卡可開始注意到世間的矛盾。故事最後並以工寮的工人們組成了公會作結。

現代兒童文學的出發期，也與日本安保鬥爭的時代重疊。在作品中描述戰後真實情況、以社會變革入題的，另外還有鈴木實等人共同創作的《山在哭泣》、古田足日的《被偷走的小鎮》等。《山在哭泣》是發生於戰敗後，日本山形縣某個小村莊的故事。這個村莊正好被夾在美軍大砲與瞄準目標的小山丘下方，也就是「彈道下」。內容描述村裡的中學生生活的點點滴滴。另一部作品，古田足日的《被偷走的小鎮》，則是以堪稱前衛的筆法描述戰後的日本社會。其他像是松谷美代子《龍子太郎》、今江祥智《山的那一頭是藍色的大海》等作品，也都可以嗅到「求變的意志」的氣息。

《龍子太郎》是講述主角太郎的尋母之旅。當太郎還在母親肚子裡時，母親因為按捺不住肚子餓，將原本應該和到山上幹活的村人平分的三條岩魚，自己一個人吃掉了。根據古老的傳說「一個人吃掉三條岩魚，那個人就會變成龍」，太郎的母親於是變成了龍。出生後的太郎，就這麼靠著吸吮母親的眼球代替母乳逐漸長大。故事裡的太郎為了找尋躲藏起來的母親，也

《龍子太郎》(松谷美代子著，田代三善繪)

經歷了長途旅行的太郎，最後終於和變成龍的母親相會。太郎坐在失明的母親背上，母親用身體把山撞平，開拓出一片廣闊肥沃的土地。龍最後變回了女性的模樣。人們開始耕種新的土地，「從今天起要開始幹活！走吧，媽媽，讓我們迎向工作吧！」這是作品末尾太郎所說的話。初版的插畫是由久米宏一所繪。

就是一隻瞎眼的龍，而展開了旅行。最後是在湖底的泥地裡見到了藏匿在那兒的母親。在這裡，太郎第一次知道母親變成龍的原因。作品的描寫是這樣的。

「『真是豈有此理！』

突然間，龍子太郎激動地大吼了起來。

『真是豈有此理！媽媽你那時不是身體不舒服嗎？為什麼只不過在身體不舒服時吃掉三隻喜歡的魚，就不配做人呢？這，這，這真是一派胡言！』

『但是……』變成龍的媽媽低聲地說。『那時只有三條岩魚而已。如果誰吃掉了，其他的人就會挨餓的喔！那是不被饒恕的。這是貧困山裡的規矩。』

『不，我想說的是，如果那時有一百條岩魚、有一百個好好吃的白米飯糰的話，就不會發生這種事了。……』」

松谷美代子《龍子太郎》，是以日本信州流傳的小泉小太郎傳說為藍本所創作的民間故事❽，但是其中仍然可以清楚看到，對於農村貧困所衍生的「求變的意志」。對於這部作品，古田足日作了以下評論：

「誕生於此一時期，後來也廣受讀者喜愛的《龍子太郎》，究竟是什麼原因促使它如此受歡迎呢？其中一個理由或許是《龍子太郎》是最能表達戰後民主主義的作品吧。不是三條岩魚，而是一百條岩魚，像這種解決問題的方式，就好比期望不只有三間托兒所，而是數量多到能像郵筒一樣多。從這點來看，《龍子太郎》可以說是戰後民主主義集大成的作品。」（〈現代兒童文學史的視點〉，前述）

「一百條岩魚」，這種觀點後來也有人批評為「GNP式的思維」（細谷建治，〈「龍子太郎」的原始構想〉〔〈「龍の子太郎」の発想〉〕，《日本兒童文學》，1974年10月）。然而，在距離戰後不過15年的1960年代，「一百條岩魚」的想法，很難不令人想到其背後的寫實性。

《山的那一頭是藍色的大海》故事中，主角是名叫山根次郎的中學一年級學生；他有個綽號是「紅臉蛋」，因為他動不動就會害羞臉紅。為了改善這點，他仿效日本幕府末年的傳奇人物高杉晉，展開了鍛鍊的旅程。從《山的那一頭是藍色的大海》的標題來看，很明顯地這是一篇以抒情文寫成的佳作，從中並

注

❽請參照松谷美代子〈作品備忘錄〉（〈作品覚書〉，《松谷美代子全集》五，講談社，1971年10月收錄），《民間故事的世界》（《民話の世界》，講談社現代新書，1974年10月收錄）等；依據後者的說法，一個人吃掉三條岩魚就會變成龍的傳說並非來自信州，而是從秋田傳承而來。

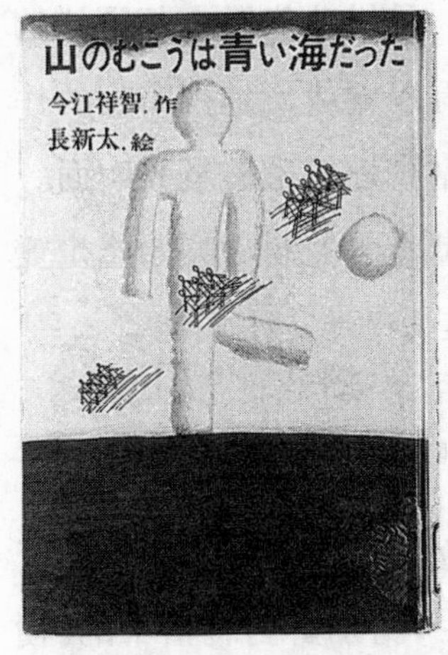

《山的那一頭是藍色的大海》（今江祥智著，長新太繪）

和《龍子太郎》一樣，都是屬於旅行的故事。只是主角不是太郎而是次郎。他留下「鶴往南方飛」這樣的紙條，從大阪出發沿著紀之川去了鷲本。鷲本是他父親墓地所在的城鎮。次郎和當地的中學生與老師們一起捉到了從工地現場偷竊水泥的小混混，立了一件大功。在故事結束時，井山老師說：「山的那一頭一定有藍色的大海。而希望就像大海一般廣闊。」次郎終於到了「山的那一頭」，下次又會朝著哪個新的「山的那一頭」前進呢？照片是1969年刊行的「定本」。

且可閱讀出當時的時代背景。只是，這裡的主題不是社會變革，而是自我變革❾。

「最討厭有錢人了！」這句話是《紅毛波奇》一書中出現的臺詞。「求變的意志」為兒童文學帶來價值對立的戲劇性，也開啟了關英雄所主張的「戲劇的童話」而非「詩般的童話」（〈創作戲劇的童話〉，《新日本文學》，1950年1月）；以及古田足日所提的「生長在事物現象與環境交互影響下的人類形象」（《近代童話的崩壞》，

注

❾在這裡，也許將刻畫主人翁自我變革的作品統稱為「成長故事」較清楚易懂。石井直人〈論兒童文學中的「成長故事」與「遍歷故事」兩種形式〉（〈児童文学における「成長物語」と「遍歷物語」の二つのタイプについて〉，《日本兒童文學學會會報》，1985年3月）中，將高唱社會變革與兒童文學革新的〈到「少年文學」的旗下吧！〉，評為「圍繞著『成長』主題的技巧性言詞構成了文章本身」；而將〈童話傳統批判〉視為是在小說的歷史類型中，一個「朝成長故事的方向前進」的過程。

前述）有了實現的可能。其中，「變革」是借助龍子太郎那樣的兒童活力所展開。而為了讓「變革」得以完成，這裡所提的作品，讀後大多給人開朗的印象，故事富有理想主義及光明面。而這種作品中的現實與克服現實的力量之間的關係開始產生變化，亦即「變革」變得不易入題，則是1970年代的事⑩。

「幻想故事」概念的植入

日本的現代兒童文學在1959年成立。在接下來第四章裡，我們將就現代兒童文學出發期的作品中，特別針對乾富子的《樹蔭之家的小矮人》作探討。

《樹蔭之家的小矮人》是描寫森山一家與小人們的深切情

注

⑩參見砂田弘〈從變革的文學到自衛的文學〉（〈変革の文学から自衛の文学へ〉，《日本兒童文學》，1971年11月）。〈從變革的文學到自衛的文學〉一文的結語如下：「在70年代中期的今天，情況只有越加混亂了。作者沒有盡本分地指示未來的方向，而身為讀者的我們也無法從作品中解讀。即使在作品的創作上，對於革命的展望也已不可能了吧。」砂田弘本身曾以小偷少年魯班為主角，創作了日本兒童文學界少見的惡漢小說《東京的聖誕老人》（《東京のサンタクロース》，理論社，1961年12月），以及探討礦坑災害與製作過程有瑕疵的問題車《道子的早晨》（《道子の朝》，盛光社，1968年10月）與《再見了，高速公路》（《さらばハイウェイ》，偕成社，1970年11月）等述說「變革」的著作。但是自70年代以後，他的作品開始轉為《六年級的月曆》（《六年生のカレンダー》，偕成社，1973年5月）等描寫兒童日常生活的風格。〈從變革的文學到自衛的文學〉不僅可以解讀為砂田對自我的批評，同時也充分反映出砂田本身的創作歷程。

《再見了，高速公路》（砂田弘著，小野田俊繪）

青年竹內昭三是一位計程車司機。有一天，他開車撞上騎著腳踏車飛奔而出的少年。昭三覺得問題出在車子，但是上訴並沒有獲得受理。被撞的少年在醫院昏迷不醒，需要一筆龐大的醫藥費。於是，昭三誘拐了生產問題車的公司社長的孫子——良彥。昭三不斷向良彥批評車帶給人類的危害時，良彥說：「我覺得人類還比較偉大。汽車不就是人類製造出來的機械嗎？」兩個人因此產生了不可思議的友情。故事的結尾極富有戲劇性。

誼所寫成的幻想故事。日本最早推出「幻想故事」這個概念的，應該屬瀨田貞二的評論〈幻想故事之必要〉（〈空想物語が必要なこと〉，《日本兒童文學》，1958年7月）。瀨田提到：「童話」這個字，既用在「民間故事」（如格林童話），也用於指童話創作（如安徒生童話）；其中，童話創作又可細分為「生活童話」、「幼年童話」、「創作童話」或是「無國籍童話」等等，「事實上，童話一詞所代表的意義已經變得含糊不清。」（附帶一提，本書將大正時期到1959年現代兒童文學成立期間為兒童所著的作品均稱為「童話」，為一歷史性名詞。）因此，瀨田建議：「我個人的意見是，……應該避免使用『童話』這個名稱，暫且以『幻想故事』一詞清楚定義幻想性質的童話創作。就像我們閱讀英美的兒童文學評論時，他們將fairy tales（妖精故事——宮川註）歸類為民間故事，而以fantasy稱呼幻想故事一樣，我們也該賦與fantasy一個文類名稱。類似的作法便是提出『幻想故事』這個名詞，將其定義為一種文類，也許可作為消除曖昧模糊的一個方法。」

當然，宮澤賢治、小川未明或是其他童話作家的作品，從現今的眼光來看，同樣具有幻想的成分，只是他們對" fantasy"這個名詞尚無自覺。日本第一部堪稱「幻想故事」的作品，應該非1959年發表的《沒有人知道的小國家》以及《樹蔭之家的小矮人》莫屬了。這些「幻想故事」是什麼？瀨田似乎打算從莉莉安・史密斯的兒童文學論出發……。

第四章　脫離「方舟」自立
——（1959年）

你和你的全家都要進入方舟。因為在這世代中，我見你在我面前是義人。〈創世記〉《舊約聖經》

何調幻想故事

C. S. 路易斯(Lewis clive Staples)《那爾尼亞國的故事》，共7卷（1950～1956年／瀨田貞二翻譯，岩波書店，1966年5月～12月）。首卷是《獅子、女巫、魔衣櫥》。故事是講述玩著捉迷藏的露西躲進了衣櫥裡，在那裡發現了那爾尼亞王國。但是，為什麼那爾尼亞王國非得存在衣櫃裡呢？到底什麼叫做幻想故事呢？

何調幻想故事？

莉莉安・史密斯在《兒童文學論》（1953年，石井桃子等人翻譯，岩波書店，1964年4月）提到：

「幻想故事源於獨創的想像力。所謂想像力，是種形成概念的心理活動，較我們五官感應到的外界事物導引的概念，屬於更深的層面。」

「較我們五官感應到的外界事物導引的概念，屬於更深的層面。」指的究竟是什麼？針對創作幻想故事應具備的想像力，

史密斯解釋「那是深入到收納我們看不見的事物的地方，將被藏在凡人無法窺視的神祕場所裡的東西，帶到陽光下，讓凡人也能清楚地——或說至少某種程度地——理解。可以說，除了詩人以外，在所有文類的作家中，必須和如此難以表現的主題奮戰的，也只有書寫幻想故事的作家了！

這裡所謂「更深的概念」，應該可以視同為「潛意識」吧。也就是說，幻想故事是將潛意識具象化之後的東西。

那麼，什麼又是潛意識呢？以下是心理學家容格在他的著作《心理類型》（1921年）〈定義〉一章中所作的說明：

「所謂潛意識，是心理學上的一種界定概念，不屬於意識性，亦即與自我之間並無明確、可察覺形式連結的所有關於心理活動的總稱。」（高橋義孝譯，《容格著作集》一，日本教文社，1970年5月）

容格並進一步將潛意識劃分成個人潛意識與普遍性潛意識。個人潛意識構成意識的下層，而普遍性潛意識則是比個人潛意識處於更底層。個人的潛意識「第一，可能是原先意識的內容失去強度，抑或意識刻意迴避（壓抑）的內容；第二則是強度未達深植意識的程度，但以某種形式殘存於心中的感覺。」（河合隼雄，《容格心理學入門》，培風館，1967年10月，括弧內依據原文）至於普遍性潛意識，他的解釋是「並不侷限於個人，而是整個人類，或說是整個動物界普遍存在的東西，同時也是個人內心真正的基礎。」（同前）——對於人類擁有共通的潛意識這一點，也是容格與最早發掘人類內心有潛意識存在的佛洛伊德之間的

相異點。

容格認為，神話與古老的傳說，顯示的是人類普遍的潛意識；河合隼雄便是依據此項說法，著作了《古老傳說的深層解析》（《昔話の深層》，福音館書店，1977年10月）一書。如果說，神話與古老傳說顯現的是人類的普遍性潛意識，那麼，幻想故事所展現出來的，不也可以稱為作家個人的潛意識嗎？當作品穿透個人的潛意識，下探到普遍性潛意識時，我們形容為「神話的」。至於，與作家整體的意識相對的，則是有關日常生活的故事。

衣櫥——傢俱，收納沒被挑中的可能性

關於幻想故事的類型，細谷建治曾區分為浦島太郎型與聽耳頭巾型二種。（參見〈解說〉，香山彬子，《金色的獅子》〔《金色のライオン》〕，講談社，青鳥文庫，1981年4月收錄）

前者是從日常生活進入到幻想中「另一個世界」裡的故事，後者則是幻想性的事物闖入「現實世界」裡的類型。浦島太郎型的幻想故事，是意識向潛意識靠攏；聽耳頭巾（編按：傳說中，戴在頭上後就能聽懂動植物話語的帽子。）型則是幻想性的事物將沈潛於生活深層的潛意識挖掘出來。如果舉例的話，浦島太郎型的幻想故事或許可以以C. S. 路易斯的《那爾尼亞國的故事》（前述）作為代表；聽耳頭巾型的幻想故事則有P. L. 崔佛斯(travers Pamela Lyndon)的《隨風而來的瑪麗阿姨》（1934年，林容吉翻譯，岩波少年文庫，1954年4月）作為對照。

《那爾尼亞國的故事》全7卷，故事由《獅子、女巫、魔衣

櫥》談起。玩著捉迷藏的露西躲進衣櫥裡面，無意間發現了那爾尼亞王國。但是，為什麼王國要存在於衣櫃深處呢？

衣櫃代表了什麼？對我們來說，衣櫃是收納衣服的傢俱。收藏在衣櫃裡的衣服是衣櫃的主人現在不穿的衣服。如果是夏天，吊在衣櫃裡的會是冬天的衣服；如果是冬天，就換作夏天的衣服被收起來。如果有十件襯衫，除了現在身上穿的一件以外，其餘的應該都在衣櫃裡面。也就是說，衣櫃有著收納「不被穿的可能性」的特性。這一點，相當類似於人類的潛意識。

人們選擇一種方式過活，至於其他生活方式的可能性，則遭人格壓抑至潛意識層。這裡的「其他生活方式的可能性」，以容格的說法就是「影子」（〈影〉，1951年，參照秋山里子等人翻譯，《容格的人類論》，思索社，1980年5月所收錄）。喝了藥之後就會出現的分身海德，便是醫學博士吉基爾身上邪惡的「影子」。

「露西馬上往更裡面鑽了進去，隨即在最初那列衣服的後方發現了掛有外套的第二列。由於從第二列開始已經是黑濛濛一片，為了不想額頭撞上衣櫃後方，露西伸長了手臂往前探去。再一步就好——就這樣，一步，兩步，三步地往裡鑽。露西心想，手指一定就快碰到衣櫃後面的隔板了，但是卻怎樣也摸不到……。

『好大的衣櫃哇！一定是這樣，沒錯。』露西為了讓身體能夠再往裡頭擠，她把外套撥開，繼續向前。就在這時，腳底下好像踩到了什麼悉悉窣窣作響的東西。」

露西腳底下踩到的是雪。那爾尼亞王國的雪。在黑暗的衣

櫃裡前進的露西的腳步，其實也正是有心探究史密斯「更深的概念」，或說是潛意識領域的人們的腳步❶。

那爾尼亞王國所代表的幻想空間之所以設定在收納「不被穿的可能性」的衣櫃深處，其實不就是種暗示嗎?

《樹蔭之家的小矮人》的空間

《獅子、女巫、魔衣櫥》中出現的衣櫃，是收納幻想世界的空間。這使我聯想到，以作品的時空設定作為兒童文學論述的一種方法，也許會有什麼新發現也不一定。比方說，乾富子的《樹蔭之家的小矮人》（中央公論社，1959年12月）故事中所描寫的藏書小房間，究竟具有什麼含意?

「《樹蔭之家的小矮人》是部探討個人獨立的自我尊嚴對抗外來壓迫的作品——此一見解可說已成定論。」

以上引用自長谷川潮的《樹蔭之家的小矮人》結論（〈小人

注

❶安部公房的〈巴別塔之狸〉（〈バベルの塔の狸〉，《人間》，1951年5月）有一段是描述象徵人類「願望」的「不取的狸」（「とらぬ狸」）對人們說明如何進入高聳入雲的巴別塔的方法。他談到巴別塔這個虛幻的事物，只存在於潛意識（下意識）的世界裡，內容頗具趣味:「也就是說，塔的入口就是每個欲通過的人的意識暗處，下意識的世界就是通道。只不過在這個通道被發現之前，情形似乎不是這麼回事。只有真正的大天才，才能在無數的苦心修煉之後得到放行。直到藉由佛洛伊德博士的發現以及布魯頓(Andre Breton)大師的研究，才終於找到這條大眾化的通道。」另外，松田司郎在《現代兒童文學的世界》（《現代児童文学の世界》，每日選書，1981年6月）論幻想故事的段落，也引用了容格的心理學說加以佐證。

的形象在中途轉換了〉〔〈小人像は中途転換した〉〕，《日本兒童文學》，1977年11月）。長谷川的結論是正確的。到目前為此，我一直將欲摧毀「個人獨立的自我尊嚴」的「外來壓迫」稱為「洪水」，而將保護「尊嚴」的容器稱作「方舟」。所謂「洪水」，指的是經歷了滿州事變、中日事變，最後走到太平洋戰爭這一步的日本近代史；而「方舟」則是指收容小矮人艾許一家人的森山家的藏書小房間。換句話說，《樹蔭之家的小矮人》就是一部關於「方舟」的成立與崩壞的故事。

提著竹籃的尋常小學三年級學生森山達夫，當初是踩著怎樣的階梯通往「方舟」的？我在瀏覽建築評論家長谷川堯編的攝影集《洋館意匠》（鳳山社，1976年7月）時，心裡這樣想著。達夫是從即將回英國的老教育家馬格拉谷藍小姐那裡接下保管小

《樹蔭之家的小矮人》（乾富子著，吉井忠繪）

卷頭的「寫在故事之前」裡提到「不論是誰，在這世上都有一個只屬於自己的『誰也到不了的土地』。」而這個土地，卷頭還提到，就好像是《小王子》裡的沙漠，或是《柳林中的風聲》等等。這段文字，不禁讓人聯想到宮澤賢治那篇有名的童話集《規矩特別多的餐廳》廣告傳單上頭的文字，開宗明義也提到「伊哈托是一個地名」，就像《小克勞斯與大克勞斯》和《愛麗絲夢遊仙境》的世界。本篇作品中的小矮人一家所居住的樹蔭之家，就是一個「誰也到不了的地方」。附圖為1967年福音館書店出版的版本。

人們竹籃的事；當時是「大正2年（913年）暑假」。

「馬格拉谷藍小姐從放在角落的行李中，拿起了一個看來很舊的竹籃子，將它牢牢放在自己班裡年紀最小的學生手中，說道:『你可以答應我帶牛奶給這裡面的小人們嗎?要每天放一杯牛奶在窗口邊喔!』」

明治末年建在東京郊外的西洋館，裡頭的階梯也許像山口縣縣政府（武田五一設計，1916年）的階梯一樣，有著堅固的大柱子吧；要不就像岩手銀行總行（辰野金吾，葛西万司設計，1911年）的階梯一樣，上頭還有精美的鐵欄杆？總之，少年達夫爬上這座三十年後遭一群目光銳利的大漢闖過的階梯，走過昏暗的走廊，來到沈重的橡木門前。小矮人一家就這麼在被稱作「書的小房間」，即位於森山家二樓的書庫裡住了下來。

名為書的小房間的「圍城」

如果我們將經歷了滿州、中日事變，最後走上太平洋戰爭一途的日本近代史，比喻成「洪水」的話，那麼，《樹蔭之家的小矮人》裡的藏書小房間便是艘「方舟」。

「面朝昏暗走廊的這個門，很少是開著的。就好像不讓別人接近般，房門總是重重地關著。比起家裡面其他的房間，這裡是既樸實又安靜的一角。

嘎一聲地推開沈重的木門後，便看見小房間三面牆都是高及天花板的書櫃，上頭擺滿了各式各樣的書。」❷

這個小房間就像是個被橡木門與高及天花板的書櫃圍起來的「圍城」。說起「圍城」，直覺便讓人聯想到中世紀的歐洲莊園，不同的只是莊園的圍籬是用石頭或磚瓦做成的都市牆。最先將「圍城」這樣一個中世紀歐洲城市的原像與諾亞方舟聯想在一起的，便是先前提到的長谷川堯。

「方舟，和我們一般馬上聯想到的具有指向功能的小船或是小舟是不一樣的。那是一艘在洪水來臨時，只能漂浮水面的船。不管是當水上漲，方舟自大地浮起；抑或洪水退去，方舟橫臥地面時，這個建構的空間歌頌的是都市的快樂。方舟之內，是『生』的保存器，抵禦著方舟之外的『死』，亦即都市夢空間的極致化。在都市圈起的空間的外側，存在著各種『死』的可能性，當人們棄圍城外的『死』，緊緊擁抱『生』時，便也背負起都市人的命運。」（長谷川堯，《都市迴廊》，相模書房，1975年7月）

就像在大陸風暴中，人們建築了稱為都市牆的「『生』的保存器」，躲在裡面一樣，籃子裡的小矮人同樣是晃啊晃地被帶到

注

❷乾富子在與上野瞭的對談（〈キリノさんの昨日・今日・明日〉，《日本兒童文學》，1978年9月）中提到「當我讀到《小書房》（《*Little Bookroom*》）開頭的部分時，就覺得好像是在講我小時候『書的房間』的事情一樣」。從中，我們可以看見《樹蔭之家的小矮人》中，成立「書的小房間」這個空間的契機。

《小書房》一書是艾莉娜・法瓊(Eleanor Farjeon)在1955年出版的自選集。日文書名是《麥子與國王》（《ムギと王さま》，石井桃子翻譯，岩波少年文庫，1959年5月）。該書在〈作者的前言〉中提到「在我小時候住過的家中，有個我們稱為『小書房』的房間。」

藏書的小房間，在這裡躲避時代的衝擊。森山達夫和家人以名為書的小房間的盔甲穿戴在小矮人身上所保護的，不僅是一個一個小矮人的生命，其實也包含了這些出生於英國的小矮人身上背負的價值觀，上野瞭簡稱其為「自由的觀念」與「民主主義」。(《現代的兒童文學》，中公新書，1972年6月)

只是，在扮演小矮人「『生』的保存器」的同時，藏書的小房間也成了囚禁他們的「監獄」。這一點，小矮人裡面尤其以羅賓的感受最為強烈。羅賓覺得自己喜歡的小波的袖珍書裡的老虎被困在書裡很可憐，並進一步在老虎身上看到自己的影子。

「我必須知道『外面』的世界。我就好比是被關在這裡，這和那隻被困住的老虎有什麼分別!」

然而，小矮人一家，不管喜不喜歡，終於還是被迫離開藏書的小房間。房間外的世界，「洪水」比想像中嚴重，「方舟」裡浸了水，甚至有沈沒的危險。「昭和19年」夏天，小矮人再一次被裝入竹籃，出發前往信州。

浸水的「方舟」

「方舟」裡突然浸水，是在某個早晨的事。當樓下隱約傳來用力關門、爭吵的聲音後，不多久，房門外便出現「兩個男人」。故事裡只寫到「兩個男人」，但不難想見應該是高階特務警察。他們用銳利的眼神瞄著書架上的書，並將成人後成為英文學者的森山達夫一併帶走。這次事件不僅讓小矮人一家的爸爸巴魯柏感受到外界掀起的風暴之烈，也明確地激起羅賓探索

外面世界的念頭。

在這之後，洪水仍持續滲人。牛奶越來越不易取得，小矮人天藍色的杯子裡，常常只有用奶粉沖泡的稀稀的牛奶。端牛奶來的森山家最小的女兒百合的手也變得粗糙。由於母親必須四處奔走以營救父親，百合因此接下了家裡的勞務。洪水，此時化身為讓次男阿信責罵自己父親是「叛國賊」的幼小軍國主義，對小矮人一家造成威脅。時代風暴讓森山達夫被囚禁到牢籠裡，也讓巴魯柏一家被趕出藏書的小房間。而在他們與「方舟」告別的同時，小矮人的自立也開始了。因為對他們來說，已經沒有名為書的小房間的盔甲可供躲藏了。

馬格拉谷藍小姐將小矮人託付給達夫，並將天藍色的杯子交給他時，是這麼說的：

「從以前開始，這些『小小人兒』就只以牛奶維生。聽好喔，達夫，不要忘記每天把牛奶裝在這個杯子，然後放在窗邊喔。如果人類忘記的話，這些人就活不下去了。」

她還提到「他們說，如果是你的話，『被你看見』沒有關係，他們願意跟你一起走。你要好好保護他們，千萬別讓他們被別人『看見』喔。知道了嗎，達夫。」

從此以後，艾許家的小矮人每天就以森山家的人端來的牛奶為食物，並且只被森山一家人「看見」。

「如果我好好保護『那些人』柔弱的小生命，你們的爸爸說不定就可以得救……我只能忍不住這麼想。」

從這段達夫的妻子透子的話來看，小矮人一直是被賦與意

義的。在此之前，小矮人的存在始終不出森山一家人的主觀認知。因此，小矮人的自立，當然就是脫離森山一家人的主觀範圍，以及被鴿子彌平、天禰若希「看見」的情節發展。當牛奶沒有時，小矮人不得已離開了百合身旁，但是戰敗後，艾許家的兩個孩子，愛莉絲與羅賓，卻仍是待在天禰若希那裡，終究沒有回來。

脫離「方舟」自立

疏散至信州野尻湖的轉折，對於保管小矮人一家的百合來說，同樣意味著自立的開端。百合的自立是脫離雙親與兄弟的庇護——另一個藏書的小房間，以及自身的幼稚與軟弱的旅程。她不熟練地割草、忍受別人罵她是「叛國賊之子」，然後還要努力獨自保護小矮人。可以說，在野尻所經歷的一切，都是讓百合邁向自立的「通過禮儀」。這點從她在得知東京的家遭受空襲，藏書的小房間也在火災中付之一炬時，忽然發高燒的那段情節安排，最具象徵意義。就像原始社會的成人儀式中，「死與重生」的課題總是伴隨著肉體的苦痛一樣，百合也在高燒的折磨下重新獲得新生。在故事接近尾聲時，她終於能把一直珍藏的哲哥哥的遺照交給兩人似乎曾經交往過的克子姊姊，足見這時的百合已經成長。

而隨著東京的家遭受空襲，藏書的小房間付之一炬之後，故事也接近尾聲。這是為什麼呢？事實上，藏書的小房間「方舟」，才是故事的真正主角，因為《樹蔭之家的小矮人》的主軸其實是「方舟」的成立與崩壞。

但是，對小矮人和百合來說，他們的自立卻不因此而結束，反而是當藏書的小房間被燒成灰燼時，他們的自立才要真正開始。只是，自立並非簡單的過程，這點從「樹蔭之家」所在地東京在戰後積極工業化的理論架構下，遵循合理主義的建築日益林立的過程，不難想像。

同理，這樣的時代對於作者乾富子繼續描述小矮人與森山一家之後的生活也不是件容易的事，或許這也是《樹蔭之家的小矮人》的續篇《黑暗山谷的小矮人》（《くらやみの谷の小人たち》，福音館書店）在隔了十三年，直到1972年的6月才問世的原因吧。

名為兒童時代的「方舟」

之前我曾經在橫濱的百貨公司參觀過《安妮的日記》展。會場除了介紹第二次世界大戰時，受到納粹迫害而躲在密室裡的安妮一家人的生活起居與少女安妮簡短的生涯之外，另外還展示了她的遺物以及死後付梓的日記。當我在會場上看到關於旋轉書架後方密室的照片與模型時，直覺那簡直就是「方舟」，而十五歲就離開人世的安妮所留下的日記，則是另一個關於「方舟的故事」。

安妮的日記，最早是以《微亮的光芒——安妮的日記》（皆藤幸藏翻譯，文藝春秋，1952年12月）為題出版，時間是日本戰敗後第七年。譯者在卷頭提到：「這本書最早是在1947年，以"Het Achterhuis"為題，於荷蘭出版。"Het Achterhuis"是指安妮一家人到1944年為止，所躲藏的建築物的部分。荷蘭語中，"achter"指的是『後面』，而"huis"則是『家』的意思。阿姆斯特丹的老建築，同一棟建築物通常分為面對庭院與面對街道兩個部分，這棟『後面的家』面對著阿姆斯特丹的其中一條運河。」

這就是安妮他們的「方舟」。1942年7月，當納粹對猶太人的迫害越發加深，安妮的父親下定決心搬到那棟隱密的住家裡。父親對一臉擔心的安妮說：「不要擔心，一切事情有爸爸會處理。你還只是個孩子，快樂過你無憂無慮的兒童時代就好了。」

我在想，戰時的荷蘭，一定不只安妮的父親曾經說過這樣的話。程度或許有別，但兒童們都是在大人們經濟、精神的保護下成長的，這點大致沒錯。換言之，兒童時代就是「方舟」的時代。在表現兒童成長與自立的主題時，「方舟」的意象也越顯重要。7月6日，安妮一家搬進了密室，直到1944年8月為止，安妮就這麼在密室與父親的庇護下，過著雙重「方舟」的生活。

安妮的日記，一直寫到被祕密警察帶走的前三天。日記的後半除了寫到有關戰爭的情況以外，也提到了和同樣住在密室裡的彼得的戀情，以及和其他同居者之間從未間斷的爭吵。愛情與爭吵，讓我們感受到密室這個「圍城」的窒息感，亦即封閉時代的典型特色。「圍城」一詞，之前我們也曾經提過，出自長谷川堯之筆，他並且提到「一個向外發展的志向被封鎖的世界，會自然而然釀造出一個內攻的空間。」（《都市迴廊》，前述）文章中另外用了「發酵」這個辭彙；我們不妨這麼說，在《安妮的日記》後半所描寫的愛情與爭吵，不正是瀰漫在密室裡的空

氣所釀造、發酵後的結果嗎？

窒息感的真面目

《安妮的日記》裡的窒息感，可以由同樣是以戰時猶太少女亞尼為主角、約翰那・萊斯所著的《西尼與我所在的二樓》（1972年，前川純子翻譯，富山房，1977年12月）中感受到。另一部作品，松谷美代子的《我的安妮・富蘭克》（《私のアンネ＝フランク》，偕成社，1979年12月），則是由現今生活在日本的人們的角度，嘗試捕捉安妮與亞尼生存的那個年代。故事是描述與剛開始寫日記時的安妮差不多年紀的優子與母親——和安妮・富蘭克同樣生於1929年的蕗子兩人，藉由安妮的日記試圖捕捉安妮的內心世界。但就在同時，優子、蕗子以及優子的哥哥直樹卻也發現自己所處的世界同樣有各種危機逼近。不過，直到作品最終章，一切仍僅止於隱而不發，著墨並不深。

「我現在終於知道為什麼阿悟，也就是金泳孝要在桌上刻德國的卐字符號了。因為對於金泳孝來說，說不定日本人和鬼根本是一樣的。」

這是作品的尾聲，也是優子在知道自己同班同學水野悟其實是名字叫做金泳孝的韓國人時的內心想法。很明顯地，優子開始關心身旁的事物。然而對於將安妮逼上死路的事物本質，以及今日社會所面臨的危機的真相，作品中始終沒有捕捉到。畠山兆子曾批評，蕗子的奧許維茲之旅「僅止於對奧許維茲的介紹」（〈「我的安妮・富蘭克」當中的問題點〉〔〈「私のアンネ＝フランク」

の持つ問題点〉〕,《日本兒童文學》, 1980年12月)。作品的主題無法藉作品中角色的行動，在作品固有的空間中獲得充分發揮，實屬可惜。

方舟「之外」

當我讀到漢斯・彼得・瑞希德《那時佛立德在場》(1969年，上田真而子翻譯，岩波少年文庫，1977年 9月) 一作，說實話，內心受到很大的打擊。作品以〈出生時（1925年)〉開頭，以〈完結（1942年)〉結尾，每章的篇幅都很短。

「修納德阿姨笑盈盈地彎身給佛立德一個緊緊的擁抱，拍掉他外套上的雪。接著把手放在佛立德的肩膀上，和佛立德兩人在雪地裡轉圈、跳起舞來了。

『媽媽,』我撒嬌地說:『連修納德阿姨都跑出去，和佛立德一起在雪中玩耍呢。好不好嘛，我們也去。』母親嘆了口氣，說道:『快別讓我煩心了，孩子。我正在忙著呢。』」

這是第三章，標題為〈雪（1929年)〉當中的情節，畫面隱約預示了佛立德與「我」日後的境遇。下雪天裡，修納德母子在戶外，而「我」因為母親放不下手邊的工作，只能隔著窗戶向外看。佛立德在「外」，而「我」在「內」，從裡面「看著」在外面的佛立德——這不正象徵著作品的全體構圖嗎？在本章的結尾，我們看到以下部分。

「佛立德注意到前庭鋪石通道旁長長的小雪山，他伸出腳想要踩上去，沒想到腳卻陷到雪裡面去了。佛立德邊笑邊踩著，

《那時佛立德在場》（漢斯・彼得・瑞希德著，上田真而子譯，岩淵慶造繪）

故事是從1925年開始的。那是通貨膨脹的時代，而「我」就是在那時誕生的。一星期後，同一棟公寓裡的佛立德也出生了。兩個人甚至是兩家人的感情越來越要好，但是最後終究因為佛立德一家是猶太人，而不能繼續住在公寓裡了。在本書譯本出版20年後，1995年出現了兩篇續集，仍是由上田真子所譯的。《當時我們也在那裡》，描述成為希特勒之軍的體驗，此外《還是年輕士兵時》寫的是軍中的事情。

直直地走過來。

就在這時，樓下傳來打開窗戶的聲音，雷修先生大喊，『喂，不要糟蹋我的玫瑰！你這個猶太人的小孩！』

母親退離了窗邊，對我說：『快過來！不要一天到晚看著窗外。』」

佛立德是猶太人。他們一家同樣遭受納粹的迫害，性命受到威脅。不同的是，作品中並沒有出現讓他們安身立命的「方舟」，因為加入希特勒納粹黨的房東老想要把他們趕出公寓。故事最後，警察逮捕了佛立德的父親，而躲起來沒被抓去的佛立德則是死在偷偷回公寓的路上。他是遇上空襲而死的。房東不肯讓佛立德躲到地下的防空洞，因為他是猶太人。如果說地底下的防空洞是躲避空襲的「方舟」，那麼當時的佛立德便完全是「方舟」之外的人。相對於我們之前將《樹蔭之家的小矮人》、《安妮的日記》等描寫為了躲避時代動亂而躲入「方舟」內的

人們的故事稱為「方舟的故事」，《那時佛立德在場》則是不折不扣的「反＝方舟的故事」。

在「裡面」的「我」與在「外面」的佛立德

《那時佛立德在場》，書中的第一人稱是和佛立德同住在一間公寓的「我」。「我」只比佛立德早一個星期出生，和佛立德是從小一起長大的朋友。只不過，「我」是德國人而不是猶太人。雖然「我」的家人長期保護佛立德一家人，但是「我」的內心卻依然隱約存有納粹的想法。在〈大屠殺（1938年）〉一章中，「我」在放學的路上加入了破壞猶太人宿舍的行列。

「剛開始時，我只是拿著鐵鎚把玩。不知道什麼時候，竟握起鎚柄亂揮一通。忽然間，鎚子好像碰到了東西——玻璃發出聲響，破了。原來是殘留在被打壞的書櫃上面的玻璃。

還好，我鬆了一口氣，但好奇心也因此點燃。我試著用鎚子輕輕敲打已經破裂的玻璃，只見玻璃一片片從框架上掉了下來。這實在是太有趣了！到了第三片時，我乾脆鼓足全力，用力敲下去，碎片飛的到處都是。

情緒高昂的我就這樣甩著鐵鎚，在走廊上大搖大擺地走著，把每個擋住去路的東西打個稀爛。椅子腳、翻倒的架子、玻璃杯。我感到身體裡面有股力量湧起！我愛死了手上揮舞的鎚子的威力，甚至想要高聲唱歌。」這時作品達到臨界點，「突然間，我感到全身無力，覺得很想吐。」空襲時，「我」在地下室裡，而佛立德卻沒能進到地下室裡。

「『開門，開門啊！』外頭絕望的聲音，不斷高聲嘶吼著。『拜託，請開開門！』

雷修先生將鋼鐵門打開了。

在門前的是佛立德。他跪在地上，兩手合握，直說道『好可怕啊！好可怕！』慢慢地爬進防空洞裡。

從開著的門縫裡，我隱約看見外頭人間煉獄的景象。炸彈爆裂，爆風將門猛然吹上。

『你給我出去！』雷修先生嚷著。『快點給我滾出去！你以為就憑你也配進入我們的防空洞嗎？』他激動地說，鼻子哼了一口氣。

『你給我出去！快滾！』

這時隊長站了起來，直接走到門邊。『你瘋了啊？在這轟炸最激烈的時候，你竟然要趕一個小孩子出防空洞，到底是為什麼？』

『你懂什麼。』雷修先生說道『他可是個猶太人啊！』」

雷修先生是當地的防空委員。在聽到「拜託，拜託，請讓我進去，讓我也進去好嗎？」時，「我」的母親不禁暗叫一聲「是佛立德！」隔著一道門，佛立德在「外面」，而「我」在「裡面」。在〈地下室裡（1942年）〉這章的最後，我們看到了這樣的描寫。

「母親將臉埋在父親肩膀上，出聲哭了起來。『鎮定一點，』父親懇求地說，『不然我們一家都會遭遇不幸的！』」

到目前為止，我一直用「洪水」與「方舟」的觀念來闡述第四章。但是寫到這裡，我發現用「洪水」來作比喻是有破綻

的。害安妮和佛立德失去性命的不應該比喻作「洪水」之類的天然災害，相反地，毋寧是包括敘述佛立德的生與死的「我」在內的「我」們全體。《那時佛立德在場》將這點以冷靜的筆調清楚地揭露出來，而這是在「方舟的故事」中所看不到的。

長谷川潮曾說：「《樹蔭之家的小矮人》書中關於『戰爭』的處理，可以說是站在被保護者的立場，也就是『婦孺』的角度出發。」（〈邁向開放世界的腳步〉〔〈開かれた世界への歩み〉〕，《日本兒童文學》，1972年7月）很顯然地，《樹蔭之家的小矮人》的原始構想源自於「方舟」的蔽護性。因此任何可以提供相對於此「方舟」原始概念的意見，都是可貴的，「反＝方舟的故事」《那時佛立德在場》便是這樣一本書。

方舟的自私性

接下來我想提一部小說作品，安部公房的《方舟櫻花號》（《方舟さくら丸》，新潮社，1984年11月）。故事中的主角「我」曾經提到「難道你不覺得危機已經瀕臨了嗎？不管是自然、人類、地球，還是整個世界？」他認為將來一定會發生戰爭，於是開始著手將採石場廢墟，礦山地底下開發成避難所。故事落幕的那一刻令人印象深刻。許許多多的人，包括深夜的掃街大隊「掃帚隊」的一群老人，集體闖入居民原本只有「我」一人的核子避難所。其中，「掃帚隊」的副官似乎夢想著要將避難所建設成一個國家。

「在這個世界上，沒有比國家主權更至高的權力」副官說。

老人們開始將器材和食物搬進採石場。主角「我」冷眼旁觀，最後乾脆將所有人關在採石場的廢墟裡，自己逃到區公所的地下。過程中，「我」曾經勸一名叫做阿櫻的女子一起走，不過最後她選擇留下。「不，我想我還是不去了。反正不管在哪裡生活，還不都差不多。」這是阿櫻在廟會時回答商人的話。原本是為了逃避核子戰爭所成立的「方舟」，突然間有了國家的雛形，但是在同時，「方舟」之外又是一個國家。情形真是成了阿櫻所說的，不管在哪裡生存，本質上都沒有多大改變。

漢斯・彼得・瑞希德的《那時佛立德在場》一書中，佛立德最後並未獲准進到公寓地下室的防空洞裡。其實，在佛立德在地下室這個「方舟」外被炸死之前，老早也被希特勒所支配的德意志帝國趕了出來。佛立德的死讓我們看清兩件事實，那就是——唯有國家才是真正的「方舟」，以及國家這艘「方舟」的自私性。

渡睦子（わたりむつこ）《華華與明美》（《はなはなみんみ物語》）三部曲的最後《魔法復活的故事》（《よみがえる魔法物語》，リブリオ出版，1981年2月），是在講述延人走出「生命之幕」擁抱「真實世界」的故事。（「生命之幕」是百年前滿月本土大戰之後所成立的避難所）只是，故事最後，延人等一行小矮人終究無法脫離「生命之幕」活命，據說是因為肉體無法適應大自然的嚴苛考驗。換句話說，他們無法脫離「生命之幕」這艘「方舟」自立。只不過，當我們不斷說國家正是所謂「方舟」、國家具有自私性的同時，我們自己又何能脫離國家這艘「方舟」自立呢？

在這一章中，我們就現代兒童文學元年，即1959年出版的作品中，特別提出了《樹蔭之家的小矮人》作為討論。在接下來的第五章裡，我打算從那須正幹的《我們往大海去》(《ぼくらは海へ》，偕成社）開始談起。這部出版於1980年1月的作品，同時也是部「方舟的故事」。如果說《樹蔭之家的小矮人》是在探討脫離「方舟」自立的話，那麼《我們往大海去》便是部描寫在「方舟」裡迎向死亡的少年們的故事。

附記

除了文中提到作品之外，另外還參考了多木浩二的《有生命的房子》(《生きられた家》，田畑書店，1976年9月)。

第五章　「方舟」裡的喪鐘
——從那須正幹《我們往大海去》（1980年）談起

1980年——現代兒童文學的變質

第三章在談論「兒童」概念的再發現時，曾經提到日本的現代兒童文學成立的時間是1959年。然而，若觀察今天日本現代兒童文學，可以明顯發現已與當時的觀點有了出入。換言之，中途必定出現過轉折。

依據石井直人的說法，那須正幹的《活寶三人組大進擊》（《それゆけズッコケ三人組》，ポプラ社，2月）與國松俊英的《奇怪的星期五》（《おかしな金曜日》，偕成社，8月）的出版年，1978年，正是日本現代兒童文學變質的起點。他認為，那須、國松所著的「這兩部作品，可以說預告了自1980年後日益普及的趨勢。（《山口女子大學文學部紀要》，1992年3月）《活寶三人組大進擊》書中的娛樂性代表的是『商品化時代』；而《奇怪的星期五》則是以主題的嚴肅性，代表『禁忌破除』之後。」（關於「禁忌破除」請參照第十章）

《活寶三人組大進擊》為《活寶》系列（目前已出版超過三十

集）的首部作品。《奇怪的星期五》則是講述父母雙雙離家，被拋棄在家的洋一與健二兩兄弟一個月來的生活。在故事最後，兩兄弟自己決定到兒童諮詢所去。

我個人則是以1980年為日本現代兒童文學的轉折點。該年同時也是那須正幹《我們往大海去》（偕成社，1月）、柄谷行人〈發現兒童〉（《群像》，1月，《日本近代文學的起源》，講談社，1980年8月所收錄）、那須正幹《活寶極機密大作戰》（《ズッコケ㊙大作戦》，ポプラ社，3月）、矢玉四郎《晴天有時下豬》（《はれときどきぶた》，岩崎書店，9月）、菲力普・阿里耶斯《「兒童」的誕生》（杉田光信等人合譯，みすず書房，12月）等作品發表的一年。

在第三章中，我們提到了1950年代「童話傳統批判」具有三項改革意識，為1959年現代兒童文學的成立預作準備。

1. 重視「兒童」——重新審視「兒童」，即兒童文學所描寫的對象及讀者的真實的一面。
2. 散文性的獲得——克服童話當中的詩的性格。
3. 求變的意志——致力讓兒童文學跟上社會的變革腳步。

但是到了1980年，三項之中，第一項「重視兒童」與第三項「求變的意志」很明顯開始崩解。「兒童」的歷史概念被提出之後（〈發現兒童〉，《「兒童」的誕生》），現代兒童文學出發期時的強烈主題，諸如現狀必須改革、人類必須要有成長等想法，此時均成了在談到時會被加上括號的非必要條件（《我們往大海去》）。

書寫現實——80年代的兒童文學

為80年代兒童文學開啟一扇門的是那須正幹的《我們往大海去》。這本書是由偕成社在80年代一開頭，也就是1980年的1月所發行。故事主角是群小學六年級的少年，表面上每個人似乎都有幸福美滿的家庭，但其實卻不是這麼一回事。

距離大河河口附近，滿佈野草的海埔新生地，就是本篇作品的舞臺。少年們喜歡在去補習班的路上到這裡來，他們停下腳踏車，有時在臨時搭的小屋裡休息，有時玩玩投接球。在作品後面的解說裡，木暮正夫將這塊海埔新生地形容為「心靈解放區」。它既不是讓人感覺不甚舒適的家，也不是只以提升考試成績為目的的補習班，而是一個異質的空間。

阿勇靈機一動，想要做一艘船。至於材料，則用海埔新生地上人們丟棄的廢材就可以了。阿勇、誠史、雅彰、嗣郎四個

《我們往大海去》(那須正幹著，安德瑛繪)

「從小屋外面低矮防波堤看出去，海面上漂浮著細細長長，看起來像是放空罐的木箱子。那是用三片灌漿工程用的模版，再加上三角形的船頭所作成的一艘極簡陋的船。」這艘「海馬號三世」雖然很快就在海上翻覆了，但是卻促使少年們想做一艘真正的船的決心。作品的第一章是〈夏初〉(〈夏のはじあ〉)，而以9月的末了做故事的結尾。在小學六年級的暑假，少年們像是極力擺脫個人心中所有的煩惱似的，努力打造一艘船。

人對於建造船的熱衷，絲毫不遜色於威廉・梅應的《砂》（1964年，林克巳翻譯，岩波書店，1968年10月）裡描述的努力想要挖出被掩埋的鐵路的中學生。唯一不同的是，《砂》講述的是鎮上近代中學的學生。近代中學並非升學學校，學生畢業後無法繼續升學，故事便是講他們在成為大人之前的一段與砂格鬥的時光。而《我們往大海去》卻是除了嗣郎以外，其餘都是可以考上「附中」或其他市立中學的優秀學生，只不過他們的心靈卻是充滿了空虛。四個人原先做的是一艘小船，後來船翻覆了，於是改做一艘帆船，但是帆船不幸又壞了，最後才做了一艘有船帆的木筏，並且將這木筏取名為「海馬號三世」。

事故發生在某個暴風雨的夜裡。多田嗣郎為了搶救被浪沖得猛撞岩壁、眼看就快要壞掉的木筏，過程中嗣郎的腳不幸被繩索纏住，最後意外身亡。出入海埔新生地的少年個個都遭到嚴厲斥責，但是其中仍有兩個人想要將木筏重新組裝起來，那就是大道邦俊與小村誠史。

邦俊的父親是綜合醫院的事務長，和醫院裡的年輕護士發生曖昧的關係，家庭幾乎破碎，一家人表面上卻都裝作沒事。誠史的情況則是父親早逝，母親對他的期望很深，但家裡的氣氛老是處於祖母與外出工作的母親不停的爭吵當中。邦俊和誠史一心一意做著木筏，甚至連補習班都沒去。他們的木筏上不僅有桅杆，還有船艙。故事裡關於邦俊「裝置在心頭上的炸彈」終於爆發，是這麼描述的——

「被叫到校長室申誡不准再到海埔新生地去的當天，邦俊曾經這麼問過母親與哥哥:『嗯,人死了以後……有沒有可能變成蟲呢?』這是邦俊他們在聽校長說教時,看見校長用鞋子踩死一隻小蟲。邦俊覺得那隻蟲是嗣郎的化身,甚至還彷彿聽見小蟲的哀號。他心想:『為什麼我對校長什麼也沒說呢?只要我對校長說一聲,校長應該就不至於將那隻在地上爬的小蟲踩死了。殺死那隻蟲的是我。不,那不是蟲,那是嗣郎。是我對嗣郎見死不救的啊!』」

人死了以後有沒有可能變成蟲呢?對於邦俊的疑問,母親也好,哥哥也罷,全都不當一回事。而那天,父親又去了愛人那裡,不在家。邦俊雖然喜歡家人不彼此干涉,但是這時他真心希望有人能認真聽他說說話。然而,母親和哥哥卻都只是輕描淡寫地敷衍過去。突然之間,邦俊「裝置在心頭上的炸彈」爆發了。

「方舟」的主題與兒童文學的現在

在夏天快要結束的時候,邦俊與誠史乘著木筏出海去了。故事裡的邦俊對誠史說:「是時候該走了!」

「邦俊點頭示意。誠史解下掛在防波堤上的繩索,跳到甲板上。邦俊豪氣地收起繩索。青色的船帆在陸風的吹拂下,一下子漲得鼓鼓的。海馬號三世略震了一下,駛離了岸邊,很快便朝著水平線彼端慢慢形成的夏末積雨雲,勇往直前去了。」

作品的尾聲,暗示了兩人的死。

《我們往大海去》作品的卷頭,曾經引用了《舊約聖經》

〈創世記〉當中關於諾亞方舟那一段。對於故事中的少年來說，木筏也許就是他們的「方舟」。為了逃避對他們來說過於困難的現實，他們躲入了「方舟」裡，並且一去不復返。《舊約聖經》〈創世記〉裡的洪水，是上帝感嘆於這個世界上邪惡橫流，欲剷除黑勢力所引發的。所以才有上帝眼中的義人諾亞建造方舟，帶領家人與動物躲避洪水。對邦俊與誠史來說，也許同樣是在他們的「方舟」裡，等待這個世界上的邪惡被消滅也說不定。

作者後來在隨筆中提到「在卷頭安插《舊約聖經》那一段，是項敗筆。」(〈念念不忘的少年們——「我們往大海去」完成之前〉〔〈心に残る少年たち——「ぼくらは海へ」ができるまで〉〕，日本兒童文學者協會編，《面對兒童所處的今日》〔《子どもたちの今へ向けて》〕，青木書店，1988年6月所收錄)「身為作者，當初引用的用意原是想作為反證，豈料有讀者過於認真依字面意義照單全收，讓我為此有點苦惱。兒童文學作品萬萬不可玩弄文字，乃是作者的自我誡律。」——對於那須正幹的說法，我想我可以理解。只是，在此還是想特別提出「方舟」這個意象，尤其是以「方舟」為主題、有關乘船出海的作品，其實並不只有《我們往大海去》這一部而已。因此，我認為，要探討兒童文學的現在，以「方舟」的觀點著眼，會是一個極重要的關鍵。

又是一艘「方舟」

在我讀到《我們往大海去》時，隨即想到大石真的《二〇五號教室》(實業之日本社，1969年6月)，兩部作品的結構極為相似。

在《二〇五號教室》中，同樣安排了少年們的「心靈解放區」，也就是用來放體育用品的小學地下室，那裡聽說在戰時曾經作為防空洞。

《二〇五號教室》裡頭的友一，是個腳有殘疾的少年，所有科目都難不倒他，唯獨對體育不拿手。另一名主角洋太，則是與繼母和父親處得不太好。還有一個男孩叫做阿明。母親為了買傢俱與電器用品，外出工作，阿明經常得一個人看家。高山友一、瀧洋太、吉川明，再加上另一名少年田口健治等四個人，打算將作倉庫用的地下室建造成友一口中「比我們的教室更好的教室」。擅長體育的健治教友一如何跳箱，六年級的友一則是教還是二年級的阿明算數。友一最後因此跳過五層的跳箱，而阿明則是算數考試拿到一百分，地下室也被取名為「二〇五號教室」。

阿明的死是個導火線。阿明專程將一百分的考卷拿到母親

《二〇五號教室》（大石真著，齋藤博之繪）

「友一將右腳伸入那個洞裡。腳很快的就碰到地面，可是當他又試著將腳往前伸時，沒想到腳卻又懸空了，這回是陷入另一個更深的洞穴裡，彷彿是座樓梯。『好像是一個祕密的地下室』——就這樣，他發現了放體育用品的倉庫。友一與洋太打算將這個地下室建造成一個「比我們教室更好的教室」，而他們就在這裡唸書和遊玩。學校總共有二十四間教室，所以地下室的教室應該是第二十五間，可是為了誇張一點，他們將這裡稱為「二〇五號教室」。

工作的地點，想給母親看，但是母親沒空理他。意志消沈的阿明走到大馬路上，不幸遭車子撞死。對阿明母親的憤怒，再加上對自己雙親的不滿，促使友一與洋太決心離家出走。那是一個下著雪寒冷的夜晚。離家的兩人所到的地方，當然是體育用品倉庫的地下室。為了要逃避對他們來說過於艱難的現實，兩人躲入了「方舟」之中。友一與洋太就這樣在地下室裡待了一個晚上，後來是因為聽到同學們擔心的聲音而走了出來。他們用手電筒照著地下室泥土做成的階梯，一步一步爬了上去。以下是作品最後的部分。

「『二〇五號教室……。』洋太在口中喃喃唸道。

洋太全身可以清楚地感受到心裡好像有什麼東西崩解了，但同時卻有另一種強力但莫名的東西取而代之，逐漸萌芽。他穿過佈滿塵埃的運動用品，用力打開倉庫的門。忽然間，外頭射進耀眼的陽光。

洋太不停眨著眼，彷彿眼前的世界是第一次看到，大口大口地喘著氣，眺望眼前沐浴在晨陽中的學校。就在這時，從樓梯的方向傳來喊叫聲，有四、五個一年級的學生，嘴裡不知叫嚷著什麼，跑過洋太身邊，向積雪的校園跑去。」

《我們往大海去》與《二〇五號教室》都是描寫少年為了逃避眼前過於艱難的現實而躲入「方舟」裡的故事，但結局卻是完全相反的。前者暗示了主角的死，後者為他們準備了光明的未來。相對於《我們往大海去》的邦俊與誠史躲入「方舟」，在「方舟」走向死亡，《二〇五號教室》的友一與洋太最後則是

走出了「方舟」，脫離「方舟」自立。對於友一與洋太來說，在「方舟」裡的體驗就像是他們成長的一個階段，或說是邁向成長的一種「通過儀式」。不論是循著樓梯從黑暗的地下室走向光明的地面，還是一步一步往上爬的情節刻畫，亦或「另一種強力但莫名的東西取而代之，逐漸萌芽」、「彷彿眼前的世界是第一次看到」、「沐浴在晨陽中的學校」等描寫，在在都為最後一景的營造帶來很好的效果。究竟這部1960年代後期的作品《二〇五號教室》與1980年出版的《我們往大海去》兩者截然不同的結局之間，透露了什麼玄機呢？答案也許就是兒童文學的「理想主義」崩壞，或說變質。

兒童文學是否是「理想主義」的文學

兒童文學在過去一直被認為是「理想主義」與「向光性」的文學，我們不妨從1950年代、1960年代發表的兒童文學概論中，摘取「理想主義」的部分來看看。

「兒童文學原本是不分流派、理想主義的文學。在這裡，所謂的理想主義，是指追求應有生活的理想，和作者個人特定的思想或立場（比方說馬克斯主義、基督教等）並無關聯，也意味著絕無耽美派兒童文學產生的可能。」（關英雄，〈兒童文學的本質〉，《兒童心理》，1955年7月，《新編兒童文學論》，新評論，1968年7月所收錄，批點，括弧依照原文）

「兒童文學，乃是作者欲啟發兒童的精神，如培養兒童的美好性情與健全的人格、給予光明的夢想以發達其想像力、賦予探求真實的勇氣以及培植為國家社會奉獻的觀念所創作的作品。作品中經常可見作者的善意，也可稱為向光性的理想主義文學，或說是人道主義的文學。」（福田清人等合編，《兒童文學概論》，牧書店，1963年1月，第1編〈兒童文學的本質〉，由福田執筆）

但是，不管是從關英雄「絕無耽美派兒童文學產生的可能」，亦或福田清人的「兒童文學，乃是作者欲啟發兒童……給予光明的夢想」著眼，《我們往大海去》的結局都遠遠脫離了兒童文學早先的理念。

隨著日本經濟高度成長出現陰影，人們開始注意到戰後所帶來的諸多矛盾，兒童文學在這種氣氛下也有了轉變。神宮輝夫在《兒童文學中的兒童》（《兒童文学の中の子ども》，NHK叢書，1974年12月）便提到「在政治力直接介入後的日本戰後兒童文學，雖藉由提供未來的遠景將愁苦的現實與兒童彼此之間牽上線，但是除了情感上的滿足外，所解決的其實僅限於問題局部。因此，故事最後大多是以主角人物獲得某種希望或未來的保證作結。在一切均較現實順遂的故事中摸索生存之道，與坦誠未來不可期、在追尋的過程中甚且有人會失敗，但仍不停止摸索的做法，兩者之間存在著屬性上的差異。而產生這種差異的，可以說是1970年代的兒童文學。」

在現代兒童文學的出發期，描繪的是對未來的期望；1960年代的作品中，現實與超越現實的力量，兩者間的權力關係總是後者恆強。但是，這種現象到了1970年代開始出現變數。比方說，神宮輝夫就很快注意並且提出，奧田繼夫描寫戰時學童

疏散的作品《小弟的戰場》(《ボクちゃんの戦場》，理論社，1969年12月) 之中的主角不是「克服困難的英雄式人物」，而是作者刻意安排的「非英雄式」主角。到了1980年代，這種兒童文學上的變化更是明顯。

從所謂「理想主義」的約束中解放

那須正幹的《我們往大海去》一作，出版的時間是1980年。作者描繪上補習班的優秀學生內心的空虛。在夏天快結束時，邦俊與誠史登上木筏，出海去了，作品最後並以暗示兩人的死亡做結。我必須坦誠，在我首次閱讀這部長篇作品時，內心遭受極大震撼。我心想，難道兒童文學已經不再為兒童提供光明的未來了嗎?

在1980年代仍謹守兒童文學「理想主義」的是後藤龍二。他的作品不管是《少年們》(《少年たち》，講談社，1982年12月) 還是《14歲——Fight》(岩崎書店，1988年6月)，都可以看到關於他口中「聯考體制下的青春期」的深刻描寫，但同時結局又能朝光明的方向前進。只是，人們雖因故事的結局受到鼓舞，卻也難免心生早已安排好似的不自由的感覺。

對於《我們往大海去》的結局，作者提到「這部作品，有讀者說是悲劇，也有讀者說是離巢自立的象徵。我認為，這應該交由身為讀者的兒童們自己去判斷。」(〈那須正幹——「活寶」是我的理想構圖〉〔〈那須正幹——「ズッコケ」はぼくの理想像〉〕，接受神宮輝夫訪問，《現代兒童文學作家對談》五，偕成社，1989年10月所收錄) 有關《我們往大海去》一書結局是好是壞，基本上很難加以評斷。但是至少不可否認的，它的結尾方式確實為歷來的「兒童文學」模式開了先例，讓我們呼吸到一點自由的空氣。而當我看到1986年成書，由灰谷健次郎執筆的《我利馬的出航》(《我利馬の船出》，理論社，6月）時，又再一次讓我想起《我們往大海去》這部作品。

《我們往大海去》的結尾，是從已經出航的少年們的朋友，一起造船的雅彰的視點所寫成。那時已是9月下旬，雅彰照常來到海埔新生地。他總是想，說不定他們已經回來了，為了迎接兩人的回航，每天他都會到這裡看看。

「但是，這一陣子，雅彰開始覺得那兩個人說不定不會再回到這個海埔地，因為也許他們已經到了某個南方夢幻小島，每天過著和魯賓遜一樣刺激的冒險生活。想到這裡，他不禁有點心痛與後悔，因為其實在那時，他是有機會和他們一起展開冒險之旅的。」

作品在這裡畫下了句點。細谷建治對此評以「在整體沈重的基調（另外，誠史等人的出航也很明顯是死亡之旅）中，最後一段關於雅彰心境的描述，卻奇妙地為我們帶來光明的意象。『夢幻』與『刺激的』等形容詞，也都突顯了光明的一面。」(〈再一次，我們要往哪裡去〉〔〈ふたたび、ぼくらは、どこへ〉〕，《季刊兒童文學批評》，1982年3月，括弧內依據原文）另外，對於《我們往大海去》的標題，細谷也說那是「乍見之下，給人有光明的感覺」。

烏托邦「我利馬」所反射出來的意象

灰谷健次郎的《我利馬的出航》是另一部的《我們往大海去》。故事的開頭寫到「對於一心想重生的人來說，自己的國家或是家庭都是不需要的。／如果可以從這些事情裡解放出來，該是一件多麼痛快的事啊！」故事的主角稱是自己給自己取名為我利馬的「我」，家庭成員除了沒有收入的父親，另外還有精神有點失常的母親，以及越來越像流氓的弟弟們。生活在這樣的家庭，「我」因此渴望一個「遙遠的夢想國度」的存在，最後並且用自己的雙手造了一艘遊艇。

「我」在造船的過程中，在拆屋現場結識了一名拾破爛的老伯。當時「我」正在找尋可以拿來造船的材料，老伯出現在「我」的面前。「這裡是我的勢力範圍！」「我」威嚇道。但老伯則認為「那是任何人都可以拿的木頭」。這個任何人都可以的老伯，就住在河邊任何人都可以住的空地上，那裡同時也是老伯的烏托邦。

「我」要出航的那天，一旁送行的人就是老伯。

「我向老伯說『再見了』。老伯卻說『這句話我先暫時保管著。』最後，雖然只是一絲笑意，但我總算有辦法笑了。黑夜裡，我升起船帆，收繩，我利馬號靜靜滑人海中。」

出航後的遊艇遇到暴風雨，漂流到了巨人國。受傷的我利馬得到巨人少女阿妮與庫丘老人親切的對待。對他來說，這還是第一次受到別人如此關心，這裡就是真正的「夢想國度」。傷癒後的我利馬再次準備出發，他對著前來送行的巨人們重新許願「請允許我成為你們真正的朋友」。作品最後是以群眾的歡呼聲作結——「安利・我利馬！安利・我利馬！」,「安利・我利馬！安利・我利馬！」——「安利」在巨人國的語言裡是朋友的意思。

「『安利！』,『我利馬！ 我利馬！ 我利馬！ 安利！ 安利！ 安利！』喜樂的浪濤聲席捲了我，將我興奮顫抖的心淹沒了，久久不能平復。」

同樣在1986年出版的川崎洋的《敏雄的船》(《トーオの船》,偕成社，4月）作品中出現的船，也是駛向夢想國度的工具。那座島據說是所有事物的源頭，也是通往神明國度的入口。只是，不論是故事裡的無名船、船長還是阿薰，其實都只是臥病在床的俊雄所做的夢裡出現的事物。當他夢醒時，他的病也明顯好轉。

《我利馬的出航》以及《敏雄的船》，所描寫的都是遠在海的另一方的理想國，而《我們往大海去》尾聲的光明面也是因為那樣一個地方產生。雅彰認為一去不復返的兩人「也許他們已經到了某個南方夢幻小島，每天過著和魯賓遜一樣刺激的冒險生活」，而我利馬則是該「冒險」的實際從事者。

《我利馬的出航》和《敏雄的船》基本上都屬於烏托邦文學。所謂烏托邦文學，根據前田愛的說法，指的是「在封閉的空間、組織化的空間裡，祈求實現人類幸福的一種熾烈夢想下的產物。」(〈牢房中的烏托邦〉〔〈獄舍のユートピア〉〕，《都市空間之中的文學》〔《都市空間なかの文学》〕，筑摩書房，1982年12月所收錄）這其中

所反射出來的，正是時代的封閉性。亦即藉由描述烏托邦的同時，反倒突顯了現實中的課題。

挑戰不可能的目高魚

《我們往大海去》、《我利馬的出航》的主題「方舟」與出航的意象，在稍晚由皿海達哉的《海裡的目高魚》(《海のメダカ》，偕成社) 承繼；這是部1987年發表的作品。

故事中主角是名叫做橫藤田佳照的少年，如果依照一般的情況，他應該是名國中生了，但是因為他從小學三年級就拒絕上學，一個人在公寓房間裡自學。按照他的說法，反正一樣可以報名司法考試。據說他之所以拒絕上學，原因和他感情融洽的雙胞胎兄弟被班上同學欺負，不小心從二樓窗戶摔下跌死有關。

不過，漸漸地，佳照的公寓裡聚集了其他成員，像是有段

《海裡的目高魚》(皿海達哉著，長新太繪)

「京濱東北線南下往大宮的火車即將要開了。還沒有上車的旅客請趕快上車。」——鐵路旁的公寓裡不時可以聽到這樣的廣播。佳照，一個阿修羅的少年，和他的父親搬進了這棟公寓。佳照拒絕上學很久了，同棟公寓裡還有一個一度拒絕上學的少女道代，最後她懷了佳照的小孩。對現實社會來說，他們是不折不扣的異類。但是作品卻透過康男，一個普通中學生的眼做描述。從「普通」的視點來觀察世界，可以說是皿海文學的特色。

時期拒絕上學的松井道代，以及附近原澤中學的不良少年們，大伙兒聚在一起唸書。佳照雖然沒有上學，但是功課很好，因此成了大家的老師。在他的指導下，每個人的英文、數學都有了進步，對唸書逐漸產生了興趣，這個公寓房間也因此成為大家的「心靈解放區」、自治區。不良少年們似乎對佳照堅定的生活方式感到憧憬。道代便曾經對故事中擔任靜觀一切角色的康男說：「他們彼此就像是海裡的目高魚，所以才這麼合得來也說不定……」康男問道：「什麼？海裡的目高魚？」道代解釋：「本來嘛，和所有同類一起住在河裡，柔弱也好，瘦小也罷，大家和平共處，快樂生活不就好了嗎？但偏偏就是有一尾目高魚立志挑戰海洋。」（編按：日文「目高魚」，相當於中文的「鱂魚」，此處似含雙關語意，故沿用原文。）

「海裡的目高魚」多麼棒的構想！不僅是佳照，包括我利馬、《我們往大海去》故事裡的邦俊與誠史，其實不也都是「海裡的目高魚」嗎？生存於淡水中的目高魚，在大海裡是沒有辦法生存的，但他們仍堅持向這項不可能挑戰。

朝《活寶》轉向——娛樂的力量

那須正幹《活寶三人組》系列作品的第四部《活寶荒島漂流記》（《あやうしズッコケ探險隊》，ポプラ社，1980年12月）的第一章〈漂流〉，開頭是這麼寫的：「原先在東方隱約可以看到的陸地，這會兒也沈到水平線一帶的濃霧裡，四周能看見的只剩下天空和海洋。船在大浪的擺弄下，一個勁兒往西南方漂流。這是艘

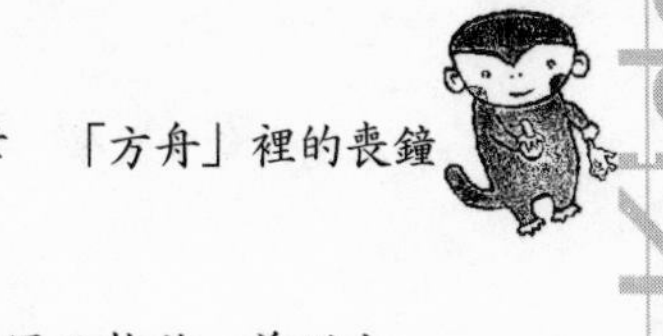

《活寶荒島漂流記》(那須正幹著，前川かずお繪)

個子小、皮膚黑、嘴巴很壞的阿倍；在廁所也不忘唸書，但是成績總不見好轉的博士；貪吃、動作慢吞吞、不知道為什麼卻很受女孩歡迎的阿摩，這三人組自1978年《活寶三人組大進擊》裡首次亮相後，接連展開了一連串的《活寶三人組》系列作品。三個人經歷了許多的事件與冒險，有時也穿梭於過去或未來之間。《活寶荒島漂流記》是第四部系列作品，馬達船的馬達停擺後，這三個人在海上漂流了一個晚上，隔天早上他們發現漂流到一個島上……。

漆上青色與米色的小橡膠船，除了船上外掛的引擎外，沒有桅桿也沒有艦橋，一艘構造極簡單的馬達船。『啊～，早知道就不要跟來了！相信八兵衛的話，真是個錯誤。』博士懶洋洋地朝甲板伸長了腳，一邊嘆氣一邊嘀咕道。」

暑假時，三個人一同到八兵衛住在四國的叔叔家玩，沒有經過叔叔的同意就開著馬達船朝瀨戶內海出發。途中由於燃料用盡，小船隨著浪潮漂流，第二天早上漂到了一個不知名的小島。三個人在島上探險，後來遇到了獨自在島上生活的彥田老人。意想不到的是，島上竟然有獅子，還會吃掉老人飼養的雞與牛，三個人於是和彥田老人同心協力生擒了獅子。

當我讀著《活寶荒島漂流記》時，感覺就好像是在看《我們往大海去》的續集一樣。在《我們往大海去》的結尾部分，我們看到了雅彰想像出海的兩個人「也許他們已經到了某個南方夢幻小島，每天過著和魯賓遜一樣刺激的冒險生活」，而這裡所描述的，不就是「刺激的冒險生活」嗎？

三個人在島上過了十天，從日本本島來的警察帶著獵人出現了。一名住在大分縣的社長以為這個島是無人島，將長得太大、已經無法飼養的獅子丟到這裡放生，警察這會兒便是專程來救老人的。「我們在7月28日那天遇到海難，然後就漂流到這個島上了……。」博士這麼對警察解釋。在旁邊聽到這話的獵人張大了口，驚訝地說：「那麼，你們就是電視上說的小孩囉？電視上說，四國寶町有幾個小孩胡亂開著馬達船出海了。但是聽說他們已經落海死了。」這段話讓人聯想到《我們往大海去》最後有段描述──

「海上展開了大規模搜索行動。瀨戶內海上船隻的往來也不可說不頻繁，如果海面上有什麼奇怪的木筏漂浮，應該可以馬上發現。但是，二天、三天過去了，還是沒有發現木筏的蹤影。9月初，一片疑似木筏船筏的藍色帆布在山口縣的海岸被人發現；雅彰與康彥兩人也被叫去指認。

那的確是木筏上面的帆布，但也有可能是第一號木筏上面的船帆漂到山口縣的海岸也說不定。」

《我們往大海去》寫完後，《活寶荒島漂流記》也開始撰寫。在《活寶》系列的第一炮《活寶三人組大進擊》文庫版（1983年12月）的解說裡，神宮輝夫針對寫作的手法評論道：「每篇故事都做了部分誇大」、「將故事中的主角描寫的比實際形象誇大，然後藉由他們的性格與事件的衝突，展開一篇篇故事。」在這類

借用固有手法書寫的娛樂刊物中，反倒更能窺得人類真實的一面。《活寶荒島漂流記》之所以能以所謂《我們往大海去》的續集形式，轉換文章的基調，描寫出海之後的冒險故事，用的就是神宮所提的方法。在這裡，我們似乎看到了娛樂的力量。《活寶荒島漂流記》和《我們往大海去》都是1980年出版；《我們往大海去》是1980年的1月，《活寶荒島漂流記》則是12月，時間上銜接的剛剛好。

到目前為此，《我們往大海去》與《活寶荒島漂流記》之間似乎存在著連續性，但是也有人持不同看法。鳥越信便推崇《我們往大海去》是「虛構現實」❶的成功作品，至於「那須正幹最常被人提及，深受新人類歡迎的《活寶》系列，以我的看法，其實不過是一時的流行現象。與《活寶》系列相比，《我們往大海去》雖然沒有那麼受歡迎，卻是經得起歲月考驗的一方。從這點來看，我確信最後的讀者人數絕對會超過《活寶》系列。」(〈現代兒童文學的方法〉,《國文學　解釋與教材的研究》, 1987年10月)

在這段文章裡，鳥越信經常將《我們往大海去》，或是另一部運用到科幻小說的平行空間技法的戰爭兒童文學作品《閣樓

注

❶所謂「虛構現實」，指的是像《金銀島》、《湯姆歷險記》、凱斯特納的作品一樣，講的雖然是日常的故事，所描寫的事件卻是非比尋常，事件的完結並且在故事中得到完成的一種創作手法。最早使用這個辭彙的是1950年代的鳥越信、古田足日、神宮輝夫等人，不過用法至今尚未確立。細節請參考鳥越的〈未成熟的冒險小說〉(〈冒険小説の未成熟〉,《講座日本兒童文學》三，明治書院，1974年4月所收錄)。

裡的遠行》(《屋根裏の遠い旅》，偕成社，1975年1月) 等主題嚴肅的兒童文學作品，與富娛樂性的《活寶》系列分開處理。然而，這在我看來卻是不適合的。對於那須正幹這樣一位橫跨嚴肅性與娛樂性寫作的作家，我們應該看的是他的全面，不是嗎?

「穿過榮町的住宅區，走出堤防之後，便聞到一陣撲鼻的海潮香。再往下走一百公尺，就是大河的河口了。現在好像正在漲潮，冒著泡泡的海水，緩緩朝著上游逆流。河堤在河口處往右轉了個大彎，消失在海埔新生地裡，前面只見一大片土褐色的荒地。」

以上是《我們往大海去》一開頭的描述。《活寶三人組》系列作的單行本中，卷頭刊了幅「稻穗縣綠市花山町」的地圖，地圖最前面就是條大河。也就是說，活寶三人組所居住的小鎮與《我們往大海去》裡面的海埔地，中間有著大河連貫彼此。

第六章　「原鄉」的考古學
——超越現實的想像力 I

壓在集體住宅下的東西

午夜，開車穿過高島平社區。這片居民自1972年開始遷入的林立住宅，至今仍令我感到不自在。

「風在響。你聽過吹過高樓與高樓之間的風聲嗎？那是種說不出來，讓人感到害怕的聲音。風的聲音？一般不是咻咻就是呼呼嗎？但是這裡聽到的風聲是金屬聲，嘎——好像要把身體撕裂般的聲音壓迫著你的胸腔，響個不停。」

這是從乙骨淑子《金字塔的帽子，再見！》（《ピラミッド帽子よ，さようなら》，理論社，1981年1月）節錄出來的。1980年夏天逝世的乙骨，曾經是這座位於東京北方郊外社區的居民。

「我打開門走到外面。還不到十點，路上已不見行人。黑暗中，枝頭未掉落的白色辛夷花還精神抖擻地開放著。這座十四層高樓大廈林立的社區，在我看來總覺得像是巨人的墳場。以前曾經有巨人住在這裡，他們的墳場就是這個社區。」（《金字塔的帽子，再見！》）

在穿過這個以跳樓自殺聞名的社區時，我的腦海裡浮現一片一望無際的紫雲英。高島平一帶，直到1960年代中期還是廣大的水田，人稱赤塚埔或德埔。在高島平南方的某個小鎮長大的我，對於5月風景的記憶是插秧之前田裡長滿紫雲英，以及上面吹拂而過的微風。「現在走在高島平的人，大概無法想像自己正走在從前的水田上吧！想當初建設高島平社區時，為了將低地的水田蓋成住宅區，將地基工程挖出的廢土傾倒在水田上，填了大約五公尺的高度，把整個水田都給掩埋了。」——根據區制施行五十週年紀念，東京板橋區出版的《我的街道‧從前與現在》（《わが街‧いまむかし》，1982年10月）上頭這麼記載著：這座社區，是以五公尺的厚土覆蓋在紫雲英與我私人的記憶上始成立的。換個角度，紫雲英亦可說是社區底下的活人樁子吧❶。

1977年首次上演的唐十郎的戲曲《唐版犬狼都市》（北宋社，1979年5月），裡頭設定了一個名為「犬田區」的奇幻狗都市。故事中，沓掛時夫在工地被捲人混凝土的渦流中死亡，不幸成了地下鐵工程的活人樁子。綽號為金包銀的女子從時夫疼愛的小狗口中得知「犬田區」這個地名，因而展開一段搜尋之旅。「犬田區」就位於東京大田區的地下鐵入口附近。

蓋在紫雲英上面的高島平，地底下是否還藏有另一片土地？

注

❶有關高島平社區及其象徵，可參考芹俊介〈高島平所代表的意涵〉（〈象徵としての高島平〉，《諸君！》，1980年10月，《家族的現象論》，筑摩書房，1981年7月所收錄）；米澤慧〈高島平〉（《閱讀東京》〔《東京を読む》〕，《世界畫報》，1978年1月），《都市的面貌》（《都市の貌》，冬樹社，1979年3月所收錄）等書。

《金字塔的帽子！再見》（乙骨淑子著，長谷川集平繪）

森川洋平住在住宅區的三樓。從他房間可以看到對面大樓四樓的某個房間，即使到了深夜也從不關燈。也許是考生正在努力用功吧。但是有一天，洋平走到那房間去查證，發現原來那是間空屋……。就當他要回家時，又發現原本存在的「三樓」消失了。日常生活的框架開始龜裂，洋平後來到了地底旅行。這是作者未完成的遺作，結局是由編輯補綴完成。在作者的全集《乙骨淑子的書》(理論社，1985年）中，收錄的是未完的版本。

乙骨淑子生前未完成的遺作《金字塔的帽子，再見！》，書中的「我」森川洋平住在大廈三樓，在作品後半，「我」和一群朋友鑽入社區附近高地上的一個洞穴，爬下繩梯，朝地底的阿格魯達國前進。阿格魯達是個具有高度文明的國家，傳說是由一萬多年前沈沒的大陸亞特蘭提斯當時存活的居民所建立的國家。那兒有行駛的銀色電車、稱為比馬納的空中飛艇，以及或白或粉紅的花田，到處可見金字塔形狀的建築物。在茂密的森林裡有座極東地上資料情報中心，負責觀察地面上的核子實驗。這是因為如果一旦核子爆發，地底下的世界也會受到影響。

連結無意識界的地底世界

地底下的阿格魯達國居民既然選擇了避開地面的世界，他們所經歷的歷史當然也不同於地表上的一切。人類一旦選定某種生存方式，成形的人格便會將其餘「不被活的選項」推到無意識的境界。這裡的「不被活的選項」，心理學家容格稱之為「影子」。阿格魯達國走的是一條地表世界沒走過的歷史，也就是地表現實世界的「影子」。以十六釐米相機欲捕捉地球內部情形的影像研究會成員洋平與阿熊等人構思的影片主題正好是「光與影」，就是個最好的例證。

人類睡覺時所做的夢是潛意識的投射。在阿格魯達旅行的洋平留意到自己一路上的所見所聞，例如在黑暗中行駛的電車、奔馳在綠野中的電車等等，都是社團成員淺川百合夢中出現的情境。百合因病住院，無法參加阿格魯達的拍攝，但是她的夢與地底下的王國相通。尤其奇妙的是，帶領洋平一行人前往阿格魯達的是個和百合長得一模一樣、名叫淺川由紀的女孩。在最終回，由於作者驟逝，由編輯小宮山量平代筆的〈續唱安魂曲！〉（〈さらにレクイエムを！〉）一章中，由紀的父親淺川先生提到「大家的老朋友百合和這次結交的新朋友由紀，可說都是我的女兒」。百合的夢就等於地底下的世界。如果以上成立，那麼阿格魯達——淺川由紀意識最底層，所代表的究竟是什麼？根據同一章提到淺川由紀生前的筆記（以乙骨淑子生前對李奧．里歐尼的繪本《小青與小黃》發表的書評為藍本）的描寫，其中某一小節說不定可以提供一些關於阿格魯達的線索。筆記中提到：「像這樣一直臥病在床，對於有明天這檔事，有時想來就覺得不可思議。」「對於無法看也感受不到的世界，目前的認為那是個混沌不明的世界。例如睡眠中的世界、睡眠中做夢的世界，專斷一點也可以說是不正常的世界、瘋狂的世界。對於這個人類長期培養、孕

育的文明以外的空白的世界，我有時會想，說不定其中一直蘊藏著能夠撼動現實的能量。」

阿格魯達應該就是個蘊藏「能夠撼動現實的能量」的地方吧！而當我產生幻覺，看見高島平社區的柏油地下的紫雲英時，我心中的阿格魯達也跟著出現。「就像地底下被迫為地上的需要而存在，如今是地上為地底下服務的時候了！」就像這句《唐版犬狼都市》犬田區區長的話一樣，在獲得來自阿格魯達的能量後，我奮力推開了社區大廈所帶來的壓迫感。

發掘「原鄉」

如果參照奧野健男在《文學裡的原鄉》（《文学における原風景》，集英社，1972年4月）的說法，那片紫雲英想必就是我的「原鄉」吧。奧野以津輕之於太宰治、金澤之於室生犀星，以及北上山系一帶之於宮澤賢治為例，提出：

那是「他們幼少年時期，甚至是青春期建立自我人格的空間，不僅深植於深層意識，也與血緣、地緣等沈重的人際關係不能分割，成為他們文學裡下意識的時空設定。凡風景象徵此一時空者，我都定義為『原鄉』。」

奧野氏的說法是，「原鄉」是作家深層意識中確實存在的東西。對此，也有人持不同的看法，石井直人就認為「將原鄉以『原鄉』為題，賦予意義乃是現在的意識。」（第2回日本兒童文學學會新人會報告，1982年11月）就連奧野本身也因憂心後藤明生、黑井千次等「沒有『原鄉』的一代」，特別針對這些東京、山手一帶出生者，選出雜草蔓生的空地作為他們的「原鄉」。

讓我想起春天的紫雲英的，不就是抗拒黑夜中聳立的大樓的我此刻的意識嗎？1962年，東京人口突破1千萬。在經濟高度成長下，為了滿足居住需要，東京不斷擴大腹地，昔日紫雲英環繞的生活空間無法滿足新的變化，巨大社區成了東京生存下去的環境條件。面對這樣的現實，超越的唯一辦法是發掘隱藏在地底下的紫雲英等各自的「原鄉」。這項應取名為「原鄉」的考古學，同時也是項需要想像力的工作。

大石真《街上的小紅帽們》（《街の赤ずきんたち》，講談社，1977年10月）故事裡的主角阿悟從郊區搬到城市後，心中一直「想看河流」。在新學校裡不能適應，父母親又都在工作，回到公寓，家裡一個人也沒有的阿悟，想起了他以前的家，門前就是一條小溪，溪裡有蚍虱、水黽，這就是阿悟所挖掘的「原鄉」❷。

也許是因為現代都市裡的河流都被填平、埋在地下了，消失的河流因此不時在回憶裡出現。乾富子的《綠川的叮沙沙》（《みどり川のぎんしょきしょき》，實業之日本社，1968年12月），故事中描述二郎的父親在戰時到鄉下避難之前，曾在仙人川岸邊

注

❷有關「原鄉」，可參考古田足日《兒童與文化》（矢川德光等合編，《講座現代教育學的理論》二，青木書店，1982年3月所收錄）；關根康正〈原鄉試論〉（〈原風景試論〉，《季刊人類學》，1982年3月）。

本文雖然提出「原鄉」發掘之必要，以及「原鄉」的考古學，但是在實藤明（さねとうあきら），《東京石器人戰爭》（理論社，1985年4月）中，描述的卻是東京都市鐵絲網的另一端突然出現了原鄉風景。在被發掘之前，都市的原鄉即已任意氾濫的設定，讓人覺得很有意思。

埋藏了寶物。現在的仙人川已經被加了蓋子，成了下水道，但是河川底下依然住著河川精靈叮沙沙在吟唱著「叮－沙－沙／叮－沙－沙／我們是快樂的淘豆人……」。河川精靈叮沙沙們的工作是將污濁、油膩的水，變成清澈的水。故事裡披著綠斗篷的魔女婆婆，對她那曾經歷過廣島原子彈爆炸的弟弟說:「沒事了。叮沙沙唱的生命之歌，會讓你和京子的媽媽恢復健康的。等你們在這裡將身體養好了，就能獲得重生。」京子和阿智的媽媽因為無法適應好像總有人監視的社區生活，得了精神衰弱，住院了。故事裡的人物住在建於「東京郊外有民營鐵路環駛而過的水田中央」的社區裡，流到河川精靈工作地點的污水，就是隱喻他們的現況。不過，經過地下河川的淨化後，人們將能再一次獲得重生。

在大石真《街上的小紅帽們》中，我們發現的「原鄉」還不只是河川。某日，在學校受了傷而早退的阿悟，意外地竟在公寓的電梯裡發現了以前從沒看到過的B2的按鈕。當他按下按鈕，來到地下2樓時，眼前出現一片被火舌吞噬的大地。阿悟在這裡遇見了一群戴防空頭巾的小孩子，但是當他第三次又到那裡去時，竟親眼見證那群小孩子被射殺的畫面。原來，公寓的所在地以前是太平洋戰爭時遭空襲的瘡痍街道。電梯按鈕既扯出了隱藏在日常生活底下的戰爭景象，也為作品帶來深沈黑暗的一面。

受到公寓底下的焦土所牽扯出的，另外還有阿悟的導師久保木老師親身的空襲記憶。阿悟在作文裡提到奇幻的地下2樓，

《街上的小紅帽們》（大石真著，鈴木義治繪）

在公寓的電梯裡，「小聰正要按下5的按鈕，突然間發現在B1的下面，竟然還有一個B2的按鈕。他睜大了眼。咦？以前到底有沒有B2這個按鈕呢？」他想了想，還是按下了按鈕，來到地下二樓。那裡看起來好像是修理工廠還是什麼的，非常暗，而且陰森森的。然而這就是「隱藏在日常世界以外世界」的起始點。

令老師回憶起在火海中聽到母親的聲音:「不要過來,快,快逃!」戰爭奪走久保木老師的雙親，大大改變她的一生。但是，如今這片被火舌吞噬的空襲光景卻重新成為久保木老師的「原鄉」，激勵著長久以來消極度日的她。老師心想「如果母親還活著，看到現在的自己，不知道會說什麼。」又想:「為了不讓現在的孩子成為作文中的孩子、不要變成像我一樣……。」作品最後寫到:「呼叫職員集合的鐘聲剛好在這時響起，『我也該重新出發了……。』老師口中這麼喃喃念道，接著從椅子站起，靜靜走出沒有人的教室。」

朝未曾謀面的「原鄉」出發

關於「原鄉」發現的主題，也讓我們聯想到齋藤惇夫以《古禮古的冒險》(《グリッグの冒険》，牧書店，1970年2月）為首的一連串幻想故事。花栗鼠古禮古離開一直以來被豢養的城裡的家，朝遙遠的北方森林出發。「往北方去，筆直地往北方去。」古禮古

一路上不停激厲自己。故事裡喚醒古禮古對北方森林渴望的是信鴿匹柏所說的話。匹柏問古禮古:「為什麼你在這裡呢?」接著又說:

「你的家是那座森林。不僅寬廣,還有許多高聳的樹木,花兒綻放,小河潺潺……。那裡有許多你的同伴,從這個樹枝跳到那個樹枝,吃著樹上的果子……。真的,你的家不是在這裡,是在那裡才對!」(批點依據原文)

古禮古聽了之後,大叫「我也要去。到森林去,到我的同伴那裡去!」為了親眼看到真正的森林,為了找回花栗鼠原有的生活方式,古禮古踏上了遙遠的旅程。雖然他是在鳥籠裡出生的,但是匹柏所傳述的有關北方森林的風景,感覺就像是他血液中的記憶。對於未曾謀面的「原鄉」的強烈自覺,成為他擺脫以往生活在飼主家大廳的契機。而繼《古禮古的冒險》、《冒險家們》(《冒険者たち》,牧書店,1972年5月)之後的第三部作品《甘八與河獺的冒險》(《ガンバとカワウソの冒険》,岩波書店,1982年11月),則是描述兩隻瀕臨絕種的河獺為了找尋自古傳唱的歌謠中吟詠的「豐美河川」,溯水跋山,最後終於抵達「豐美河川」,並在那裡遇見同類夥伴的故事。

但另一方面,不管是為古禮古打氣的信鴿,還是與河獺們同行的溝鼠們,卻不是在尋找一個特定的家。在《冒險家們》,他們唱著「流浪者之歌」——「去吧! 同伴們! /離開這個住慣的地方/朝曙光照射的地平線彼端前進吧!」《甘八與河獺的冒險》也有一段是城裡的老鼠甘八針對「冒險之歌」所做的說明：那是「很久以前，溝鼠的祖先們在追尋新天地時，一路上所唱的歌」。後來擺脫都市老鼠身分的甘八，同樣也是於「潛意識中知道」。或許，就像甘八說的「世界任何角落都是我們的家」，以及歌詞裡「我們以草根為枕頭／以旅行為住宿／追隨永遠的鄉愁」所吟唱的一樣，對老鼠們來說，旅行與冒險才是他們真正的住所、原本的生存方式。

第四章中曾經提到渡睦子《華華與珉美》三部曲的完結篇《魔法復活的故事》（リブリオ出版，1983年3月），故事中身處「生命之幕」防空洞內的延人，一想到幕外「真實世界」，不知為什麼，便感到一股發自「心底的感動」。那是他尚未謀面的「原鄉」。延人站在岩山上，嘴裡念著「咻，咻」的咒語，內心隨即出現了一個他從未見過的「原鄉」。他對著那片景象丟東西，又叫又喊，就在他的心思傳到生命之幕外頭的華華與珉美的心頭時，「生命之幕」也應聲破裂。

不是地上，往地底尋求吧！

不論是《古禮古的冒險》或是《魔法復活的故事》，描述的都是藉由發掘「原鄉」來打破封閉現狀的故事。不過，天澤退二郎的作品卻呈現相反的故事架構。在三部曲《三個魔法》（《三つの魔法》）其中的第二部《魔幻沼澤》（《魔の沼》，筑摩書房，1982年5月）當中，開頭的部分提到鈴木留美（鈴木ルミ）夢中出現的黑色沼澤水不斷湧出。這裡的地底，指的也是與夢境相通的無意識世界，只不過這回裡頭潛伏著「黑魔法」的手下「古恩」

所留下的黑色物體。這個地下的黑色物體並且像是有生命似的，開始蠢蠢欲動，對人類產生威脅。另一部描述道路底下有邪惡之水湧出的《旋轉吧！光車》（《光車よ、まわれ！》，筑摩書房，1973年4月），故事中的戶之本龍子曾說「發現『水惡魔』真面目的我們，不說別的，為了自衛就非戰不可。」天澤所創作的幻想故事，可以說就像對抗地下惡魔以維護世界秩序的冒險行動劇，也是「建立在善惡二元論基礎上」（《旋轉吧！光車》卷末〈作者的話〉裡所提）的故事。從這點來看，頗有傳統故事的味道❸。

在將天澤退二郎的幻想故事歸類為傳統架構時，我同時也覺得從地底下發掘現實中「不被活的可能性」，的確是必要的。走下地下鐵高島平站的階梯，是否就能抵達開滿紫雲英的我的阿格魯達呢？亦或者我該繼續坐著地下鐵，由都營三田線轉搭淺草線，一直到馬込去看看？我想那裡一定有唐十郎費心描繪的奇幻狗都市，而胸前掛著競選布條的犬田區長，想必就正在那裡發表演說呢！

「沒錯！就像地底下被迫為地上的需要而存在，如今是地上為地底下服務的時候了！」

注

❸有關天澤退二郎的幻想故事，可參考宮川健郎〈田久保京志，或「無法填補的欠缺」的插曲——「紅風箏」、「小魔女」、「秋祭」解說〉（〈田久保京志、あるいは、「埋められない欠落」の插話——「赤い凧」「ちいさな魔女」「秋祭り」解說〉，中村三春編，《羊書房選集》小說編Ⅰ〔ひつじアンソロジー〕，羊書房，1995年4月。）

第七章　「樂園的喪失」——超越現實的想像力II

以「過去式」貫穿的故事

後藤龍二的作品《故鄉》(偕成社，1979年11月)，全篇文章以過去式加以貫穿。

「當番茄與黃瓜的季節過去之後，就是9月了。過長的暑假終於結束，我們終於從農事中解放，可以一早就去學校，一直到黃昏很晚了還不回家。五町步田裡除了蘋果、葡萄以外，還有四十多種蔬菜與五穀雜糧尚未收割，該做的工作一大堆，但是父親和母親這時都不會再對我們嘮嘮叨叨說要多幫忙了。」

這是引用自《故鄉》第一章〈玉米的季節〉(〈とうきびの季節〉)開頭的部分。作品中的第一人稱，是在北海道以種水果蔬菜為業的農家子弟，也就是家中次男的「我」。這部作品以過去式述說關於母親的病死，以及從農家轉換為非農家的「我」的家族史。隨著經濟高度成長，勞動力流向都市的化學重工業，為了彌補農村人手不足所實行的機械化，反倒使得戰後的日本農村增加大筆負債。故事裡，主角一家人最後將曾祖父那代傳下來的土地，抵讓為工業區。長期與不良天候對抗的一家人，結果連曾經成功栽培早期蔬菜、對新農業抱有信心的父親也感嘆「為了農作，連小孩都抓來出公差，遭孩子們埋怨，最後連老婆都賠上，實在夠了！」母親因為過度勞累而去世。賣了土地，還清積欠農協與銀行借款的父親感嘆「什麼也沒有了」、「只除了曾供你們上學之外」。故事中，在孩提時曾經約好一起務農的「我」和大哥都上了大學，此時正是學潮白熱化的時期。

《故鄉》這本在內封題有「獻給母親」的作品，字裡行間充滿了消極的情緒，不像後藤龍二的處女作《大地處處有天使》（《天使で大地はいっぱいだ》，講談社，1967年2月）與續篇《冬天大地的夥伴們》（《大地の冬のなかまたち》，同前，1970年2月），同樣是描述農村生活，卻是筆調輕快。其中，《大地處處有天使》在第一章中，有一節標題訂為「工作，吃飽，睡好覺」。第一人稱「我」，在兄弟姊妹與朋友之間被戲稱「候補」；藉由「我」的口，對採

《大地處處有天使》（後藤龍二著，市川禎男繪）

作者以「偽裝」六年級的身分形態寫出的作品。這種說故事的方式，最早可以追溯到千葉省三的〈阿虎的日記〉（〈虎ちゃんの日記〉，《童話》，1925年9～10月）。〈阿虎的日記〉的開頭是：「阿源、阿作、喜三，還有我，我們四個人到山上去割草。……從今天開始就是暑假了，我一想到這點，就覺得好高興喔！」後藤龍二的筆觸則是：「春天的太陽是乳白色的，溫溫暖暖的在微笑。」以自然描寫與兒童的語彙互相對比，讓人感受到其作品的魅力。

草莓與篩選番茄等級有生動的描述。當然，故事中也穿插了「我」對於家裡總是忙不完的工作，大嘆「我以為只要努力工作，生活就可以改善。但不論是我們家或是村子裡的人，為什麼都還是一樣貧窮呢？我不時在想這個問題」，但整體而言，整篇作品仍是屬於活潑的筆調。《冬天大地的夥伴們》，故事裡的妹妹茱樹想買件新外套，不過她明白「問題的關鍵——在於錢！」她曾對兄長們說：「有超過一百萬的借款，今年又是收成過剩。物價居高不下，外套的價格當然也高。但是我真的很想要一件外套，又說不出口，我好煩惱，你們知不知道？」最後，茱樹和「我」靠著撿拾沈粉，也就是用鏟子鏟出沈澱在河床的碳屑賺來的錢買外套。

將《故鄉》與《大地處處有天使》兩相比較，我們發現，後藤龍二心中似乎失落了什麼。如果我們說《大地處處有天使》是部描寫「樂園」的作品，那麼《故鄉》便是一部講述樂園喪失的故事。

偽裝成「兒童」

「真倒楣！我們六年三班的老師變得好煩人，以前大家就怕會變成這樣，因為就是有這種感覺，不料真的發生了。」

這是《大地處處有天使》開頭的部分。古田足日對於這段描述，提出以下的看法。「這段文章明顯有著節奏感。短短的句子有如呈現兒童們又短又急的節奏感，可以看到與兒童們的脈搏、呼吸等生理條件相呼應的音律。」（〈解說〉，《大地處處有天使》，講談社文庫，1978年6月所收錄）後藤龍二的確是模仿兒童們的說話方式。兒童文學的讀者是兒童，但寫作者卻是大人，兩者對於事物的看法、感受並不相同。為了拉近與兒童讀者之間的隔閡，後藤因此偽裝成兒童說話，試圖捕捉兒童的認知與感受。這在兒童文學來說，可以說是最具邏輯的作法，《大地處處有天使》成功運用了這樣的手法❶。

和《大地處處有天使》一樣，《故鄉》也是由第一人稱寫成的作品。但是，我們從作品中看到的並不是兒童的口吻。《故鄉》的敘述者「我」，已經不是北海道少年時期的我，而是一家人在放棄農業後，用回顧的觀點所作的敘述。故事中所用的語言和兒童的語言之間有著斷層，不論是描寫勞動、母親的死，還是放棄農業等情節，都是回想者當時的意識。不曉得這部作品是不是針對年齡較大的中學生讀者所寫，因為唯有感受到自己的兒童時代即將要逝去的他們，才能與回顧少年時代的作者產生共鳴，不是嗎？這也讓人覺得，相較於《大地處處有天使》中積極尋求兒童文學的新方向，《故鄉》似乎是倒退了一大步。

在經濟高度成長期，農村提供化學重工業所需的勞動力。

註

❶有關〈偽裝成兒童說話〉（〈子どもの語りの仮装〉）可參照宮川健郎〈兒童文學的語言、兒童文學的溝通〉（〈児童文学のことば、児童文学というコンミュニケーション〉，日本兒童文學學會編，《再談日本的兒童文學史——從表現的視點來看》〔《日本児童文学史を問い直す——表現史の視点から》〕，〈研究=日本的兒童文學・3〉，東京書籍，1995年8月所收錄），另外也可參考石井直人〈再讀後藤龍二《大地處處有天使》〉，〈兒童文學13篇・5〉（《兒童與讀書》〔《子どもと読書》〕，1990年5月）。

而接受了這些勞動人口的都市，又是呈現怎樣的局面呢？

空地——「樂園」的喪失

古田足日《土撥鼠空地的夥伴們》（《モグラ原っぱのなかまたち》，あかね書房，1968年12月）一書的首章〈校長一點也不可怕〉（〈校長先生はこわくない〉）的開場白是「櫻花小學是位於東京郊區的一所學校」。阿明與直幸一行人是二年級的四人幫，經常在土撥鼠空地上玩官兵捉強盜等遊戲。但是，沒多久空地就要消失了，因為上面要蓋市營住宅。

東京的人口在1962年開始超過一千萬。都市化的結果，周圍的農村紛紛被劃入市區。都市邊境，亦即「東京近郊」的地區，則是興建了許多住宅用地。在《土撥鼠空地的夥伴們》一書中，當孩子的家長們聽到那兒即將興建住宅時，態度也都是「有好多人正在愁無家可住，我們得忍耐點。再說，如果那裡建好了房子，我們也可以去登記呀。房租應該很便宜吧。」紘子等一干孩子的父親們，想必也都是從「東京近郊」往市中心出征的高度經濟成長下的戰士們吧！四人幫沿用他們在空地上一貫的遊玩方式，例如用麥克筆在田裡的南瓜上塗鴉、從眼淚中提煉鹽巴、用吸塵器捉蟲子等惡作劇的方式，反對住宅區的興建。他們跑到區公所去，要求「希望能停止工程的進行」，被對方斥喝以「區公所是很忙的，不要到這裡來胡鬧！」紘子回說：「這不是胡鬧！那裡是我們遊玩的場所。」他們稍後更在工地現場的樹上，用木板架了座「基地」示威抗議。但是最後……市營住宅還是蓋起來了。

如果說,《大地處處有天使》是部描寫「樂園」的作品的話,那麼《故鄉》就是部描寫樂園喪失的作品。至於《土撥鼠空地的夥伴們》,則既是描述空地此一「樂園」的故事,也是部關於樂園喪失的故事。在《土撥鼠空地的夥伴們》中,我們看到作者在描寫「樂園」與喪失樂園時,用的是同一種文體。換句話說,透過阿明、直幸、一夫、紘子這群直到昨天還在空地上遊玩的孩童們的眼睛,我們見證了一個「樂園」的失去。

牆壁裡的時間

高個子沒有失去他的「樂園」。這個在佐藤曉《沒有人知道的小國家》(講談社,1959年8月)作品中,發現小矮人王國的主角,在之後一系列的《小矮人的故事》(《コロボックル物語》)中,扮演著重要的角色。

有關佐藤曉《沒有人知道的小國家》,至今已有許多重要的論點,這裡我們要提出的是由樫原修執筆,一篇名為〈兒童們的時間〉(〈子供たちの時間〉,《國文學　解釋與鑑賞》,1983年11月)的論文。這篇論文是樫原受到細谷建治的評論〈小矮人國的盛衰記——其一・前史〉(〈コロボックル小国盛衰——其一・前史〉,《日本兒童文學》,1978年3月)的啟發,因而著手探討佐藤初期的短篇〈牆壁之中〉(〈ガベの中〉,《神奈川新聞》,1947年8月)所寫的評論。〈牆壁之中〉是講述因為工作關係來到日本的大衛,回憶起孩提時代曾在家中牆上貼了一張男孩與女孩玩足球的圖畫,那幅圖畫

《沒有人知道的小國家》(佐藤曉著，村上勉繪)

「我第一次偶然到那裡去時的心情至今還難以忘懷。感覺就好像是突然掉入一個洞裡一樣。……右邊是個高聳的山崖，上頭長了許多樹木。左邊則是綠意盎然的小山坡。而我進來的地方，正好背後是高聳的杉樹林。那個地方就是被這三個部分包圍而形成三角形的一小片平地。」——這是小學時的「我」在暑假時，首次踏上這座小山與「只有比小指頭高不了多少的小矮人們」初次相會的情形。同時，也在那裡遇見了一個小學一年級模樣的女孩子……。第一版的插畫是由若菜珪所繪。

應該是用美麗的顏色繪成的。他回到祖國後，發現牆上貼了新壁紙，但是撕下壁紙後卻只發現一幅黑色的剪影畫。在故事最後，大衛說:「當那幅畫還藏在牆壁裡時，一定是有顏色的。這點我到現在都還深信不疑。」針對這段話，樫原修提出了「藏在壁紙下的畫，可說是衣食無缺的兒童時代的象徵」，以及「在此隱約可見或說是實際存在的兒童時代與外在的大人的時間之間的關係，以及其中的兒童時代時間的再發現，被認為是佐藤曉日後作品的一貫主題」的說法。

《沒有人知道的小國家》就是部符合樫原上述說法的作品。附帶一提，樫原對《豆粒大的小狗》(《豆つぶほどの小さな犬》，講談社，1962年8月)之後續篇所下的評語是「把小矮人的存在無條件視為前提、描繪小矮人世界的作法，……是將小矮人矮化成為現實的影本」的看法。

被封閉在外的「樂園」

1983年9月，《小矮人的故事》第五篇，也就是完結篇的《小國家後話》（《小さな国のつづきの話》）發行了。由於距離《沒有人知道的小國家》出版至今已經二十四年，在完結篇裡，高個子的長女阿梅與第三篇《星球上來的小矮人》（《星からおちた小さな人》，講談社，1965年9月）裡的小公此時都成了大學生。同樣出現在第三篇故事裡的小矮人少女小花則因為特殊的才能，被任命為阿梅的連絡人。對我們來說，除了可以知道熟悉的故事主角日後的情形，在閱讀《小矮人的故事》的同時，也可以回憶起以往讀過的第一部作品《沒有人知道的小國家》，與當時還是小讀者的自己，更能切身體會想要再次看到牆上圖畫的大衛與重訪兒時的小山丘的高個子的心情。細谷建治對於〈牆壁之中〉與《沒有人知道的小國家》作了這樣的評論：「作品中所見到的『心路歷程』，可說是關於記憶或重逢的修辭」。《小國家後話》是描寫曾經見過「小小神仙」的杉岡正子，結識小矮人杉樹精，並且與高中時代的同學阿梅重逢的故事。作者在《小國家後話》的〈後記〉中提到：

「我常在想有關兒童文學讀者世代循環的這件事。少年時期閱讀過某部作品的讀者，到他們為人父母，有能力為下一代選擇相同作品的期間為一個循環，差不多要花四分之一個世紀，也就是二十五年的時間。」

「重逢」，是經過刻意的安排。「關於記憶或重逢的修辭」

不僅規範了《小矮人的故事》一系列五部作品，也在一篇篇依序被閱讀的同時,持續在重複與小矮人們相遇的讀者眼前展開。《小國家後話》中曾經提到「能與小矮人成為朋友的人類非常非常有限，因為能夠接受如此奇蹟的人，從古到今都不多。」這句話透露出人類若想結識小矮人，唯有在奇蹟樂園中才可能發生。然而，戰後的日本社會與「樂園」漸行漸遠，與描寫樂園的《小矮人的故事》之間毫無相通管道,「樂園」也因此成了一座被現實封閉在外的「監牢」。細谷建治說這是「關於記憶或重逢的修辭」，這也使人不禁要問，讀者是否有機會從中跳脫？這點從作者在完結篇中現身第一人稱，自稱為首篇第一人稱高個子的兒時玩伴來看，作者顯然是加強了他的訴求，而非鬆綁。

佐藤曉的《沒有人知道的小國家》與乾富子《樹蔭之家的小矮人》出版日期都是1959年，內容也都提到了小矮人，因此經常被拿來做比較。依據上野瞭的說法，兩部作品中的小矮人代表的是必須謹守的價值觀，關於作品的理念——「人類的價值，唯有靠不斷的努力才能培育」——甚且還是共通的（《現代的兒童文學》，中公新書，1972年6月)。《樹蔭之家的小矮人》裡頭的藏書小房間曾經是個「樂園」。當戰火蔓延時，森山家的人每天仍不忘為來自英國的小矮人準備一小杯牛奶。只是，最後還是不得不撤離「樂園」。小矮人一家被裝入野餐籃，疏散到信州去。沒多久，空襲燒毀了整個樹蔭之家，藏書的小房間也無法倖免。這一點，相對於佐藤曉筆下不滅的「樂園」，乾富子顯然是描寫「樂園」的消滅。而當「樂園」消失時，小矮人們，或說其身上背負的價值，也面臨到了自立的課題。

受限的「樂園」

後藤龍二的《故鄉》是部描述「樂園」喪失的故事。在《故鄉》發行的同一年，也就是1979年，後藤的另一作品《隊長真命苦》(《キャプテンはつらいぜ》，講談社，6月）也發行了。這是稍後《隊長，放輕鬆!》(《キャプテン、らくにいこうぜ!》，同前，1981年2月)、《隊長，加油!》(《キャプテンがんばる》，同前，1982年3月）等一連串「隊長」系列的第一部，內容是描寫兒童生活的點點滴滴。

在暑假開始的前一天，五年級的阿勇，成為村裡的少年棒球隊黑貓隊的隊長。「萬年墊底的黑貓隊!」就像這句玩笑話一樣，黑貓隊總是拿最後一名。原本的主力吉野因為要參加聯考沒空參加比賽，所以阿勇找來了秀治，訓練他成為打擊手。在五郎教練與村裡大人的支持下，黑貓隊竟出乎意料地在夏季大賽中打進了決賽。

故事裡的黑貓隊，是否意味著某種形式的「樂園」? 過關斬將之後，阿勇在心裡這麼告訴自己:「我們撐過來了! 一直以最初的心情，盡全力、盡最大的努力打到現在了!」(《隊長，加油!》)在「隊長」系列中，我們看到的兒童個個生龍活虎，但這其實和作者以少年棒球隊黑貓隊作為舞臺不無關係。換句話說，那是只侷限在黑貓隊才得以成立的活力。黑貓隊可以說是個「樂園」，而且是由五郎、阿勇的父母、阿勇家隔壁花店的老祿等大人們所支持、辛苦培育而成的「樂園」。如果將《大地處處有天

使》第二章中關於班際棒球大賽的部分擴充，大概就等於「隊長」系列。《大地處處有天使》裡頭的「我」，同樣是藉由棒球大賽與原本互相敵視的阿青結為好友❷，所不同的只是，《大地處處有天使》的筆觸另外還伸及勞動的喜悅、人與大自然的交流等等，但「隊長」系列卻從頭至尾只有關於黑貓隊隊員們的生活描寫。

"I'm on your side"

將關注轉移黑貓隊這個受限的舞臺，藉由《少年們》（講談社，1982年12月）後藤龍二試圖再一次描寫現實中的少年生活。

「空氣裡飄浮著剛煮好的白米飯的味道。桌子上，擺在『通往明日之橋』夾克旁的是一包炸雞塊。我在廚房裡煮著只有洋蔥的味噌湯。（不知道蒙大有沒有抓到沖田？）……一想到蒙大騎著破腳踏車四處找人的身影，我就忍不住想笑。我想，沖田應該也在黃昏的社區的某個角落盯著蒙大瞧吧，而我們臉上一副毫不在乎的樣子想必也都看在他眼裡。不知道現在才厚著臉皮出現，他還肯不肯見我？但我實在沒辦法再裝出一副毫不在乎的樣子了。不去不行。八點，約在長頸鹿前。」（批點依據原文）

以上引用自作品的結尾部分。《少年們》中的第一人稱「我」，是名叫做志木悠的中學生。規矩、不起眼的沖田，有天突然剃

注

❷後藤龍二另外著有描述北海道農村的鄉間棒球隊的作品集《魔球》（金星社，1981年4月）。

了個怪髮型來到學校。升不了學的沖田，雖然加入劍道社，但是一樣沒有突出的表現。您（「我」）與和平（喜歡開玩笑，成績為全學年第一）、史門（不太會說話，口吃、動作又慢，不知不覺成為棒球隊的核心人物）等人，想要約沖田出來談談，因為他在期末考時交了白卷，被帶到老師辦公室後又跑掉了。（蒙大是級任老師的綽號。）「他連我們這三個好朋友都不說真心話！」「所以才說要去見沖田，大家敞開心胸好好談呀。」您這麼說。大家於是約好晚飯後在平常遊玩的空地上集合。

作品最後以光明的結局收場，不過，帶來這種氛圍的其實是賽門與葛芬迪演唱過的一首歌「通往明日之橋」（編按：中文版譯為「惡水上的大橋」）。那是欺負沖田的大和田吹口哨時哼的旋律，也是好幾年前，您的父母反覆哼唱的歌曲，而您如今也用耳機聽著這首歌「當黑暗來臨／如果你被苦難包圍／就像通往明日之橋一樣／我將為你躺下」。您記得歌詞裡有一句是 “I'm on your side.”（我是你的夥伴）。歌裡的抒情氛圍使得您重新省思周遭事物，並且延伸到作品的最後一幕。

另外一部作品，同樣也是描述中學生的橫澤彰《視線》（《まなざし》，新日本出版社，1982年12月），結局一樣是充滿著抒情性。

「『……不論如何，我決定要試試看！媽媽！』良夫在心裡強烈地吶喊。

『不管是否被人恥笑還是什麼的，總之不能簡簡單單被打敗，就算傻蛋也會努力嘗試。』良夫強忍著內心的激動，用力抬起頭，直視著自己房間牆壁上的裂痕。

『就算是條搖搖晃晃、難走的道路也好，總之要一步一步走下去。』良夫的視線好像穿越了牆壁，望向地平線的那方，凝視著自己未來的道路；一旁傳來母親細微的呼吸聲。」

經過一連串妥協之後，良夫決定參加高城高中的入學考試。級任老師土井嘲笑那是一所「專收放牛班學生」的學校，但是良夫已經下定決心。故事最後，壓迫著良夫的現實條件並沒有解決，作者以抒情的方式處理向現實妥協的情節，似乎有些不適當，但也可能是現實中的閉塞情形，嚴重到不得不以抒情的方式來解決吧。

根著於都市的意志

土撥鼠空地上建了市營住宅。川北亮司的《裂縫社區4號館》（《ひびわれ団地4号館》，PHP研究所，1977年6月）描寫一群住在社區裡的兒童。我很喜歡作品裡以下的部分。

「永治家和凸頭家一樣都在4號館，而且就在阿得家樓下三樓的301室，連電話都不用打，想去馬上就可以去，但是這樣就不有趣了。最近，兩人利用在自然科學課學到的棉線電話，裝設了專屬的電話，完全不需要電話費。

凸頭拿起掛在牆壁上棉線電話的聽筒，然後……大聲喊著『喂！電話！電——話——！』」

混凝土集合住宅在這裡變成創造性的空間，我們甚至可以從中感受到孩子們根著於水泥空間的歸屬感。對於生活在硬梆梆環境中的兒童們的想像力，我還是抱持很大的期待。

也許我們應該多寫些關於都市裡兒童們的故事。日野啟三的短篇小說〈開了天窗的車庫〉(〈天窓のあるガレージ〉,《海燕》,1982年1月,《開了天窗的車庫》,福武書店,1982年5月所收錄),故事裡被棄置不用、空蕩蕩的車庫,成了主角小時候經常在裡面對著牆壁玩丟球遊戲,以及到了中學時打發時間的地點。他甚至想要住在車庫裡,透過車庫的天窗和「聖靈」交流呢!

第八章　兒童文學中的「戰爭」
——跨越「戰爭兒童文學」

〈一朵花〉和孩提時代的我

今西祐行的作品〈一朵花〉，是在1953年（昭和28年）《教育技術小二》11月號上發表的文章。1974年（昭和49年）被日本書籍出版社首度收入小學4年級國語課本，目前仍是許多出版社4年級國語課本的選文。除此之外，不管是作為中學的文學教材，或是描述戰爭的「和平教材」，都極廣為人知。作品的出發點是大人們期待將悲慘的戰爭不再發生的心情，傳達給兒童們。只是，對於兒童們來說，又是如何看待這部作品的呢?

我從孩提時代開始接觸兒童文學，初次接觸〈一朵花〉，大約是在小學高年級的時候。不過，不是在課本上讀到的。1955年（昭和30年）出生的我，是在1965年（昭和40年）8月由實業日本社所出版的《童話集　蟋蟀太郎》(《童話集　太郎コオロギ》)看到這篇故事。大人們告訴我，這是一部好作品。只是，究竟好在哪裡，當時的我並不能了解。也許是整篇作品站在父親的觀點創作，對於當時還是小孩子的我，的確有點難。

父親的故事

〈一朵花〉在一開頭這麼寫著——

「『給我一個就好。』這是由美子最早學會的一句話。」（引用自《今西祐行全集》4，偕成社，1987年12月。以下相同）在糧食缺乏的戰爭時期，即使由美子想要再多，媽媽也只能給她一個而已。「只有一個喔，只有一個喔……。」這句話因此成了媽媽的口頭禪，由美子就是這麼學會的。

〈一朵花〉的敘述者是由美子的爸爸。「『這個孩子，也許一輩子都不知道伸出手說：「全部給我」、「給我一大堆」，究竟是什麼感覺。……給我一個蕃薯就好、給我一個飯糰就好、給我一塊南瓜就好……，全部都是一個就好。一個就好的快樂，不，說什麼快樂！有時也許連一個也沒有呢。這個孩子長大了，究竟會變成什麼樣呢？』每次一想到這裡，爸爸總會將由美子舉得好高好高……。」

〈一朵花〉是描寫戰爭拆散一個家庭的故事。爸爸出征上戰場前，將一朵波斯菊交給由美子拿著。在月臺上送行時，由美子吵著要吃飯糰，「給我一個就好」，但問題是已經沒有飯糰了。由美子放聲哭了起來，「媽媽努力安撫由美子，就在這個空檔，爸爸忽然不見了。原來，他看到在月臺角落有處垃圾堆的地方，波斯菊正兀自綻放著。匆匆忙忙跑回來的爸爸手上多了朵波斯菊，『由美子，你看！只給你一朵喔。一朵花就好，要好好珍惜喔……。』從爸爸那裡拿到花的由美子咯咯地笑了，高興

ゆみ子は、お父さんに花をもらうと、キャッキャッと、足をばたつかせて喜びました。

お父さんは、それを見て、にっこり笑うと、何も言わずに、汽車に乗っていってしまいました。ゆみ子のにぎっている一つの花を見つめながら……。

それから、十年の年月がすぎました。

ゆみ子はお父さんの顔を覚えて

ばたつく

71

〈一朵花〉（今西祐行著）

父親交給由美子一朵波斯菊就出征去戰場了，「之後，十年過去了，由美子已經不記得父親的長相。……但是現在由美子小小的家裡開滿了波斯菊。」下一幕便是由美子從波斯菊花海中一跳一跳出現的畫面。〈一朵花〉作品中的波斯菊，適切的描寫了父親不能磨滅的思念。照片是日本書籍版的教科書《我們的小學國語》(《わたしたちの学国語》, 1996年版）4年級，由山田史郎繪圖。

地手舞足蹈。看到這個情形，爸爸微微笑了，一言不發地坐上火車出發，眼睛一直看著由美子手上的那朵花……。」

故事描寫爸爸跑到「月臺角落」，又匆匆忙忙跑回來的那一段，敘述者的視點追隨著爸爸的動作，直到他將波斯菊交給由美子時，也是從他身後肩膀上的角度注視著那朵花。從敘述者依附在爸爸這個角色，可以曉得這是一部「父親的故事」。相形之下，拿到花的由美子則只有「咯咯地笑了，高興地手舞足蹈」，著墨甚少。要小讀者理解爸爸的想法，原本就有困難，但在這裡若要要求小讀者對由美子產生認同，由於描寫的篇幅甚少，同樣是不容易。換句話說，對於兒童讀者來說，這本書確實有些難懂。

由作者以前對我說過的話，可以證實〈一朵花〉的確是「父親的故事」。「第一個孩子真是太可愛了！當我抱著自己的孩子，心裡面想到的是，希望不要再有炸彈落在他身上了！如果現在是在戰時，我就得離開這個小孩。這時，我才真的慶幸還好戰爭已經過去。」（宮川健郎，〈請問作家——談論「兒童文學作為教材」的兩個午後〉，《日本兒童文學》，1985年4月；宮川，《國語教育與現代兒童之間》，日本書籍，1993年4月所收錄）

1943年（昭和18年）12月，今西祐行在我們前面提到的學生出征的風潮下，以早稻田大學在籍生的身分出征去了。但是，〈一朵花〉的構想，應該是始於戰後，也就是今西當了父親以後，才有了〈一朵花〉的誕生。

〈一朵花〉所內藏的雙重性

小時候，我並不能了解〈一朵花〉為何會被當成好作品。直到二十多年後，我有機會重讀這部作品，並在1992年寫下這樣的心情。各位姑且把它當作是關於〈一朵花〉的讀書經驗。

「我在大學教書時，有次因為要朗讀〈一朵花〉，唸著唸著，不知道為什麼，一股莫名的情緒竟油然而生，一瞬間令我不能言語。那大約是三年前，現在算算，剛好是我第一個孩子出生時的事。

當時雖然努力撐到下課，但是對於自己被〈一朵花〉這部作品感動得說不出話的事，卻是十分驚訝。」（宮川健郎，〈名為戰爭兒童文學的「愛」——抑或提倡廢止「戰爭兒童文學」的筆記〉〔〈戦争児童文学という「愛」——あるいは「戦争児童文学」廃止のためのノート〉〕，《日本兒童文學》，1992年3月）

「距離第一次讀到〈一朵花〉已經二十年，當我在課堂講

課讀到這篇作品時，也許不知不覺間已把自己想像成作品中的父親，作品因而有了全新風貌，彷彿有種總算和這部作品相見的感覺，對於作品裡的父親將心情寄託於波斯菊，以及作者寫作當時的心情恍然大悟。同時，也感受到在我內心深處，除了早年兒童文學的小讀者之外，還有一個閱讀兒童作品的大人身分，不是忘了自己內心裡當年的小讀者，而是在那上面，又多了一層自己。

——說來是相當私人、令人不好意思的事，但我是用很認真的態度在寫。對於忽然發生在我這名〈一朵花〉的讀者身上的變化，我打算予以肯定、接受，因為我從中得到了一個重要觀點，能讓我重新思考關於戰爭兒童文學。

以上是我個人的經歷。不過，我在〈一朵花〉裡好不容易發現的，不也正是透過這樣一個相當個人、狹隘的管道才達到的嗎？我的孩提經驗雖不等於一般人的情形，但是對大多數兒童讀者而言，通達作品的管道確實是被封閉的。身為一名大人讀者，我所看見的是〈一朵花〉裡面的父親寄託在波斯菊上的心情、是作者寫作時的心情、是那些將〈一朵花〉視為優良作品推廣的人們的心情，用語言來表達對每個無可取代的孩子的『愛』吧！」（引用同前）

〈一朵花〉這部作品可以說具有「雙重性」。在孩提時代，雖然從文字上可以讀懂作品，但是也只能理解到某一個程度。就「兒童文學」領域來說，這部由父親的視點寫成的作品也許算不上成功，一直要到成人以後，對於〈一朵花〉的意義才有了重新體認。也就是說，這才達到作品的第二重。

「戰爭」時代背景的教化

前不久，和我任教大學的三、四年級的學生有機會一起閱讀〈一朵花〉這部作品，學生大多是1970年代前半出生的，因此有許多人是在課本上讀到的。對他們來說是經過十年再一次重讀這部作品，在回想十年前時，他們也說了許多當年的事。比方說，針對〈一朵花〉開頭的一段話：

「『給我一個就好。』這是由美子最早學會的一句話。

那是戰爭仍然激烈的時代。當時不論是饅頭、牛奶糖，還是巧克力什麼的，走到哪裡都找不到。那是一個沒有零食的時代。說到食物，也只有代替稻米的配給食物，像是蕃薯、豆類、南瓜等等。每天都有敵人的飛機飛來，投下炸彈。城鎮一個一個被燒得只剩下灰燼。也許是由美子經常餓肚子吧，不論是吃飯時或是吃點心時，總是說還要、還要，永遠也無法滿足。」

學生們說，當他們在小學時讀到「敵人的飛機」飛來，將城鎮燒成灰時，他們認為這個「敵人」是不好的；對於「總是說還要、還要，永遠也無法滿足」的由美子，則覺得是個任性的小孩。直到現在二十幾歲才曉得，造成那樣悲慘情況的其實是戰爭，但是在自己還小時並不明白。這是由於支撐這篇文章〈一朵花〉的時代背景，在他們在小學時已經不見，而〈一朵花〉又是短篇，內容是截取活在戰爭下的某個家庭的情形，而不是戰爭的全貌。

如何認識「戰爭」？

關於〈一朵花〉作品中的時代背景消失這一點，從〈一朵花〉的授課記錄中也可以清楚地看出。根據收錄在《實踐國語之研究》別冊《今西祐行〈一朵花〉教材研究與授課記錄》（今西祐行「一つの花」の教材研究と全授業記録》），1991年6月）中的〈「一朵花」授課的展開與研究〉（〈「一つの花」全授業の展開と研究〉）（授課者＝吉田憲一）的記載，一共十三個小時的教學時數，其中有七個小時是在為作品中描繪的背景「戰爭」作解說。老師會把防空頭巾、衣服配給券、或是徵召令影本帶到教室；「授課目標」上寫著「透過作品中不得不出征的父親與因此受影響的家人們的情景，引導學生思考國家與國民的關係。」課文中有一段是：「過了不久，終於連身體狀況不是十分好的由美子的爸爸，也得上戰場去了。」（《光村圖書・教科書4年上》）以下就是大阪府界市的小學生與老師在課堂上針對這一段的對話。

「C 『身體狀況不是十分好的由美子的爸爸，也得上戰場去了。』意思是說由美子的爸爸不可以不上戰場。

C　我覺得由美子的爸爸其實可以不用上戰場的，可是日本一直打輸，所以士兵人數變得不足。

30（補充發問）這裡說的是除了可以不出戰的人以外，其他人因為必須上戰場而上戰場。只是，會不會有人是必須出戰，但是卻沒有上戰場呢？

C　我想應該沒有吧。

C　我想有！因為大家都知道到了戰場可能會死，所以有人就會說，我不想死所以不去戰場。

C　我也覺得有。因為不想和家人分開，而且活著回來的也是少數，又不是每一個人都可以平安回來，所以一定有。」

（文中出現的數字是授課者的發問號碼。C是學童的發言。批點依據原文。以下相同）

這時，授課的老師提出了徵召令的影印本。

「31　（補充發問）這是徵召令。……有沒有人知道這是誰發行的？

C　國家為了強迫人民打仗所發行的吧。是張紅色的紙嘛。

32　（說明）你知道的很清楚喲！沒有錯，徵召令是寫在紅色的紙上，所以又叫做紅紙。國家要人民參加戰爭，所以是叫人民上戰場的通知。……因為是命令，所以在徵召令上會寫著『依照左側所寫的日期集合』。背面還會寫著，如果沒有在集合日期到期五天以內報到，將依照陸軍軍法審判處罰；另外還有拘留、入牢等等話語。」

學童們提到「好可憐」、「不過與其死在戰場，被抓去關可能更好！」、「但是如果不去的話，會被周圍的人罵作『叛國賊』也說不定喔。」等等感想。看得出來，他們漸漸了解作品中的爸爸的心情。在上課時提示徵召令的影印本，似乎有些格格不入，但是對於現代的兒童來說，這是在閱讀〈一朵花〉時必要的方法也說不定。這也讓我想到了以前古田足日曾經說過的話。他在1964年（昭和39年）《駿台論潮》中發表的〈「愛麗絲夢遊仙

境裡的奇幻國」升不升旗?〉(〈「ふしぎの国」に旗はひるがえるか〉)當中的一小節略微提到了當年發行的長崎源之助的戰爭兒童文學作品《傻瓜的星球》(《あほうの星》,理論社,9月):

「所謂戰爭的重量,在出生於昭和2年的我這一代,與昭和17年出生的一代來說,是完全不同的。在戰爭的體驗與戰爭不被當成遺產傳述給下一代之際,昭和17年出生的一代今日已經長成了大學生。

於是,這十五年的差距,讓我們看到了語彙的分裂。當長崎源之助語重心長地以屬於戰爭時代的語彙談論戰爭時,那些語彙本身的重量,對現今的兒童來說是無法體會的。

當然,閱讀他作品的兒童們仍會受感動,在寫感想時寫說第一次了解到戰爭的可怕。只是,這樣的感想究竟在今日對兒童們能有多少幫助,我實在抱持懷疑的態度。」(引用自古田,《兒童文學之旗》,理論社,1970年6月)

在虛構中描寫戰爭

差不多就在上述文章發表後不久,以虛構而非以往傳達親身體驗的戰爭作品出現了,戰爭兒童文學也因此有了新方向。先驅作品有乙骨淑子的《筆架山》(《ぴいちゃあしゃん》,理論社,1964年3月)。對於這部作品,乙骨淑子事後曾經提到:

「我在前年發表的《筆架山》(理論社),是我排除了自己所有的經驗,所作的一種嘗試。

在省思是什麼把我培育成戰敗時跪在皇宮前的石礫上向天

皇道歉的偏激少女；感受著體內響起各個不停說著想繼續念書，但是在戰敗後病死的朋友們的聲音之餘，我將自己各種親身體驗完全排除，開始創造一個虛構世界。

那是一種將自己熟悉的日常體驗排除，不由感性而是透過大腦思考擬出作品中的角色，再藉由他們的行動來描繪戰爭。這個方法是想找出親身經歷過與沒有親身經歷過的人之間的關係。當然，這也只是暗中摸索的第一步。我只能說，除了從自身的體驗去描繪戰爭為一場悲慘的災禍以外，從歷史中捕捉戰爭的本質，也是一個不可忽視的方法。」（乙骨，〈戰爭體驗的作品化——排除了體驗的虛構世界〉〔〈戦争体験の作品化——体験と切りはなした〉〕，《日本讀書新聞》，1966年5月16日。括弧內依照原文。）

《筆架山》是講述一個叫做杉田隆的少年通信兵的故事。故事的舞臺是中國的筆架山，是部虛構的寫實小說。

沒多久，日本的兒童文學便出現了幻想故事或是科幻小說的筆法，向現代的兒童介紹戰爭全貌的作品。做出這樣嘗試的有松谷美代子的《兩個意達》（《ふたりのイーダ》，講談社，1969年5月）、三木卓的《滅亡的王國之旅》（《ほろびた国の旅》，盛光社，1969年5月）等作品。《滅亡的王國之旅》是在講述一個在滿州長大、戰後回到東京生活的我（名為「三木卓」的青年），穿越了時空，回到1943年的滿州的故事。孩童時期的「三木卓」視為理所當然的階級，亦即父親在殖民地時的生活方式，此時重新受到質疑。而除了這部作品之外，那須正幹的《閣樓裡的遠行》（偕成社，1975年1月）、大石真《街上的小紅帽們》（講談社，1977年10月），渡睦

《兩個意達》（松谷美代子著，朝倉攝繪）

「忽然間，直樹注意到好像有誰咚咚、咚咚，走過去的聲音，而且還發出喃喃的低語。『沒有』、『沒有』、『沒有』……那是張椅子。小小的椅子……。對了，看起來好像給夕子坐剛剛好的，有椅背的圓圓的椅子。」直樹和妹妹一起來到爺爺所在的花蒲鎮，在某天傍晚，他遇到了不可思議的椅子。經由椅子的導引，直樹來到了一個古老的洋房，並得知有關在這個小鎮裡發生的原爆事件，與在那背後的故事。

子的《華華與明美》三部曲（リブリオ出版，1980年～1982年）等等，也都可見新的嘗試。另外像是鶴見正夫的《長冬的故事》（《長い冬の物語》，あかね書房，1975年5月），把對戰爭的怒氣投射到鬼的形象上，以及實藤明的《神躲起來的八月》（《神がくしの八月》，偕成社，1975年10月），以民間故事的手法描寫戰時疏散到鄉間的學童與逃兵之間的情誼，也都是嘗試虛構的作品。以上這些作品，和書寫自己的戰爭體驗，亦即「自己的歷史」的作品之間僅有一線之隔；後者的代表作品有高木敏子描寫空襲體驗的《玻璃兔》（《ガラスのうさぎ》，金星社，1977年12月）等。

這裡我們要介紹的是那須正幹的《閣樓裡的遠行》。花山小學六年級的省平與大二郎，放學後爬到教室的閣樓，沒想到卻因此展開了一段遠行。在閣樓裡探險了一會兒之後，兩人爬下樓梯回到教室，但是卻發現教室和剛才有些不一樣，黑板上竟多了七、八張軍人的照片，原來他們來到了「花山國民學校」。

教室裡的閣樓是一個通路。而通路那頭的日本則先後面臨了昭和17年9月（西元1942年）打贏太平洋戰爭、昭和21年（西元1946年）的滿州動亂，以及昭和32年（西元1957年）第二次支那事變爆發等事件。這兩個被捲入科幻小說所說的平行空間的少年，也因此對「戰時的日本」產生了許多疑問。

兩人爬上閣樓，試著能不能從「花山國民學校」回到「花山國小」，但好幾次都沒有成功。就在這當中，軍機墜落，燒毀了校舍，閣樓也沒了，少年們這下失去了回到「戰敗的日本」的路。省平這時說道：「雖然我不喜歡，但接下來也只能待在這個古怪、邪惡的日本努力戰鬥了。」

這是《閣樓裡的遠行》的故事。《閣樓裡的遠行》的讀者不是在聽聞一個過去的戰爭體驗，而是在虛構的世界裡與主角們一同生活在「戰時的日本」。1964年古田足日曾經提到「所謂戰爭的重量，在出生於昭和2年的我這一代，與昭和17年出生的一代來說，是完全不同的。」《閣樓裡的遠行》的作者，那須正幹恰好是昭和17年出生，這一點實在很耐人尋味。

「戰爭兒童文學」的臨界點

到目前為止，我一直在使用「戰爭兒童文學」這個名稱，但究竟什麼叫做「戰爭兒童文學」呢？我手邊有一本日本兒童文學學會編的《兒童文學事典》（東京書籍，1988年4月），其中關於「戰爭兒童文學」一項提到，戰爭兒童文學就是戰後所寫的「以反戰和平為宗旨的兒童文學」（執筆為關口安義）。

但是，繼《兩個意達》、《滅亡的王國之旅》、《閣樓裡的遠

行》等作品一連串的嘗試之後，我們也不禁要問，「戰爭兒童文學」是否已經達到了「臨界點」？（但不可否認的，仕方信〔しかたしん〕的《國境》三部曲〔理論社，1986～1989年〕確實是一部佳作。這部作品是以作者所謂的「影像式文體」❶、順暢的節奏、緊湊的場景所寫成的作品。故事主角昭夫是一名京城帝國大學的預科學生，藉由他的境遇，讓我們了解隱藏在昭和史中許多不為人知的故事。）也就是說，在訴說戰爭之間，摸索著如何描述戰爭的現代兒童文學，已經來到了一個臨界點。

舉例來說，1990年日本兒童文學新人獎得主，大塚篤子的《海邊之家的秘密》（岩崎書店，1989年11月）就是一部讓人產生這種感覺的作品。這部講述一名中學女學生在探尋海邊別墅牆上塗鴉的秘密時，中間牽扯出關於過去戰爭記憶的作品，固然有其原創性，但也不禁讓我們聯想到松谷美代子的《兩個意達》，以及後來的《直樹與夕子的故事》（《直樹とゆう子の物語》）第四集《閣樓裡的秘密》（《屋根裏部屋の秘密》，偕成社，1988年7月）裡面所

注

❶參考仕方信〈何謂影像式文體〉（〈映像型文体とは何か〉，《中部兒童文學》，1985年12月）。文中提到「影像式文體」對比於「象徵式文體」，對今後的兒童文學來說，又以「影像式文體」較為有效。「因為我們的讀者是群對於善惡、好惡，都習慣『影像式』思考的兒童。」因此，「影像式文體」中首推「『場景』的選擇。先決定好想要的風格，然後再根據作品的風格推動節奏。」另外，他在文章中還提到「場景必須連貫。因為唯有藉由連貫，才能使場景的基本風格發揮力量。」以及「如何剪接作品」等問題。負責《國境》插圖的是漫畫家真崎守，畫風與這部作品的風格十分符合。

《國境》（仕方信著，真崎守繪圖）

故事是由1939年的京城開始。妹妹和枝收到一封信彥寫來的信，但信彥應該已經在滿州軍校演習中身亡了啊?! 還是……也許信彥還活著也說不定。信彥的朋友昭夫為了解開謎團而展開了滿州之旅，但是為何有個長得像螃蟹的男人在監視他?「在黑暗的夜裡，火車穿越了鴨綠江大橋，到了滿州。」隨著昭夫逐漸深入滿州，他也等於進入了昭和史的深層。《國境》是部節奏快捷，具有戲劇效果富有魅力的長篇三部曲。繪圖的是以《壞小子的搖籃曲》（《はみだし野郎子守唄》）出名的漫畫家——真崎守。

使用的寫作方式。《閣樓裡的秘密》是講述悠子等人談到關於戰時731部隊的故事。由戰爭兒童文學一路累積下來的作品創作手法一再被因襲的情況來看，「戰爭兒童文學」可說已經成了一種形式。我們在1953年（昭和28年）的《一朵花》這部樸實的戰爭兒童文學中所讀到的「愛」，在《海邊之家的秘密》中已經越來越淡薄了。

1980年代值得注意的作品，也許應該首推那須正幹的《紙鶴兒童——與原爆症奮鬥的佐佐木禎子，與她的同學們》（《折り鶴の子どもたち——原爆症とたたかった佐佐木》，PHP研究所，1984年7月）與長谷川潮的《航行在死海上——第五福龍船的故事》（《死の海をゆく——第五福竜丸物語》，文研出版，1984年7月）等非虛構故事，可以說它們為現代兒童文學帶來了散文性。

安部公房在散文〈趕赴死亡的鯨魚們〉（〈死に急ぐ鯨たち〉，《趕赴死亡的鯨魚們》新潮社，1986年9月收錄）曾經寫到：

「我們試著打賭看看。在我寫完這一行之前如果發生地震，

我就給你一萬日圓。

地震並沒有發生，所以我贏了。……不只是我，事實上在地震真的發生之前，不論誰都會賭比較樂觀的一方吧!」

接下來，安部公房將「地震」與只要按下一個按鈕就會發生的「核子戰爭」聯想在一起。也就是說，在核戰真正爆發之前，所有人大概都還是繼續賭樂觀的那一方吧。安部在另一部作品《方舟櫻花號》（新潮社，1984年11月）裡，也同樣探討核子戰爭下注這個主題。我們今日的戰爭兒童文學，在描述戰爭的同時，是不是也一直在作樂觀的下注呢？作家們藉由持續書寫戰爭兒童文學，我們則藉由不斷地閱讀戰爭兒童文學，各自從中得到徹底的安心，不是嗎？

廢除「戰爭兒童文學」

關於大塚篤子的《海邊之家的秘密》，石井直人曾經提到他「一開始以為這部作品是戰爭兒童文學，但其實作品的核心應該是探討人與人內心隔閡的這類浪漫主題。」（〈日本兒童文學者協會新人賞選考評〉，《日本兒童文學》，1990年7月）如果是這樣，那麼問題顯然不是出在《海邊之家的秘密》，而是將它當作「戰爭兒童文學」閱讀的我們。看來，所有人，包括我，對於「戰爭兒童文學」的定義，似乎有必要重新加以界定。「戰爭兒童文學」應該是和過去兒童文學裡的「理想主義」、「光明性」一樣，屬於現代兒童文學裡的一種固有思想，以往把「戰爭兒童文學」和日本的現代史、今日畫上等號的想法，應該終止了。

在廢除了「戰爭兒童文學」的說法後，我們是不是能夠從中找到新發現，並且以一種新的語言模式加以定義呢?

不過，在此我必須先聲明，我所提出的是廢止「戰爭兒童文學」，而不是「廢止描寫戰爭」。

根據前面引用過的日本兒童文學學會編《兒童文學事典》（前述）中的「戰爭兒童文學」一項：「以反戰和平為宗旨的兒童文學。因一群熱心和平教育的老師於1960年安保反對運動中使用而開始普及的用語。在石上正夫與時田功合編的《戰爭兒童文學350選》（1980年）中提到，『我（石上正夫）第一次使用『戰爭兒童文學』一詞大約是在1963年（昭和38年）。』但這實在是一個草率、有欠深思的命名。如果要正確傳達意旨，應該是以反戰兒童文學或是反戰和平兒童文學來稱呼才是。」（執筆為關口安義，括弧內依照原文）

關於「戰爭兒童文學」這個用語，長谷川潮也發表了他的看法:「石上正夫在1963年左右開始使用這個詞彙，但是趨於定型則是等到1970年左右。在這中間，概念的形成，與戰爭兒童文學的數量漸增、檢討戰爭與兒童文學關係的聲浪高漲，不無關係。」（《日本的戰爭兒童文學》，久山社，1995年6月）（長谷川潮本身採取擴大意義解釋的「戰爭兒童文學」，認為「戰爭兒童文學」不應該只限定為反戰，而是應以更廣大的視野來看待。）

現身於非日常性傳說中的戰爭

「戰爭兒童文學的數量漸增」雖然幫助了「戰爭兒童文學」

概念的形成，但是相反的，戰爭兒童文學也因此被概念所束縛。以最近的作品來說，赤根留津（あかね・るつ）的《挖古物的阿文姐》（《發掘屋おフミさん》，新日本出版社，1994年6月）就是一個例子。故事是說，栢木一家在星期日早上收到住在大阪的奶奶寄來一封限時明信片。上頭寫著，從明天開始要來家裡住。奶奶的名字叫做阿文，經常在各地考古遺址進行挖掘工作。這次就是因為新發現的遺址在栢木家的附近。奶奶有個綽號叫做「挖古物的阿文姐」，而且奇怪的是，她很討厭電話聲……。奶奶為什麼討厭電話？還有，她為什麼會有一瓶裝有氰酸鉀的小瓶子呢？在深人謎題的解答之後，栢木碰觸到了「戰爭」。原來，在戰爭時，奶奶曾是樺太郵局的電話接線生。日本戰敗沒多久，蘇聯軍隨即入侵，與日軍再次展開槍戰。在戰火中，同是接線生的奶奶的好朋友為了保護接線臺，吞氰酸鉀自殺了，但是奶奶沒死成……。

同樣是赤根留津的作品《警笛聲響不停》（《サイレンは鳴りつづける》，文溪堂，1992年12月），最後也是出現「戰爭」的場面。某個下午，紗綾香與阿透看到河原小鎮的流浪漢朱里被消防車的警笛聲嚇得抱頭匆忙逃跑。由於火災是人為蓄意縱火，他們懷疑可能是流浪漢朱里。為了解開謎團，兩人展開了調查，最後來到了瀨戶內海小島上一個曾在戰時作為毒瓦斯工廠的地方。

茜留津為何要如此重視「戰爭兒童文學」的範疇？如果《挖古物的阿文姐》只寫到突然來到家裡的奶奶與孫子一家人和樂融融，其實不也挺好；再不然，以晚上阿文奶奶到的居酒屋「三樂」為舞臺，發展成「居酒屋兒童文學」，應該也是個不錯的選擇。事實上，她後來的作品《他人丼》(《たにんどんぶり》，講談社，1995年2月)，就是一篇「居酒屋兒童文學」。被母親拋棄的康平與從小在收容所長大的阿啓，兩人在一間叫做「津輕」的小飯館找到心靈避風港。雖然故事裡的主題，與他人之間的友誼，不免又是效倣其他作品，不過，這次我們也看到脫離了「戰爭兒童文學」框架的作者，在字裡行間所展現的悠遊自得。其實不只是「戰爭兒童文學」有這種現象，任何在僵化的框架下所作的思考，都是對自由的剝奪。

走下山坡的兒童們

我並非苛責赤根留津所寫的有關戰爭的故事，但是卻對她執意書寫「戰爭兒童文學」的動機感到擔憂。現代的少年少女解謎團解到最後，得到的是關於戰爭的答案，這樣的模式與大塚篤子的《海邊之家的秘密》(前述) 不是相同嗎?

在這裡，我想提出一部以前的作品，長崎源之助的長篇作品《對面巷子裡的五穀神》(《向こう横町のおいなりさん》，偕成社，1975年)，作為赤根留津執意書寫「戰爭兒童文學」的對照。《對面巷子裡的五穀神》雖不算是「戰爭兒童文學」的作品，但是內容的確處理到了戰爭的問題。

故事的舞臺是十五年戰爭正熾時，橫濱的老街清水谷裡的兒童們的世界。小晃、阿瓶、阿源和小悅，每天不是到屠宰場後面的空地，就是到五穀神社裡面遊玩。故事最後的一幕是:

「人們不時燃放炮竹，高喊『萬歲』、『萬歲』。

咚嘎拉　咚嘎拉　咚嘎拉　嗶——　嗶　嗶　咚嘎拉　嗶——

山坡下吹上來的風，好像要把耳朵割斷似地，鼻子快被凍僵了，冷的刺骨。……為軍隊送行的隊伍迎著風，走下已經完全變暗的山坡，越走越遠。那是昭和14年2月中旬的事。」

「咚嘎拉嗶」收到了徵召令。他是這群孩子們遊玩的世界裡的唯一的大人，以拉紙人劇維生。「咚嘎拉嗶」的太太身體有病，年幼的小孩又多，但是「咚嘎拉嗶」仍然必須去服役。作品的最後一幕就是描寫清水谷的兒童們用笛子與大鼓，為「咚嘎拉嗶」送行的畫面。「走下已經完全變暗的山坡，越走越遠。」這時，我們才注意到在遊戲的世界以外，戰爭早已滲入各處。藉由這最後的筆鋒一轉，作者成功地將這篇長篇故事由原本光明的「遊戲的世界」，一百八十度切換到「戰爭」的陰暗世界，也讓我們感受到，在冷冽的風中走下山坡的，其實不只是「咚嘎拉嗶」和清水谷的兒童們，還有當時那個時代。《對面巷子裡的五穀神》描寫的全是戰爭下的兒童，但是沒有人認為這是部「戰爭兒童文學」。

再舉一個例子，安藤美紀夫的短篇集《蝸牛賽馬》(《でんでんむしの競馬》，偕成社，1972年8月)。內容是描寫生活在戰時京都後巷院子裡的一群孩童，總是抬頭看著山陰線的火車，夢想著離開大雜院，到廣大的世界看看。「要想從這陰溼狹小的院子，進到那個廣闊、充滿陽光的外面世界，非得要靠這個黑色巨人不

《對面巷子的五穀神》(長崎源之助著，梶山俊夫繪)

「『喂！有人搬到那間鬼屋裡了。』『真的嗎?』」長崎源之助的故事裡，總是有新的人會搬來。就像是《東京來的女孩子》(《東京から来た女の子》)，《人魚給的櫻貝》(《人魚がくれたサクラ貝》)、《過吊橋》(《つくばしわたれ》)……等等。作者以一群兒童與外來訪客之間的互動，鋪陳出一個個故事。而在《對面巷子的五穀神》裡，新搬來的是巡迴演出的劇團團長的女兒——野丫頭小悅。整個故事以戰前的橫濱舊街作為舞臺，是一部將兒童的遊戲世界描寫得淋漓盡致的作品。

可。孩子們心裡面這樣相信，因為孩子們的父母親沒有這樣的能力。住在這院子的大人們，累得連夜裡做夢的力氣都沒了！」

(《開往星星的火車》〔《星へいった汽車》〕)

孩子們坐上了火車，到星星的世界旅行，後來因為吃霸王餐而被捉住，結果還是被送回了大雜院，想要走出大雜院的心願終究無法達成。關於大雜院的封閉性，再加上時代所加諸的壓迫感，長谷川潮在講談社文庫版《蝸牛賽馬》(1980年4月)的解說裡這麼說道：「以這樣的手法(象徵性的手法——宮川註)描述『大雜院』，所得到的效果將高於單純定義下的『大雜院』。比方說，描寫魔術師家裡的『庭院廣敞，日照良好』，和『大雜院』中間有道柵欄，『木門幾乎是經常栓得緊緊的』，這樣的描述手法除了暗示『大雜院』的閉鎖性之外，也由於具有象徵性，使得『大雜院』本身成了另一個象徵符號，除了可以說是小市民

《蝸牛賽馬》(安藤美紀夫著，福田庄助繪)

這是一篇描寫戰前京都大雜院裡的兒童們的短篇集，不管本文中介紹過的《開往星星的火車》，還是《魔術師的院子》(《手品師の庭》)、《蝸牛賽馬》等等，都是融合了現實和幻想世界的作品，相當有趣。這種寫作手法很有可能是學習了他所譯的義大利作家卡爾維諾(CalvinoItalo)的《馬可瓦多》(岩波書店，1968年)一書的手法。卡爾維諾的作品向來有「魔幻寫實」之稱。另外在《蝸牛賽馬》中也有類似的情節。

生活的世界全部之外，更象徵了當時封閉的日本，而『大雜院』裡的孩子們代表的則是當時戰爭下的所有孩子。」

不過，描寫戰時兒童生活的《對面巷子裡的五穀神》，在某些人眼中的確是戰爭兒童文學，例如在長谷川潮等人編寫的《在童書中看見「戰爭與亞洲」》(《子どもの本から「戦争とアジア」がみえる》，梨木舍，1994年8月)中，就收錄了這部作品。但是，安藤美紀夫的短篇集《蝸牛賽馬》呢？從我們在石上正夫等人合編的《戰爭兒童文學350選》(あゆみ出版，1980年12月)中，找到了同樣是安藤的作品〈空地後的彩虹〉(〈露地うらの虹〉)，這是一篇內容描述被校長喚做「大雜院的傻瓜」的阿梅和她的千人針的故事，但就是沒有短篇集《蝸牛賽馬》這點來看，證明了這篇作品並沒有被當成「戰爭兒童文學」，而只是一篇描寫京都大雜院裡兒童們的故事。

口述的循環

在1990年代，若要以兒童為對象述說戰爭，作品的確需要精心設想。例如，我們前面提到的那須正幹《閣樓裡的遠行》，讀者就不是坐著聽一個過去的戰爭體驗，而是在虛構的世界裡與主角一起到「戰爭時期的日本」探險。這裡要再舉出的例子是，後藤龍二1991年的作品《九月的口述》(《九月の口伝》，汐文社，7月)。

「每到蘋果的季節，父親一定會再講一次相同的故事。」

這是出現在作品一開頭的句子。就如句子裡所透露的，故事最早是由父親口述，反覆聽故事的是「我」或是「我們」，現在則由長大後的「我」重新寫出這個故事。聽故事的「我」在文章裡用的是「父親……」「母親……」，而不是直接引用父親的談話，亦即間接敘述而非直接敘述。然而，以間接敘述「父親……」從外界來觀察父親，架構整篇文章的作者，看來卻像是進入父親的內在。怎麼說呢？在作品的開端，有以下一小節。

「石狩平原遠處的增毛連山湧起了積雨雲，開始朝西方的天空擴大。說不定快下陣雨了，得在還沒下雨之前把五反麥子收割完才行。如果有人手就好了，但是請來幫忙的歐巴桑們，以及暑假裡每天都來的伯父(爸爸的二哥)，從那一天開始，已經過了五天了，連個影子也沒看到。

那一天。8月15日的中午。村裡的人們聚集在田邊先生家的庭院裡，聆聽天皇的聲音。」(括弧內為原文)

當把8月15日描述成「那一天」時，我們看到作者的目光和父親的同化了。這也是為什麼之後接著出現「父親……」的敘述時，會讓人感到不協調的理由。為什麼不是「我……」呢?

故事是以描述昔日的北海道農民——父親的戰時與戰後作結。

「每到蘋果的季節，父親就會拿一顆被他粗厚的手擦得雪亮的蘋果，供奉在祖父的牌位前，然後對著年幼的我們訴說相同的故事。」

就像聽故事的作者同化為說故事的父親，讀完故事的我們也彷彿成了這個說故事的人。換句話說，讀者們在此也被強大的力量拉入這個「口述」的循環裡。

相較於《九月的口述》這種「偽裝成父親說話」的情形，還記得之前我曾經將後藤龍二的處女作《大地處處有天使》（講談社，1967年2月）的寫作手法，稱呼為「偽裝成兒童說話」（第七章）嗎?《大地處處有天使》一開頭是:「真倒楣！我們六年二班的老師變得好煩人，以前大家就怕會變成這樣，因為就是有這種感覺，不料真的發生了。」

在《大地處處有天使》裡，作者偽裝成兒童說話，想要拉近與兒童的距離，於是變得越來越輕盈、淺白易懂。但是，《九月的口述》，由於是往父親的方向挪移，筆法自然只有益加深切。這是一個沒有辦法的過程。只是，《九月的口述》中的用詞深切，說不定也正點出了作者以淺顯的手法撰寫兒童文學的理想國，與書寫戰爭這件事，兩者其實是無法並存的……。

描述人類彼此以暴力支配的悲慘、描述戰爭，這是文學的一個重要的題材。這一點，我們必須再次強調。但是，描述戰爭，與以「戰爭兒童文學」的形式來描述戰爭這兩件事，絕對不能混為一談。

附記

除了本文中提到的作品以外，另外還參考了武藤清吾〈戰爭・語言・兒童文學〉（〈戦争・ことば・兒童文学〉，《教育》，1991年12月）。

第九章　失語的年代
——「理想主義」無法解釋的議題

首先，讓我們學習語言學

索緒爾(Saussure)發現語言體系的成立有兩個領域。在《普通語言學教程》（1916年，小林英夫譯，岩波書店，1940年）一書中，他將這兩大領域稱作「統合關係」與「連合關係」。所謂「統合關係」，是指依照文脈連結語彙。例如:「將」＋「晚報」＋「拿」＋「過來」。

早報
「將」＋　晚報（日文發音[yuukan]）　＋「拿」＋「過來」
羊羹（日文發音[youkan]）
伊予柑（日文發音[iyokan]）

當我們在說「晚報」一詞時，可以從字義或是字形（發音）上聯想到其他字彙。比方說，由字義上可以聯想到「早報」，字形上則可以聯想到和式點心的「羊羹」，或是柑橘類的「伊予柑」等等，這裡面存在著一個稱為「連合關係」的看不見的「聯想帶」。但是，一旦說話者選定「晚報」時，不管是「早報」、「羊羹」或是「伊予柑」，便同時被排除在文脈之外。

「統合關係」與「連合關係」，其實也就是文法與語彙的關係。在上圖裡，縱軸代表「統合關係」，橫軸代表「連合關係」；「統合關係」清楚明確，而不在文脈中出現的「連合關係」則是隱藏的、原本就看不見的。也就是說，「將晚報拿過來」這個句子，是由「統合關係」與「連合關係」兩軸相錯所成立的句子❶。

兩種不同的訊息

「小豐用搶的似地接過了明信片，神情頓時亮了起來。明信片上的內容很簡單，『我明天出發。姊姊上』只有這麼幾個字，但是想到姊姊就要來了，這是件多棒的事啊！」——引用自古田足日《被偷走的小鎮》（理論社，1961年11月。引用自《古田足日兒童書全集》〔《全集古田足日子どもの本》〕13卷，童心社，1993年11月。以下相同）❷開頭附近的一小節。故事裡雖然寫到「明信片的內容很

註

❶「將晚報拿過來」（夕刊をとってくれ）這個例子，借用自小林敏明所著的《精神病理中的現代思想》（《精神病理からみる現代思想》，講談社現代新書，1991年11月）。

❷《被偷走的小鎮》最早是連載於《秋田魁新報》，為兒童所寫的新聞連載小說。從1960年（單行本發行的前一年）8月23日開始，連續連載242回。發行單行本時作了細微改寫，最大的變動是標題重新換過。由原先「歌聲飄揚至晴空」（「歌声は青空だ」），改為「被偷走的小鎮」。或說是由理想主義的、陽光的、活力的「歌聲飄揚至晴空」，改為不安的、有危機感

《被偷走的小鎮》(古田足日著，久米宏一繪)

石川進在觀看電視的棒球轉播時，忽然插播新聞快報。播報員訴說有關一個孩童被誘拐的事件。但是奇怪的是，那個被誘拐的小孩竟然就是正在觀看電視的阿進，「石川進小弟弟被穿著黑色衣服、眼光銳利、年紀超過20歲的男子帶走了。──就在這時，同樣也穿著黑色衣服的播報員，突然從電視機裡跑出來，朝阿進逼近……。」作品中不經意的交錯「日常」以及「非日常」的畫面，用一種前衛的手法描述戰後的社會現象。為作者首次嘗試的兒童文學創作。

簡單，『我明天出發。姊姊上』」，但是吉岡豐卻是獨生子，根本沒有姊姊。

「靜子女士將桌上的明信片翻過來。……上面寫著『明天將到府上擔任家教。綠』，簡簡單單一句話，和寫給小豐的那封很相像。此外，明信片上的字跡也是相同的。」

靜子女士是小豐的母親。事實上，寄給靜子的明信片不只和小豐收到的很類似，根本就是同一封。小豐的那封「我明天出發。姊姊上」的明信片被風吹掉了，而這時靜子女士拿給他

注

的、負面的「被偷走的小鎮」。《被偷走的小鎮》的發行時間正值現代兒童文學的出發期，當時大多數作品都以生動、活潑為目標。小川未明給這部作品下了這樣的評語：「總之，這個標題具有所有的負面要素──人死、草木枯萎、小鎮沒落等等，其內含的動力無法轉換到具有活力的方向，因此不能算是兒童文學。」(鳥越信，《解說新選兒童文學》一卷，小峰書店，1959年3月) 由此看來，「被偷走的小鎮」這個標題象徵的作品的大方向，和當時的兒童文學的趨勢完全不同。

看的明信片，上頭的紅色塗鴉痕跡，不就是小豐所留下來的嗎？

古田足日在1959年時，出版了第一本評論集《現代兒童文學論》（くろしお出版社，9月）。1961年的這本《被偷走的小鎮》，則是古田足日以作家的身分所發表的第一部單行本創作。上野瞭曾經提到，古田在這個作品中所作的嘗試之一就是「致力從一個語彙中，提供給讀者雙倍的意象」（〈旗手的文學——關於古田足日的備忘錄〉〔〈旗手の文学——古田足日に関する覚書〉〕，《戰後兒童文學論》，理論社，1967年2月所收錄）。藤田登（藤田のぼる）也發表了他的看法，他認為「其中有著對於現實（或者說構成現實的每一個要素）的雙重性的賣力描述。」（〈古田足日，抑或被方法化了的誠實〉，《季刊兒童文學批評》，1983年8月。括弧內批點依照原文）甚至，不單是一張明信片上有兩個不同訊息，吾郎一行人所組成的「少年偵探團」同時也是「少年古連隊」（少年グレン隊），而「全密連」（ゼンミッレン）＝「全國密輸連合」（全國走私聯盟），事實上是「全未連」（ゼンミレン）＝「全日本未來連合」（編按：「密輸」的「密」和「未來」的「未」，日文發音都是[mi]開頭）。

顯露「連合關係」

「『我們少年古連隊……』小豐停住了腳。那是吾郎的聲音！……小豐爬上了樹，和吾郎坐在同一根樹枝上，兩隻腳晃啊晃的。

『我要巡邏哪裡？該怎麼做？』

『海邊那條路吧。那是整個小鎮最荒涼的地方。如果你不願意的話，那就算了。』吾郎奸詐地笑了。

『怎麼可以算了。我做給你看！讓你見識見識少年古連隊充滿活力的一面。』

『喂！什麼少年古連隊！』吾郎的聲音令人震攝。小豐嚇了一大跳，因為吾郎生氣了。

『我們是少年偵探團。我們以偵探團的工作為榮，不是什麼古連隊的小痞子！』

如果是在白天，一定可以看見他臉色變得很難看。小豐很清楚吾郎是認真的。

身旁的夥伴們，此時也用責難的眼光盯著小豐看。

『對不起，對不起，是我不好。』

小豐是道了歉，但剛剛到底是誰先提起『少年古連隊』的呢？真是不可思議，那聲音聽起來明明就是吾郎啊……。」

當「統合關係」與「連合關係」兩軸相錯時，一個句子成立，「吾郎一行人是少年偵探團」。然而，在古田足日創作的《被偷走的小鎮》中，這個句子卻無法成立。按照正常的邏輯，一旦選擇了「少年偵探團」這個語彙，它就只能是「少年偵探團」，而不可以是「少年古連隊」或是「回家作業承包公司」等。但是在這裡，應該被排除在文脈之外的、看不見的「連合關係」卻競相出現。例如，「少年偵探團」便牽引出「少年古連隊」。請看以下圖示。

……

吾郎一行人＋是＋少年偵探團

少年古連隊

……

豐饒市隨著罐頭工廠和夢樂園被蓋了起來，一點一滴被影子集團偷去。「豐饒市的市民全都是影子。」阿胖這麼說，語調有如呻吟一般。不過，「市民們都是影子」這個句子其實不成立，因為阿胖後頭又不得不加了一句「豐先生，說不定我們也是影子喔！」。從中，我們看到了「市民們」與「我們」之間的「連合關係」。

「『真是太令人吃驚了，水島竟然會在這個地方出現。』

『笨蛋，那不是山本嗎？』小豐不知不覺間提高了聲音。

『噓！』破布衫提醒兩人。

『那個人是從電視機裡跳出來的人。』阿進聲音激動地說。

『你說什麼？』

小豐和阿朗同時盯著阿進的臉，但其實應該是眼睛，因為那是阿進黑頭巾下唯一看得見的五官。

『有可能三個人看著一個人，同時認錯人的嗎？』小豐壓低聲音，難掩激動地咆哮。

『破布衫，你覺得那個人看起來像誰啊？』

『什麼誰？那個人是船長啊。才不是山本或是水島呢！。』」

受影子集團擺佈的隼鷹號船長，在小豐看來覺得是豐饒市

的市長山本，阿朗則把他看成了山本的對立候選人水島，但破布衫卻說「什麼誰？那個人是船長啊。才不是山本或是水島呢！」因此，「船長是山本」這句話也是不成立的。在這個作品裡，我們隨處可以見到「連合關係」。究竟《被偷走的小鎮》這個隨處可以見到所謂「連合關係」的作品，是一部什麼樣的作品呢？

雅科布松(Jakobson)曾經將失語症分成兩種類型：「失語症障礙群所有的症狀，不是在選擇與代換能力，就是在組合與架構能力上，或多或少都有嚴重的損傷。」（川本茂雄監譯，《一般語言學》，みすず書房，1973年3月）在這兩種不同的種類當中，選擇能力的異常和索緒爾所說的「連合關係」有關，組合能力的異常則是和「統合關係」有關。

「吾郎一行人是少年偵探團」。句子裡的「少年偵探團」不被特定為「少年偵探團」，加上原本應該被排除在文脈之外的「少年古連隊」的出現，其實也正是雅科布松所說的選擇能力的損傷。《被偷走的小鎮》，或許可以說是一篇緣自於失語症的作品吧！

日常與非日常的轉換

在作品《被偷走的小鎮》中，農民們從罐頭工廠買來蔬菜、魚肉的殘渣，做為豬飼料。不肯將土地賣給夢樂園的「咒語婆婆」對此發表演講：「如果公司提高殘渣的價錢，壓低買入豬隻價格的話，到時候該怎麼辦？」豐饒市整個陷入了資本家所設定的經濟循環裡，人們工作只是為了購買電器製品，以及到夢樂園遊玩。豐饒市裡面甚至還推行，當每天早上音樂與號令響起時，大家一起刷牙的運動。在廣場上參加「刷牙運動」的人，影子上全都浮現出數字，沒有人能再以自己作為句子的主詞。影子被編了號，喪失自己個性的「我」，可以被任何「我」以外的人取代。狀況的改變是造成「選擇與代換的能力」產生異常的原因。

被偷走的市鎮和市民心智，因此得了失語症。「連合關係」在這部作品裡不只出現在語彙上，例如，阿朗曾經對小豐說「你有沒有過這樣的經驗？明明走在熟悉的街道上，突然卻發現好像迷失在未知的鎮上？」在《被偷走的小鎮》中，像這種非日常闖進日常之中的情形，不時在發生。

電視畫面閃過一個黑影，跟著插播新聞快報，被誘拐的人竟然是正在觀看新聞的阿進本身；不小心闖入走私船的小豐，一回神發覺自己已經在家裡，坐在書桌前面；小豐在豐饒戲院的走道上跌了一跤，一滾竟滾進銀幕裡的隼鷹號……。就像這樣，從日常轉換到非日常，又從非日常轉換到日常，「連合關係」的出現，依照著作品的架構進行。選擇能力受損的《被偷走的小鎮》，可以說完全呈現出了自我個性被稀薄化、「我」可以被替換成社會上任何人的陷入失語狀態的日本戰後時代。

其他的失語作品

「打開門，站在那裡的是一身黑色溼黏的打扮，頭上戴的頭巾也是全黑，有著異樣長的臉，眼睛非常大，除了用妖怪形

容以外，不知該用什麼形容詞形容的三名壯漢。……

忽然間，塚田老師的聲音像是劃破水面的石頭，打破了靜止的時間。

『喂！你們！以為現在幾點了？跑到哪裡閒晃，現在才來！』

那聲音就像解開魔法的咒語一般。站在門外的是同一班的宮本、武田和齋藤三位同學，身上穿的黑色雨衣溼透了，還不停地滴著水，頭髮也淋的溼答答的，好像很冷似地站在那裡直發抖。」（括弧內批點依據原文）

這是引用自天澤退二郎《旋轉吧！光車》（筑摩書房，1973年4月）開頭的句子，同樣是屬於失語症的作品。一身黑的妖怪與穿著黑色雨衣的同學，像這樣的「連合關係」在書中出現了很多次。作品的內容雖是在描寫地上的秩序被地下的水偷走的故事，但是其中所喪失的，同樣是之前提到過的「選擇與代換的

《旋轉吧！光車》（天澤退二郎著，司修繪）

「但是仔細一看，又好像沒有什麼，是一幅不可思議的圖畫。在相本裡，有一頁貼滿了枯黃的剪紙，正中央是一幅淡紅混合了黃色、橘色以及朱紅色所繪成的一個大車輪形狀的東西，鮮豔的程度讓人感到頭暈。」「這就是光車吧！」一郎和龍子在國立圖書館的夜間閱覽室裡，看到了光車的圖畫。為了要對抗由地下滲出來的水=「水的惡魔」，他們必須要聚集三個像這樣的光車。如此特別的「光車」也吸引了身為讀者的我們加入一郎一行人尋找光車的行列。

能力」。

另一部作品，安藤美紀夫的《風的十字路口》(《風の十字路》，旺文社，1982年7月)，則是失語症的另一種典型「組合與架構能力」喪失的最好例子。

作品的序幕是這麼描寫的。

「三浦耕造，十三歲，從離他家有一段距離的公寓屋頂掉下身亡。那是幢六層高的公寓，屋頂上有個高約一公尺二十公分的水泥護牆，但是上面沒有柵欄。」

耕造死後，隔天，松原亮在風中快速奔跑著。自從父親意外身亡，母親開始在酒吧工作以來，便突然出現崩潰跡象的阿亮，此時正跑在所有人前頭。他原本就很喜歡跑步的。今天是學校的馬拉松大賽，但是，小枝子、貴子、千春這些阿亮和耕造小時候的共同玩伴，卻沒有一個人在這裡和他一起。藤卷小

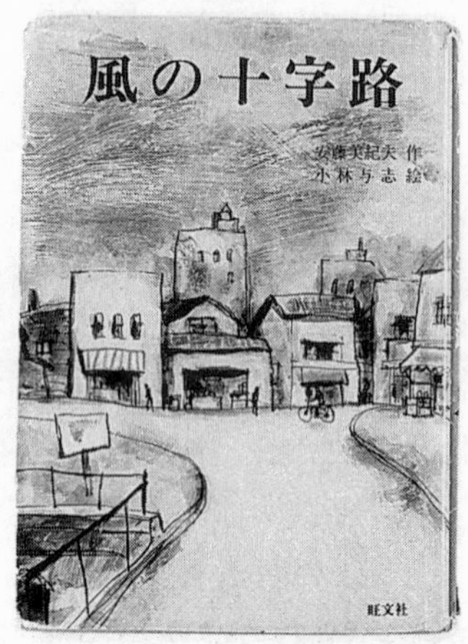

《風的十字路口》(安藤美紀夫著，小林与志繪)

「耕造死了。怎麼會這樣？那個笨蛋！阿亮加大了步伐。學校就位在小城的郊區，阿亮身旁的街景很快就被平緩的林中坡道取代。風吹過光禿禿的樹梢，發出嗚嗚的聲響。」耕造死後的隔天是學校的馬拉松大賽，松原亮從一開始就快速的跑在所有人的前面。升上二年級以後，長跑的距離變成8000公尺了。但是藤卷小枝子和鳥海貴子在那天，卻都沒有到學校來。

枝子因為想暫時擺脫「乖寶寶路線」而蹺家了；鳥海貴子由於耕造臨死前交給她一個茶色信封，不知如何處理，今天缺席；原千春則是罹患絕症肌肉萎縮症，正在住院中。這些應該是朋友的角色，彼此間卻沒有確切的聯繫，作品中只是將他們各自的遭遇並列提示出來。

耕造的自殺所造成的震撼，似乎讓作品失去了將每個人的故事，統合到一個更大的故事裡的「文法」，整篇作品因此呈現出一種類似「空洞」的東西。

擁抱世界的真相

和《風的十字路口》大約同時刊行的作品，後藤龍二的《少年們》（講談社，1982年12月）也是一部和中學生有關的作品。我們在第六章曾經提過，第一人稱「我」——志木悠，回憶起以前曾經在黃昏時目擊到社區十一樓有一名高中女生跳下自殺的情景。自殺的那個女孩，據說才剛進明星高中就學而已。

但是，《風的十字路口》和《少年們》裡頭的自殺，所造成的意義是不同的，因為《少年們》裡的「我」們，彼此之間「已經不能再用毫不在乎的表情相對了」。而凝聚這群原本如同散沙的少年們與他們的故事的，正是現代兒童文學經常用到的「文法」——「向陽性」亦或「理想主義」。

在《風的十字路口》的最後一回，小枝子和貴子在車站等待阿亮的出現。三個人約好一起去探望在醫院的千春，重新談一談耕造自殺的原因。

「『來打賭吧!』小枝子說。

貴子不明白小枝子說的是什麼意思,於是反問道:『打賭?』

『我們來打賭阿亮會不會來。』」

兩個人都打賭阿亮一定會來,所以這個賭並不成立。事實上,到最後阿亮有沒有出現,我們並不知道。作品的尾聲是這麼說的——

「車站前的馬路上,一張報紙被強風刮起,漂浮在空中,彷彿像是有生命一般,飛走了。」

對於等待阿亮出現的小枝子和貴子來說,如果阿亮出現了,那麼對於耕造死後的這些活著的朋友來說,彼此間內心所失去的聯繫,或許就能銜接得起來。但是,作品終究沒有提到阿亮最後有沒有出現,因此他們內心的聯繫有沒有回復,也不得而知。

《風的十字路口》並沒有賦予作品中的少年少女們一個特定而理想的方向,故事也就在缺乏能將作品統合到一定方向上的「組合與架構能力」的狀態下結束,曝露出一個無法依靠「向陽性」或是「理想主義」這類固有「文法」解釋的狀態。

患有失語症的人,無法用語言將這個世界加以分節、分段。但是,他們所看到的,無疑是世界真正的樣子。嘗試擁抱這類「理想主義」不能解釋的狀態,然後從中重新取得我們的語言,是我們必須要面對的,因為,兒童文學的今日,是個失語的年代。

第十章　投保「兒童文學」概念消滅險——鬆動了的「成長故事」架構

被撞擊的「成長」概念

「有可能只有那傢伙一個人不知道。人並不是變成大人以後，就能自以為什麼都知道的!」

以上摘自森忠明〈快樂的時光〉(〈楽しい頃〉,《少年時代的畫集》〔《少年時代の画集》〕，講談社，1985年12月所收錄)。作品中的第一人稱「我」，經歷了好友澤邊圭吾的死。澤邊的雙親已經離婚，身在遠地的澤邊的母親到現在都不知道自己的兒子已經死了。

「最應該知道這件事情的人什麼也不知道，而用不著知道的人卻知道。我母親那個大她十歲的哥哥，虎光舅舅，得了肺癌只剩下一年的壽命，當事人什麼也不知道，但只是個孩子的我卻曉得。」接在這段之後的，就是本節一開頭引用的部分。

在這篇既是篇名，同時也是作品集書名的〈少年時代的畫集〉裡，主角「我」畫了一張祖母的畫像，宇津木老師看到那幅畫，便說畫裡有不實的地方。「女性是沒有這樣大的喉結的。沒有仔細觀察只憑自己的想像去畫，就會犯這樣的錯誤。畫這幅圖的同學，知道了嗎?」但是，那真的是祖母臨終時的臉呀!

「意識模糊的祖母閉著眼，用力呼吸時，她的喉頭上真的就像男人一樣凸出一塊」。「我」這時心想：「那個美勞課的年輕老師，一定沒有在垂死前的女性身邊待過。不過，等到某天，當老師的戀人、母親或是祖母撒手遠離這個世界時，他就會知道我畫的沒有錯，真的是這樣的。」

還是小孩的「我」知道「真實」，身為大人的老師和「真實」之間卻有一段距離。同樣是引用自〈少年時代的畫集〉，故事裡的「我」對於「我」的父親，作了以下的描述。

「對著假裝是沙袋的座墊，有模有樣地擺出帥氣的攻擊架式，連續擊出直拳、猛擊的少年，在變成大人以後，竟然會跨坐在瘦弱的人身上，狠狠修理一頓。」

在祖母喪禮後的酒席上，父親和德元叔叔大吵了一架。看到這一幕的「我」心想：「也許那才是父親的本性。自從有了沈思的習慣，我對父親那和藹的笑容與親切的話語，就變得無法百分之百信任。」

「人並不是變成大人以後，就能自以為什麼都知道的！」比起小學生的「我」，老師反倒遠離真實。少年時的「帥氣的攻擊架式」，長大後墮落成「狠狠修理一頓」……。在我們閱讀森忠明作品的同時，一些原本被我們視為常識的成長觀與成長的概念，狠狠地被撞了一下。以往我們總認為，兒童是不成熟的，必須靠累積經驗與知識而長大成人。日本的現代兒童文學最喜歡描寫的也是不斷累積經驗，逐漸建立自我的主角。關於這一點，森忠明明顯是背道而馳❶。

「反＝成長故事」

小學畢業那年春天，孩子們聚集在惠惠幼稚園紫藤班的教室裡。這是那須正幹〈第六年的班會〉（〈六年目のクラス会〉，《第六年的班會》，ポプラ社，1984年11月所收錄）的開頭。從前的班導，國松老師也出席了。大家談論著幼稚園時的事情，突然間想起了阿則，也就是鈴木則男的事情。班上每個人都參與了把個性孤僻又有尿褲子習慣的則男全身衣服脫光，在他身上潑水的事件。那是在盛冬時發生的事。從第二天起，則男就沒有再到幼稚園，而且過了不久就死了。

《少年時代的畫集》（森忠明著）

這是由十篇短篇構成的作品集。作品裡的主角全是一群走失的孩子，例如年紀小小就罹患肝炎的「我」（〈愉快的時光〉），以及知道好友在琵琶湖溺水而死的「我」（〈小小的紅海〉）等等。我們常說，孩提時代是「愉快的時光」，不用去面對人生中的重大挫折，但是這部作品告訴我們，即使是孩提時代，依然有陰影存在。兼顧了「光明」與「黑暗」的描寫，才是對兒童的時代做一個整體性、全方位的描寫。

注

❶有關森忠明，另外參考了宮川健郎〈沒有那羅的夏天——再讀森忠明「少年時代的畫集」〉（〈ネロのいない夏——森忠明「少年時代の画集」再読〉，《日本兒童文學》，1989年3月。）

「則男……其實是患有心臟病的。你們不知道這件事而對他惡作劇，所以和這件事是沒有關係的。」老師這樣說著。但是，川口瞳——班上的人氣女王，那天大家會欺負則男，也是她下的命令——卻說了:「可是，討厭則男的人，不只是我一個人喔!老師，老師其實也不喜歡則男吧。」「那個早上，當我們大家把則男的衣服脫光，在他身上潑水時，老師其實知道吧。我知道老師就站在窗戶邊，一直看一直看。……如果因為那件事害則男死掉的話，老師，我想老師和我們大家都是一樣的喔!」阿瞳邊說邊露出白皙的牙齒微笑著……。

兒童是純潔無瑕的，大人是邪惡骯髒的；當兒童成長時，邪惡也伴隨著成長——這不就是我們一直以來的想法嗎?但是，在《第六年的班會》裡，這個成長的概念有了逆轉。隨著班會裡同學們的交談而漸漸浮上檯面的是，當他們還就讀於幼稚園時，就存在內心裡深不可測的邪惡。其中，川口瞳的邪惡甚至讓我們看到了老師的邪惡。想到以前對則男的惡作劇，齋藤不禁哭了起來，岸本則是臉色發青，六年後的兒童比起他們還在幼稚園就讀時，內心的邪惡似乎是變淡了。

森忠明的《少年時代的畫集》與那須正幹的《第六年的班會》，正是所謂的「反=成長故事」。

「成長故事」

「反=成長故事」是個源於「成長故事」的相對觀念。「成長故事」一詞由石井直人最早開始使用，他在〈兒童文學中的

「成長故事」與「遍歷故事」二種形式〉（〈児童文学における「成長物語」と「遍歷物語」の二つのタイプについて〉，《日本兒童文學學會會報》，1985年3月）一文中，仿造歐洲文學史中教育小說(Bildungsroman)和冒險小說(Picaresque Novel)二種對比的概念，將兒童文學的作品類型分成「成長故事」與「遍歷故事」兩種。

他提到「在『成長故事』裡，主角是個擁有獨立人格與思考深度的個體，藉由累積經驗，形成自我。……『遍歷故事』裡的主角，相對之下則是個抽象觀念，或說是由觀念延伸而來的擬人化角色，主角本身如何並不重要，重要的是在作品中反覆被驗證的觀念。」石井並且舉出J. R. 湯森《阿諾魯道的激烈夏天》（1969年，神宮輝夫翻譯，岩波書店，1972年11月）、山中恒《我就是我自己》（《ぼくがぼくであること》，實業之日本社，1969年12月）作為「成長故事」的例子；路易斯・卡洛爾(Lewis Carroll)《愛麗絲夢遊仙境》（1865年）、寺村輝夫《我是大王》（理論社，1961年6月）作為「遍歷故事」的例子❷。

《阿諾魯道的激烈夏天》故事是發生在英國的鄉下小鎮。18世紀左右，小鎮曾經因為位於河口而繁榮一時，但是自從大洪水使得河川改道之後，現在已經完全沒落。主角阿諾魯道和在小鎮上經營雜貨店兼出租房屋的「老爹」，兩個人一起生活。

注

❷石井直人將〈兒童文學中的「成長故事」與「遍歷故事」二種形式〉的概念繼續發展，又寫了一篇〈跳脫「成長故事」的限制〉（〈「成長物語」のくびきをのがれて〉，《飛行教室》〔《飛ぶ教室》〕，1991年8月～1993年11月）

他已經十六歲了，對於未來並無特別打算，心想也許一輩子就這樣待在小鎮裡。有一天，一名中年男子來到阿諾魯道面前。「你是阿諾魯道？應該不是吧。」「我才是阿諾魯道呀！」那位中年男子說道。

那麼，自己又是誰呢？阿諾魯道沈思了，開始調查自己的身世。結果發現，正如這個男子所說的，他並不是真正的阿諾魯道，對方才是。中年男子似乎是覬覦「老爹」些微的財產，才來到這個荒涼的小鎮。但是作品最後，他在暴風夜的海上遭逢意外死亡。阿諾魯道的地位不再受到挑戰，又繼續待在這個無趣的小鎮上。但是，追究自己到底是誰的過程，卻也讓他得到了成長。

秘密與自立

繼續再來介紹山中恒的《我就是我自己》這部作品。暑假的某一天，平田秀一跳上一部停在公園旁邊的小貨車，離開居住的小鎮。因為討厭母親老是拿他和兄弟們比較，對他成績不理想的事只會碎碎唸，所以秀一決定離家出走。他來到一個小村子，在那裡遇到了和他同樣是小學六年級的谷村夏代，還有她的祖父，和他們一起生活了一段時間。相對於最後終於返家的秀一，因為離家出走的經驗而開始自立的變化，母親反而露出軟弱的一面，哥哥們也開始反抗母親。母親是個富家女，出嫁時帶了房子當嫁妝，父親是入贅的，故事後來的發展是，母親一個不小心把房子給燒了。

《我就是我自己》（山中恒著，永田力繪）

最先注意到本篇作品文體的是細谷建治。細谷建治提到：「說話者以抒情的口吻講述敘事性的故事，這是屬於說書的手法。」《我就是我自己》的文體，就非常接近這樣的特性　（〈再一次的我要往哪裡去〉，《季刊兒童文學批評》，1982年11月）而從後來以「兒童讀物作家」自稱，並提出「兒童讀物的首要條件就是『有趣』」（《餓鬼一匹》，美日新聞社，72年）的山中恒的動向來看，這項批評的確是一語道出了重點。照片取材自角川文庫版（76年）的封面。

「平田秀一，實在是個好名字，指的是最優秀的意思。但是，世上沒有什麼比名字還靠不住的了。」

這是作品一開頭的部分。《我就是我自己》是描寫秀一為活出自己而奮鬥的故事。播磨俊子曾經提到，「秀一從離家出走這件事所獲得的……是在以往生活中，可以說是不可能擁有的『只屬於自己的秘密這個部分』。」（〈「我就是我自己」當中的兒童像（中）〉〔〈「ぼくがぼくであること」にみられる子ども像（中）〉〕，《日本兒童文學》，1978年11月）這些秘密包括有：他目擊到「老實佬」撞了人而畏罪潛逃、對谷村夏代的懷念，以及對家人隱瞞他離家之後在哪裡、做了些什麼事等等。秀一甚至還知道沒有和夏代住在一起的她母親的事，以及夏代祖父的過去等等谷村家的秘密。擁有秘密，讓秀一走向自立。在故事最後，他希望母親能夠瞭解「我就是我自己」這個事實。對此，小此木啟吾的看法是「在擁有秘密的心理深刻介入到自我意識的產生的同時，一個外界所看

見的自己與隱私的自己也逐漸形成。」(《秘密的心理》，講談社現代新書，1986年4月)

學不聰明的國王

接下來討論「遍歷故事」。《我是國王》是《國王》系列的第一部作品。全部共收錄了四個故事。

第一篇故事是〈煎大象蛋〉(〈ぞうのたまごのたまごやき〉)。大王最喜歡的食物是煎蛋。王宮裡有嬰孩誕生了，大王打算招待所有國民到城堡裡來享用豐盛的佳餚。所謂豐盛的佳餚，指的當然是煎蛋。因為母雞生的蛋不夠用，大王於是派遣大臣與士兵到森林裡去找大象蛋。可是，卻找不到。汪大臣作了個夢，夢裡出現小孩子唱著「大象會生蛋／我們怎麼從來沒聽過。」「啊哈哈哈……。」就像這樣，大王不是弄錯就是出錯。雖然在故事的末了，大王總會恍然大悟「啊，原來如此，原來大象是不會生蛋的啊！」但是下一篇即使不會再犯相同的錯誤，還是會犯下類似的錯誤或是出錯。也就是說，大王一點也沒有變得聰明，沒有成長。

《我是國王》在現代兒童文學裡，屬於比較特殊的領域。一般來說，「遍歷故事」在漫畫與卡通影片裡較常出現。比方說，以柳瀨隆史(やなせたかし)的繪本《前進！麵包超人》(《それいけ！アンパンマン》，フレーベル館，1975年11月)為原著的卡通「麵包超人」，裡頭的細菌人老是惡作劇，所以麵包超人每次都必須飛上天空，給細菌人致命一擊的「麵包拳」。有時，細菌人會被修

《我是國王》（寺村輝夫著，和田誠繪）

本書是作者最初的單行本，故事的主人翁是位國王。本書共收錄了四個故事。首先是在本文裡介紹到的〈煎大象蛋〉。接下來是〈肥皂泡泡項鍊〉（〈しやぼんだまのくびかざり〉），開頭的第一句是「我們再來談談國王的故事吧！」。至於第三篇〈謊言與真實的寶石箱〉（〈ウソヒホントのほうせきばこ〉）則是以「這也是國王的故事喔！」做開場白。最後一篇〈加入馬戲團的國王〉最開始也是「讓我們繼續談談那個喜歡吃蛋的國王的故事吧！」。國王的故事就是這樣不斷不斷的繼續下去。另外還發行了《我是國王全一冊》作品（理論社，1985年）。

理的慘兮兮，果醬老伯便說：「我看這一次，細菌人應該會學到教訓了吧！」　然後故事就在大家爽朗的笑聲響徹整個森林中結束。但是，在下一篇故事中，細菌人還是會出來找碴，麵包超人也還是得使出他的「麵包拳」。因為就像石井直人所說的，麵包超人是「正義」的象徵。

每當我在看長谷川町子原著的卡通動畫《海螺小姐》（《サザエさん》）時，腦海裡總不禁浮現阿鱈究竟什麼時候上小學這類奇怪的問題。事實上也是如此，「海螺小姐」所用的手法，正是以一個不成長的家庭，來持續呈現「老百姓的幸福觀」。《我是國王》的前言裡有一段是「聽說／每個家庭裡／都有一個／這樣的國王」，說明了國王這個角色顯然是由「幼兒性」與「兒童性」擬人化而來。

以「成長故事」為本的現代兒童文學

石井直人又針對促成日本現代兒童文學成立的要素，也就是早大童話會的宣言書〈到「少年文學」的旗下吧!〉(《少年文學》, 1953年9月) 提出他的看法。「這篇文章，本身就是以『成長』為題的修辭所構成。」「顯示出戰後兒童文學理念和批判童心主義，向來奉成長故事為目標，壓抑近代遍歷故事敘述的過程。」因為,〈到「少年文學」的旗下吧!〉當初是以克服「幻想童話」、「生活童話」, 而「就以近代『小說精神』為核心的『少年文學』」之路為宗旨的。

的確正如石井直人所說的，日本的現代兒童文學幾乎都是「成長故事」的作品。例如，現代兒童文學草創期的松谷美代子《龍子太郎》(講談社，1960年8月)，故事裡的主角立志改革農村的貧窮；今江祥智《山的那一頭是藍色的大海》(理論社，1960年10月)，主角山根次郎為了改變自己懦弱的個性而開始旅行。在故事最後,《龍子太郎》中的太郎說道:「就是這樣! 從現在起開始工作。走吧! 媽媽，我們工作去!」而《山的那一頭是藍色的大海》的尾聲，井山老師則說:「山的那一頭一定會有藍色的大海，就像希望一樣廣闊。」從中，我們清楚地發現，在現代兒童文學的出發期，認為狀況必須改革、人類必須成長的想法，似乎非常強烈。

達不到「優質成長」的「成長故事」

「成長故事」是日本現代兒童文學一直以來的規範，但是1980年以後，這個形態有了動搖的跡象，甚至還動搖到了「兒童文學」本身。好比我們之前在「反＝成長故事」一節中提到的作品，便可說是「成長故事」的強烈對比。以下試舉出幾項造成「成長故事」動搖的原因。

首先是，對現代兒童文學過去固有的「理想主義」與「光明性」有所保留。

從先前我們提到的《龍子太郎》與《山的那一頭是藍色的大海》的例子來看，是現代兒童文學在出發時期，作品中的現實與超越該現實的力量，似乎永遠以超越現實的力量佔上風。然而，觀察最近的兒童文學，不管是第五章裡的《我們往大海去》（偕成社，1980年1月），還是第九章裡的《風的十字路口》（旺文社，1982年7月），超越現實的力量都已經不再絕對了❸。前面曾經提過，現代兒童文學多半屬於「成長故事」，而且角色的自我建立也都能達到期許中的「優質成長」。然而，《我們往大海去》與《風的十字路口》這兩部作品，故事裡的少年少女雖然也是企圖建立自我，但結果不是無法達到大人們所盼望的「優質成長」，就是作品最後只留下一個模糊的交代。

注

❸參見砂田弘〈從變革的文學到自衛的文學〉（《日本兒童文學》，1975年11月）。

和意義脫鉤

いるか

いるかいるか
いないかいるか
いないいないいるか
いつならいるか
よるならいるか
またきてみるか

いるかいないか
いないかいるか
いるいるいるか
いっぱいいるか
ねているいるか
ゆめみているか

譯文——

ＩＲＵＫＡ

IRUKA　IRUKA
不在嗎　IRUKA

不在 不在 IRUKA

什麼時候　IRUKA（或是譯作「什麼時候會在呢」）

晚上如何　IRUKA

還會再來看看嗎（中文的疑問詞「嗎」，日文為「か」，發音為KA）

IRUKA　不在嗎

不在嗎　IRUKA

有在 有在 IRUKA

許許多多　IRUKA

睡著了的　IRUKA

正在做夢　IRUKA（或是譯作「正在做夢是一嗎」）

（編按：IRUKA乃日文いるか的羅馬拼音，為多義字，其意思有名詞「海豚」／疑問句「在不在」「在嗎」／助動詞加疑問詞「正在～嗎」，是以構成了這篇多重含意的童詩）

《文字遊戲歌》（谷川俊太郎詩，瀬川康男繪）

這是一本全部由日語的平假名寫成的詩集。「かつぱかつぱらつた／かつぱらつぱかつぱらつた／とつてちつてた」這是〈河童〉（〈かつぱ〉）一詩的第一聯。作者將許多字尾是「つぱ」連結起來，將重點放在詩所發出的「聲音」而不是「意義」上。就好像小孩子們玩文字接龍時，所在乎的並不是文字所擁有的意義，而是在聲音上面的連接。當許多有「つぱ」音的語彙組合在一起時，很奇妙地，我們彷彿看到了一個很不可思議的組合。

以上這篇作品，是收錄在谷川俊太郎於1973年10月刊行的詩集《文字遊戲歌》(《ことばあそびうた》，福音館書店) 當中。作品中反覆出現的「いるか」，究竟是指動物「海豚」，還是疑問句「居るか」(在嗎?) 並沒有一個定論。唯一可以確定的是，在我們沈浸於整首詩的韻律的同時，也逐漸和「意義」脫鉤。其實，這一類詩原本不是很受歡迎，直到1980年代以後開始經常出現在小學的國語課本裡。沿續前一節提到的造成「成長故事」動搖的原因，第二點就是——這類「和意義脫鉤」的兒童文學作品的大量出現，以及被大量閱讀。

也許是培養荒誕文學的土壤已經成熟，矢玉四郎的《晴天豬》(《はれぶた》) 系列在兒童之間廣為閱讀。該系列的第一部作品《晴天有時下豬》(岩崎書店，1980年9月)，故事中的主角鼻山則安寫的是明天的日記。如果他寫了明天媽媽會油炸鉛筆的話，第二天的飯桌上就會真的出現油炸鉛筆，一旁吃的津津有味的爸爸還會說:「還是HB到3B的鉛筆最軟，最好吃!」而寫日記當然是要記錄天氣的，有一天他寫的是「晴天有時下豬」，結果第二天下午，天空果然就噗噗噗的落下很多隻豬來。

這類荒誕兒童文學開始出現、受到廣大閱讀，固然使得兒童文學的世界更加豐富，但在另一方面，卻也助長了「成長故事」架構動搖的速度。在「成長故事」裡的每項遭遇，都會有意義地內化為主角的經驗，使主角達到成長。但是在荒誕兒童文學裡，無論文字語彙如何堆疊卻都不構成意義。由此來看，荒誕兒童文學其實也是和「成長故事」相對的。現在荒誕兒童

文學的代表作家除了矢玉四郎以外，還有小澤正（《醒醒！虎五郎》〔《目をさませトラゴロウ》〕，理論社，1965年8月；《慢郎中的小豬與急驚風的兔子》〔《のんびりこぶたとせかせかうさぎ〕，ポプラ社，1974年5月）、舟崎克彥（《卜潘老師的星期天》〔《ぽっぺん先生の日曜日》〕，筑摩書房，1973年3月）、三田村信行（《好多個爸爸》〔《おとうさんがいっぱい》〕，理論社；《賣風的人》〔《風を売る男》〕，PHP研究所，1980年1月）等。

跳脫單線敘述

使「成長故事」動搖的第3點就是，故事開始跳脫了單線式的敘述。石井桃子等人合著的《兒童與文學》（中央公論社，1960年4月），書中除了針砭小川未明、濱田廣介等日本近代兒童文學作家之外，另外還針對兒童文學該有的面貌，做了一番探討，堪稱是「童話傳統批判」的代表作之一。書中提到，民間故事

《晴天有時下豬》（矢玉四郎著・繪）

語彙並不是擁有實體的事物。而是我們賦予一個特定的音節一個特定的意義。於是當我們將語彙看作是一個真實的實體來對待時，就會產生「無意義」的效果。《晴天有時下豬》裡的鼻山則安，他最感到自豪的一件事就是每天會寫日記。而寫日記當然會記上天氣。則安將「晴天有時下雨」中的「雨」這一詞看成一個實體，並且如同搬換機械用品一般，將「雲」換成了「豬」。於是第二天……。兒童們也和成人一樣，生活中總有種種束縛。也許對我們來說，荒誕文學反而解放了我們的精神，帶來了自由氣息。

具有兒童文學的基本要素，兒童文學只須像民間故事的形式，也就是單軌電車一般，筆直向前行駛就好了。以下引用第二章〈何謂兒童文學?〉中的一個段落。

「民間故事，簡單說就是走在單軌上的電車一樣，故事循著一直線進行。一些成人小說裡經常使用的技巧，像是回想、沈思等跳脫單線軌道，一會兒談這，一會兒談那的情形是沒有的。當然，就像單軌電車也會翻山、過山洞，民間故事同樣也是有起伏轉折。這裡所說的單軌，讀者請把它試想成時間。隨著時間的進行，事件陸續發生，上一樁事件與下一樁事件之間的關聯並不複雜，根本不須要倒回去看。民間故事，憑藉的是口述的方式，如果有人聽故事聽到一半，突然要求『老伯伯，你可不可回到前面那一段……』，相信不論是說故事或是其他聽故事的人，都會感到很掃興吧。深度文學作品的閱讀，讀者可以在對故事的進展感到混淆時，回到前幾行或是前面幾頁重看一遍。但是，藉由耳朵聽的民間故事，卻沒有辦法做到這一點。也因此，它的形式必須簡單明瞭，即使是幼小的兒童也能夠理解。」

以上看法，尤其受到幼兒童話或是繪本創作者的重視與遵守。

由於「成長故事的規範是根據故事主角的成長，從他誕生到死亡為止的時間」（石井直人，〈兒童文學中的「成長故事」與「遍歷故事」二種分類〉，前述），所以大多也是循單線的方式進行。但是，近年來開始出現了許多不屬於單線敘述的兒童文學作品，較有

《來找我啊》（岩瀨成子著，飯野和好繪）

《來找我啊》是以一篇篇插曲與訊息連接而成，但是卻是用「失去接續詞的連接方法」（石井直人，〈「素顏」——岩瀨成子「來找我啊」論〉，《日本兒童文學》，1989年3月）。作者似乎有意藉由這部作品，打破制式的「起承轉合」框架，後來的作品《劍龍》（《ステゴザウルス》）與《迷鳥飛翔》（《迷い鳥とぶ》）中的主角對於前程的茫然，彷彿是在敘述真實的人生。

名的像是岩瀨成子的《來找我啊》（《あたしをさがして》，理論社，1987年9月）。書中只是一個又一個訊息的堆砌，完全不具故事結構，令人難以理解，能不能稱為兒童文學作品亦是個問題❹。1970年代後半，兒童文學開始出現了以往兒童們生疏的主題，像是死亡、性，或是家庭破碎等等，我們稱這個情形為「禁忌的瓦解」（「タブーの崩壊」）❺。但是，要創作一部兒童文學，除了這些標題所內含的禁忌之外，其實還有更多的禁忌。岩瀨成

注

❹有關《來找我啊》書中實驗性手法的評價，請參見石井直人，〈「素顏」——岩瀨成子「來找我啊」論〉（「素顔」——岩瀬成子「あたしをさがして」論〉，《日本兒童文學》，1989年3月）、西本雞介，〈真的找得到「我」嗎?〉（〈果して「あたし」をさがしだせるか〉，同前）。另外，清水真砂子《書寫幸福的方式》（《幸福の書き方》，JICC出版局，1992年7月）中，也稍微提到了這本書。

❺請參見《日本兒童文學》，1978年5月號特集〈禁忌的瓦解——性・自殺・離家出走・離婚〉（〈タブーの崩壊——性・自殺・家出・離婚〉）。

子的作品似乎努力地破除了這些禁忌，只是結果是否成功？說真的，我並不知道。

能夠跳脫單線敘述，又讓人覺得有趣的作品是長谷川集平的繪本《星期天之歌》（《日曜日の歌》，好學社，1981年9月）。故事的一開頭是主角「我」偷了東西，但是就當我們屏息等著看接下來會怎麼發展時，「我」一家人卻只是吃飯、看電影、出門看爸爸的棒球比賽……。作品中的時間規律地從昨天到今天，但是距離故事一開始的「當小偷」卻越來越遠。比賽最後好像是因為爸爸失誤而輸了。「我」對爸爸說「輸了喔」，沒想到爸爸卻突然罵道「混蛋!」「你這個死小子，竟然做出那種事!」在作品最後，終於回到了故事一開始的問題點。就算是自己的兒子偷了東西，飯還是一樣得照吃，電影、棒球比賽或許還是照看。從這部作品，我們一會兒有即使是小孩偷了東西，日常生活還是照常過的感慨，一會兒也對一直忍著「混蛋!」沒有說出口的

《星期天之歌》（長谷川集平著・繪）

作者是以《我討厭長谷川》（《はせがわくんきらいや》，月刊繪本別冊，1976年）出道的圖畫書作家。《星期天之歌》一開頭就是「當我打了健次郎的時候，媽媽被老師叫去問話的時候」，「……的時候」在全書中不斷反覆出現。此外，作品裡出現的文字是以手寫的文字印刷的，而且看起來像是小孩子寫的字一樣，裡面的插畫也如同小孩子塗鴉一般。在《星期天之歌》裡，我們看到作者已經完全「偽裝成兒童」了。

父親的用心良苦，感到同情。故事裡，「我」對於爸爸的「混蛋!」，也同樣回以「混蛋」，就這樣，「我」、爸爸和媽媽三人像是唱歌一樣互罵著。

模糊化的兒童文學／文學的界限

最後一項原因是，有關兒童文學的讀者年齡層提高的問題。兒童文學讀者的年齡層究竟到幾歲為止呢？古田足日曾經憑直覺認為是「到中學二年級的暑假為止」（〈何謂兒童文學（一）〉〔〈児童文学とは何か（一）〉〕，《季刊兒童文學批評》，1981年12月）。但是，1970年代以後的兒童文學卻有拉高讀者年齡層的傾向。比方說，理論社所出版的《大長篇系列》中的灰古健次郎《兔之眼》（1974年6月）、今江祥智《少爺》（《ぼんぼん》，1973年10月）等作品，不光是深受已有閱讀能力的小、中學生們喜歡，也擄獲了年輕人與成年女性的心。雖然這不是件壞事，但卻也顯示出作品前提——兒童文學是為成長中的兒童所創作——的不明確。

以短篇集《寒冷的夜裡》（《つめたいよるに》，理論社，1989年8月）踏人文壇的江國香織的作品，雖然以兒童書的類別發行，但是成人讀者也不少。開頭的〈阿狄〉（〈デューク〉）一篇，故事的主角，第一人稱「我」是個剛失去愛犬的二十一歲女性；這本短篇集似乎特別受到女大學生的歡迎。作者江國後來也從事小說寫作，例如《一閃一閃亮晶晶》（《きらきらひかる》，新潮社，1991年5月）等，對於兒童文學與小說的分界並沒有強烈的自覺❻。

《寒冷的夜裡》（江國香織著，柳生子繪）

本書收錄了九篇短篇作品。「一邊走者，我的眼淚停也停不下來。已經是21歲的女孩了，難怪別人看到我這樣哭得稀哩嘩啦地走在路上，總露出一付驚訝的表情。……阿狄死了。我的阿狄死了。我的內心充滿了悲傷。」這是卷頭名為〈阿狄〉一章開頭的部分。阿狄是「我」的愛犬，臉看起來很像詹姆斯・狄恩。在接近聖誕節的冬天的街道上，「我」遇到了一位長得很像詹姆斯・狄恩的少年……。

近年來的岩瀨成子（《劍龍》〔《ステゴザウルス》〕，マガジンハウス，1994年3月；《柔軟的門》〔《やわらかい扉》〕，ベネッセコーポレーション，1996年1月），與以《電話響了》（《電話が鳴っている》，國土社，1985年6月）進入文壇的川島誠（《800》，マガジンハウス，1992年3月；《再次起跑》〔《もう一度走り出そう》〕，同前，1994年3月），以及以《五月初、星期天的早上》（《五月のはじめ、日曜日の朝》，岩崎書店，1989年11月）起步，最近發表了小說《阿帕萊遜》（《アパラシオン》，ベネッセコーポレーション，1995年7月）的石井睦美等人所創作的作品，可以看出其中對於兒童文學與文學之間的界限，已經非常模糊

注

❻江國香織曾經接受雜誌的採訪，對於《寒冷的夜裡》等作品，她說：「我一點也沒有意識到是為兒童創作的作品。只是，最早說我的作品很有趣的是個與童話有關的人，所以我就以童話的類別來發行了。在寫作時，其實完全沒有區分這是小說或是童話。」（〈「江國香織」昴現在imagine的人〉〔〈「江國香織」すばる今imagine人〉〕，《昴〔《すばる》〕，1991年9月）

了。(《寒冷的夜裡》在1991年7月時出版了以大人為對象的文藝版本，和《兔之眼》的情形相同。)

正如前面所述，現代兒童文學中的「成長故事」的架構，此時正產生動搖。人們在進入近代以後，發現「兒童」有別於「大人」，而為了給這些兒童有讀物可看，所以有了兒童文學(柄谷行人，〈兒童的發現〉，《日本近代文學的起源》，講談社，1980年8月)。當初創作兒童文學的大人們，當然是期望兒童能有「優質的成長」，這也是兒童文學採用「成長故事」架構的原因❼。只是，在「成長故事」架構出現鬆動的此時，「兒童文學」的存在本身，似乎也越來越難自保。

「遍歷故事」

進入1990年代以後，著眼於「遍歷故事」，也就是石井直人所說的「成長故事」的相對類型的作品也出現了。像是伊東寬(いとうひろし)以《猴子的一天》(《おさるのまいにち》，講談社，1991年5月)開始的一系列作品。這個系列總共有四集(編按：本書作者完稿的日期為1996年，如今中譯本已經出到第五集《大家都是猴子王》)，從中我們看到的是一種與「變化、成長的主角」完全不同的描述。

注

❼在日本，兒童書的閱讀風氣最盛期是在1970年代左右。從1970年代後半開始，約十年間，兒童書刊的銷售額一直有很好的成績，但是聽說現在卻是一落千丈。1970年代，那時兒童文學創作還具有強烈的理想性與光明性，與當時為兒童購書的大人們希望選擇優良的讀本給孩子們的心願(另外還有希望孩子們長得更好的心願)一致的「幸福的年代」。

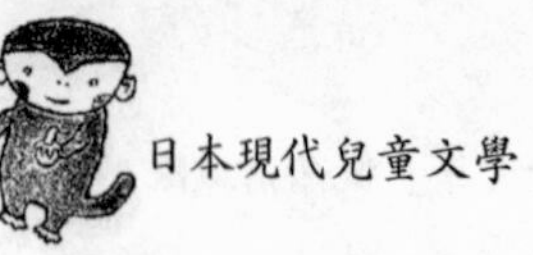

石井直人曾經就《猴子》這一系列的魅力，與筒井賴子著、林明子繪圖的繪本《第一次上街買東西》（《はじめてのおつかい》，福音館書店，1976年3月）作比較，提出以下的看法。

「也許有些唐突，但是我想起了精典名作《第一次上街買東西》這部作品（中略）。這本繪本是在描述有個小女孩，如同標題所說的，第一次幫媽媽買牛奶，平安回家的故事。如果，《第一次上街買東西》講的是『第一次』的緊張感，那麼《猴子的一天》所呈現的便是『反覆』的弛緩性。每一天當然不可能都是緊張的，所以弛緩是必須的。」（石井，〈猴子無憂無慮〉〔〈おさるののんき〉〕，《兒童與讀書》，1994年10月，括弧內依照原文）

石井直人在這篇文章裡最後還提到「我想，《猴子》系列中的故事原理，與當今的兒童文學是不同的」，這究竟是什麼意思呢？

兒童的成長，並不像爬一座平緩的山坡那樣，屬於漸進性。而是在得到某個促使成長的原因、契機時，好比爬樓梯或是轉彎似地一躍得到成長。掌握住這個「成長的瞬間」，將它化為文字，一直是現代兒童文學或是繪本作家醉心的工作。《第一次上街買東西》便是一部典型的這類作品；至於幼兒童話，也有古田足日的《大的一年級與小的二年級》（《大きい一年生と小さいな二年生》，偕成社，1970年3月）可以作為例子。故事內容大致是說愛撒嬌的雅哉，因為想要抓一大袋的螢火蟲給昭也，獨自一人前往遠方的杉樹林的過程。

如果依照石井直人的說法，那麼《第一次上街買東西》應

《第一次上街買東西》(筒井賴子著，林明子繪)

《第一次上街買東西》是描述了兒童瞬間成長的作品。除了故事的部分之外，圖畫的部分也是極富巧思。比方故事裡的小蜜被派出去買東西時，母親在玄關門口， 很擔心似的送她出門。這幅圖在家門口處畫著信箱，信箱上寫著「尾藤三」(編按：和日語「父親」的發音相同)，這該怎麼唸呢？也許是「父親」吧！兒童們可以從書中的圖，讀出許多新的訊息，這也是這部作品吸引人的地方。

《猴子》系列故事(伊東寛著・繪)

猴子住在南方的島上，猴子們居住的島很小。「左手一根香蕉，右手一根香蕉，沿著海岸邊走邊吃，香蕉還沒吃完，就又回到了起點。」(《猴子航海記》)我們可以從這個小小的島上，看到有趣而耐人尋味的故事。還有《魯拉魯先生的院子》(《ルラルさんのじわ》，ほるぷ出版)、《愉快的棄嬰》(《ごきげんなすてご》，福武書店)、《沒關係，沒關係》(《だいじょうぶだいじょうぶ》，講談社)等作品。

該就是「成長故事」，而《猴子》系列則是屬於「遍歷故事」。

伊東寛的《猴子》系列，可以說是為了創作「遍歷故事」而作的作品。這系列的第一集《猴子的一天》(前述)，以「我是猴子。住在南方的小島」揭開序幕。故事中登場的猴子，活在與「昨天」沒有什麼不同的「今天」裡。如果我們把活在和「昨天」不同的「今天」視為「成長」的話，那麼《猴子》系列與「成長故事」便是各自站在天平的一端。

「早上，太陽昇起，我也張開眼睛，先尿尿、吃飯，然後清理毛髮。接下來，爬樹、丟青蛙、玩水。到了晚上，就睡覺。隔天也是一樣。太陽昇起，我也張開眼睛……」

猴子們很期待海龜爺爺每年一次或二次到島上來，跟大家說說旅行時的見聞。這一次的旅行如何呢——「嗯，嗯，我看到好大、好大的船呀。嗯，嗯，實在是好大呀，我都看呆了，嗯，額頭就，嗯，嗯，砰的一聲，撞到船的肚子上了，嗯，嗯。」猴子們大吃一驚。老海龜說的故事，其實絕對不是什麼會讓人震驚的故事，因此反而讓人覺得，認為「這次的故事特別讓人震驚」的猴子們，每天的生活實在太平凡無奇了。海龜爺爺離去後，猴子們吃了飯，繼續和每天一樣，睡覺睡到天亮。

被「反覆」吞噬的故事

第二部《猴子還是猴子》(《おさるはおさる》，1991年12月)，開頭一樣是「我是猴子。住在南方的小島」，猴子還是照常過著每一天。猴子「我」，和其他猴子同伴們和睦地在島上生活。「大

家和我一樣都是猴子，所以就好像有好多個我，到處出現一樣。」但是有一天，「我」的耳朵被頑固的螃蟹鉗住了。於是「我」變成了「螃蟹耳猴子」。這原本是個可以證明「我」和別的猴子不同的機會，但是「我」不喜歡這樣。爺爺告訴「我」他小時候曾經是「章魚尾猴」；曾祖父則告訴「我」，他曾經是「蛇頭猴」，結果，這個發生在「我」身上的成長契機，就被「和我一樣呢！」的「反覆」給吞噬了。故事透露出拒絕「成長」的訊息。

第三部《猴子航海記》(《おさるがおよぐ》，1992年8月）與第四部《猴子的由來》(《おさるになるひ》，1994年1月)，開頭依然是「我是猴子。住在南方的小島」。不過，在第三部裡，猴子遠離了小島，因為他想要知道大海有多寬，所以游泳出海去了。在第四部中，「我」第一次聽說自己出生那天的事，看起來似乎有那麼一點「成長故事」的味道，但是故事裡卻又安排了「我」說到「猴子媽媽生猴子寶寶，雖然有點無趣，但是或許也不錯。」聲明作品並非志在描寫「變化、成長的人物像」。「我」後來快有了不知是弟弟還是妹妹，雖然「我」在腦海裡想像著，希望生出來的是蛇弟弟、青蛙妹妹、海龜弟弟等等，不過最後還是回到現實「猴子媽媽生猴子寶寶」。另外，「我」也完全不記得第一次吃香蕉和第一次學會走路的情景，而是「有一天，我發覺時，我就已經是猴子了」，這部分也和「第一次」的緊張感無緣。

《猴子》系列不僅挑戰了幼兒童話的作法，也猛烈地撞擊大多數現代兒童文學作品都是「成長故事」的固有作法。

兒童已經不存在了?

看看1990年代，我們究竟看出了什麼?是兒童文學的多樣化，亦或「兒童文學」概念的淡薄化?是無意義兒童文學的興盛，還是讀者群的擴大?……我想今日的狀況應該是多彩多姿的。

從活字印刷時代到影像傳訊時代，大人所能獨占的資訊越來越少，跟著使得「大人」與「小孩」之間的界限越來越模糊——這是尼爾・波士特曼的理論（1982年，小柴一翻譯，《兒童已經不存在了》，新樹社，1985年5月）。的確，即使是「性」這個議題，以往我們認為專屬於大人的資訊，現在也只要小孩們半夜坐在電視機前，就可以輕易獲得。波士特曼因此認為，近代所發現的「兒童」已經不存在了。如果說「兒童」已經不存在，那麼為兒童所寫的「兒童文學」，是否也會逐漸消失呢?

會不會有一天，當我張開眼醒來時，「兒童文學」這個概念已經消失。而在大學講授「兒童文學」的我，就在那個早上，成了個單純的「文學」老師?!甚至是失業了?!不知道有沒有哪家保險公司願意受理「兒童文學」概念消滅險的投保呢?

「兒童文學」概念消滅險——受理某某老師投保十個單位；受理某某老師投保五個單位；受理宮川健郎老師投保一個單位，謝謝惠顧!

現代兒童文學，廢墟

在本書的第三章，我們曾經談到1950年代的「童話傳統批判」時的改革意識，同時也是促成1959年現代兒童文學成立的要素：

①重視「兒童」。②散文性的獲得。③求變的意志。

但是到了第五章，我們又提到，在1980年時，以上這三項改革意識①重視「兒童」與③求變的意志，都已明顯變質、瓦解。理由是，提倡「兒童」此一概念的歷史性（〈發現兒童〉，《「兒童」的誕生》），現代兒童文學出發期時的強烈主題，諸如現狀必須改革、人類必須要有成長等想法，此時均已成了在談到時會被加上括號的非必要條件（《我們往大海去》）。

其中只有②散文性的獲得，似乎一直沿續到現在。只是，近年來的幼年童話是否具有散文性，其實是令人質疑的。比方說，木村裕一與阿部弘士合著的《暴風雨的夜晚》（《あらしのよるに》，講談社，1994年10月）、長崎夏海的《飄啊飄》（《ぴらぴら》草土文化，1994年9月）、正道薰（正道かほる）的《小千華》（《チカちゃん》，童心社，1994年11月）等等近年來風評好的幼兒童話作品，當中就出現了以「省略」、「象徵」、「暗示」等手法，來達到「不說而說」的效果❽。

注

❽詳細情形請參考宮川健郎〈幼年童話＝「俳句」說〉（《日本兒童文學》，1995年7月）。

促成1959年現代兒童文學成立的改革意識，如今看來都已消失，只剩下一個空蕩蕩的廢墟。始於1959年，屬於兒童們的文學的時代，也許即將在我們這個時代，下臺一鞠躬。

再一次貼近兒童

但是，「現代兒童文學」已經成為廢墟的這個事實，對於兒童們來說，或許不是那麼重要。

最近，我們家發生了這麼一件事。星期天早上，我們家小學二年級的女兒，忽然站在自己的書架前「啊!」的叫了起來。當我問:「怎麼了?」走到她身旁時，她回答說:「你看，那個寫『國王』系列和《海盜小口袋》(《かいぞくポケット》)的作者是同一個人耶!」

女兒從升上二年級，就開始接觸寺村輝夫的《我是國王》(前述)系列的故事。如果把她從學校圖書館、社區圖書館借的書，以及我和內人買給她的Ｆｏｕｒ（フォア）文庫版（理論社等四家出版社聯合發行的專給兒童看的文庫版)加一加，她應該已經讀了有十冊左右了吧。《海盜小口袋》（あかね書房）是寺村輝夫所寫的另一個系列故事。第一部是《神秘的金銀島》(《なぞのたから島》，1989年6月)，目前已經出版了十部以上。故事的主角是個海盜頭頭，名字叫做小口袋的小孩子。只要他養的貓唸了「小口袋，袋口小，口袋小」的咒語，就會發生奇妙的事情……。這一系列是女兒在進了小學以後開始著迷的，至今應該已經讀了有一半以上了吧。

女兒對於兩部系列作品的作者是同一個人的這個 「大發現」，非常興奮地問我：「老爸，你知道嗎?」這點倒是讓我有點失望。因為，我不知道已經唸給她聽過幾次了，這會兒她才注意到。從孩子很小很小的時候開始，不管是女兒，或是她的弟弟，每天晚上我都會唸圖畫書給他們聽。在唸圖畫書時，我一定會先唸標題，然後大聲唸出作者的名字、畫家的名字，以及出版社的名字。那是因為我覺得，不論是作者、畫家或是出版社，都應該對他們表示敬意。沒想到她卻……。

但是另一方面，心裡又有一種「果然如此!」的想法。因為我總覺得，兒童的閱讀，和「歷史性」是沒有關係的。這點從我們家女兒的例子就可以看出。兒童（依據觀察，大約是到十歲為止的兒童）在讀書時，即使是自己非常非常喜歡的作品也是一樣，根本不會去注意到有關作者的事情❾。既然不會刻意去注意到作者，對於作品誕生的年代，當然也就不關心。對兒童們來說，不論是大正時期的童話、1960年代的兒童文學，或是1990年代的兒童文學，都只是羅列在眼前的、單純的一排「書」而已。因此，若要從歷史的角度分析，我們將會看到兒童們的書櫃，

注

❾我曾經擔任過一場座談會的司儀，會中邀請了許多孩提時代是古田足日作品的愛讀者們（〈我們是看古田足日作品長大的〉〔座談會〕，《全集古田足日兒童書》3，童心社，1993年11月所收錄），其中有一名大學生，細谷朋子小姐，在會中報告說，她在小學時讀過古田足日的《櫥櫃的探險》（《おしいれのぼうけん》）與《土撥鼠空地的夥伴們》，但是對於作者是同一個人這件事，她當時完全沒留意到。

其實是「亂七八糟的書櫃」。

我想，兒童們對於作品是哪一個領域，大概也不關心吧。對他們來說，兒童文學、漫畫、卡通，甚至是電動遊戲，根本就是在同一個時空裡一字排開的。所謂「兒童文學」的概念，其實只是大人們的話題，所有我們在本書〈前言〉裡提到的概念，例如短褲的誕生、兒童文學的成立、「兒童」概念的發現等等，不過是大人們自己內心裡的想像。當孩子們發現「兒童」的概念，開始區別「大人」與「兒童」時，那表示他們也是「大人」了。

題名為《日本現代兒童文學》的這本書，從「兒童文學」這個概念的成立，一直介紹到概念消滅的危機。不過，這些都是從兒童文學的創作者與選購者的立場出發。現在我們所需要的是，蹲下來，貼近兒童們的讀書行為，觀察他們如何與作品產生共鳴，這才是真正的「兒童文學批評」。而如果在貼近兒童時，發現「兒童文學」這一名詞已經不再具有意義，不妨就改成「評兒童與故事的關聯」吧。幸運的話，說不定我們可以從中找到「兒童文學」再生的新方案，當然，那也是以後的事了。目前首先要做的是，再一次貼近兒童。不是像1950年代的兒童文學者們提出「現實中的兒童」的口號，而是很單純地走入兒童和故事產生共鳴的現場，再一次，貼近兒童。

後　記

當這本書的原稿接近完成時，我接到了今江祥智先生寄來的新的小品集《擁護幸福》(《幸福の擁護》，みすず書房，1996年6月)。卷頭是篇與書名相同的文章，說明他立志以一個「幸福的擁護者」自居，繼續書寫童書。今江還引用了清水真砂子的演講集《書寫幸福的方法》(《幸福の書き方》，JICC出版社，1992年7月) 中的文章：

「近年來，我們常常聽到一些意見，諸如童書是否仍有必要存在，以及童書與成人書的界限已經日趨模糊，不妨將『兒童文學』一詞中的『兒童』兩個字拿掉等等。但是，伴隨著這類呼聲愈形升高的同時，我愈是想強調，有些內容只有在童書裡才能夠辦到。」

《書寫幸福的方法》裡頭還提到：「所謂成人的文學，一直以來都是較著眼於不幸而非幸福的。」但是童書就不同了，描述的是「幸福的諸相」，提供給小孩，甚至是大人，生存下去的動力。

在本書的最後一章，我曾經說「兒童文學」概念本身有被消滅的危機。但是，在此我卻必須承認，即使到了現在，我仍然是「兒童文學」概念的信奉者。在人生中的某個階段，我選擇了「兒童文學」，如今說丟就丟，實在有困難。我也曾經說過，在出發期高舉理想性的現代兒童文學，越來越難樂觀地述說理想。對於這一點，我有很深的感觸。

日本的現代兒童文學在1959年時成立。這一點，我們已經強調了很多次。我是在1955年出生的，小學時大約是1960年代，現代兒童文學出發期的作品，多半是我在小學時讀的。像是《沒有人知道的小國家》、《樹蔭之家的小矮人》、《從谷底出發》、《被偷走的小鎮》等等，當時我大約只有十來歲。我們在第四章裡提到的《樹蔭之家的小矮人》這部作品，我還記得是六年級時，我在只待了一年的東京千代田區的神田小學(現在已經廢校了)的圖書室裡找到的。那個圖書室就像作品裡的「藏書的小房間」一樣，古色古香，在一整排書架的後面，我看到有一本書掉在那裡。拿起來一看，就是中央公論社所出版的《樹蔭之家的小矮人》……。

我會選擇「兒童文學」作為職業，是因為參加了由日本兒童文學者協會辦的「兒童文學批評・評論教室」這個活動。那是主辦者擔心兒童文學裡缺乏批評的聲音，所企劃成立的一個「教室」。會成為「評論教室」第二期的學生，主要是我一直到開始閱讀成人文學的中學時代，甚至是高中時代，都還持續接觸童書。報名參加當時，我已經是大一學生，快要升大二了(同期一開始有八個人，但是因為每回都必須提交讀後報告，所以很快就只剩下三個人)。授課的老師，除了有擔任「評論教室」主任教授的古田足日先生之外，還有砂田弘先生、鳥越信先生、現在已逝的

菅忠道先生，以及安藤美紀夫先生等等……。這些老師們熱心，甚至是樂在其中地為我們介紹兒童文學的現在與未來。看在當時十九歲的我眼中，因此有了一個念頭——讓這些老師們如此著迷的兒童文學，是值得研究的。對我來說，在孩提時代沉浸於兒童文學作品，是「幸福」；在長大之後能夠研究兒童文學，則是另一種「幸福」。

……我開始寫到自己的故事了，這本書眼看也已進入到「後記」的階段。在此請容我多說一點我的故事；同樣是有關「幸福」的故事。

讓我想想，第一次接到NHK出版社的向坂好生先生的電話，是在他讀了刊載於1984年4月號《日本兒童文學》雜誌上的我的一篇論文，也就是後來成為本書第九章的〈失語的年代——論現代兒童文學的方法・備忘錄〉（《失語の時代に——現代児童文学の方法・覚書》）。雜誌的4月號通常是在3月初發行，因此接到向坂先生的電話，應該是1984年的春天。那時距離我到宮城教育大學任教尚未滿一年。我記得在研究室裡接聽電話時，外頭的校園還是一片冬景，而窗外的山毛櫸也還是光禿禿的。

向坂好生先生當時是希望我能夠寫一本介紹現代兒童文學成立以後的兒童文學論，而我也答應了。但是對當時二十八歲的我來說，要寫一本簡潔易懂的書，實在不是件容易的事。答應的事始終無法如期交稿，在這中間，向坂先生聽說也離開了NHK BOOKS編輯群，被安排到別的部門。但是我們偶而還是會連絡，而我心裡也常想著有那麼一天，能夠給向坂先生一個交代，完成他的託付，因此不時就現代兒童文學的狀況，陸陸續續寫了一些長短不拘的評論或是論文。直到我覺得以這些原稿加以整理，應該可以出一本書，而終於提筆寫信給許久未聯絡的向坂先生時，已經是1993年秋天了。但是實際整理原稿，則又等到二年後，也就是1995年11月的事。距離邀稿的日期，將近十二年。原本二十幾歲的我，如今已是四十歲的人，而比我小兩歲的向坂先生，年紀也快進入四字頭了。

在本書的第一章裡，有一節「《童苑》學生出征號」，那是我在1983年1月攻讀立教大學時所提出的碩士論文〈戰後兒童文學論素描〉全四章中，以其中一章為藍圖所寫的（後來曾以〈論「童苑」學生出征號——前川康男與早大童話會的戰時與戰後〉為題，發表於《宮城教育大學國語國文》，1987年1月）。〈論「童苑」學生出征號〉一文所探討的，當然是前川康男的事蹟，但是其中有名非常重要的人物，那就是學生出征號的總編輯向坂隆一郎先生。根據前川康男戰後的回想，「向坂隆一郎等人，瘦得像是沒有好好吃飯一樣，但卻為了《童苑》的刊行東奔西跑。如果沒有他們近似瘋狂般的熱情，那冊童話集應該無法順利發行吧！」（《二冊童話集》）

前川康男在學生出征號裡所寫的童話，並沒有將他自己本身，甚至是時代的議題，充分表現出來。但是，姑且不論充分不充分，正因為他將作品寫出來，所以前川或是我們才能夠意識到不夠充分的問題。這是很重要的一點，因為能夠自覺「不夠充分」，所以才會有日本現代兒童文學的成立。這麼看來，若說努力促成學生出征號出刊的向坂隆一郎是日本現代兒童文學

的催生者，我想一點也不為過。隆一郎先生本人已在1983年時逝世，他的長子就是向坂好生先生。我知道這件事是在第一次接到他的電話，兩人在東京見面的時候。

前一陣子，向坂好生先生從家裡打了一通電話給我，說是在整理家裡漏水下方的雜物時，發現了許多他父親從前收藏的圖書，其中包括《童苑》學生出征號。他說那是他第一次看到這本學生出征號。我拜託他幫我將雜誌的封面拍下來。讀者在本書所看到的學生出征號的照片，就是向坂隆一郎一直放在身邊的那一本。

這篇「後記」好像變成長篇文章了。從十二年前接到那通電話開始，到向坂家裡出現那本學生出征號，中間好像經歷了一個循環。經過十二年才寫成的書，卻是微不足道。因為本書主要是探討1959年現代兒童文學成立前後，以及1980年現代兒童文學變質之後的事，對於1970年代兒童文學的諸多問題並沒有詳加探討，仍待日後繼續努力。但是，還是很慶幸這一本小書能夠順利完成。我總覺得，冥冥之中，向坂隆一郎先生似乎是透過他兒子的肉身，督促我完成這本書……。向坂先生（隆一郎先生、好生先生），謝謝你們！

宮川健郎

1996年8月29日

作品初次出現的章節

除了〈後記〉中提到，第二章是從我的碩士論文（1983年1月所提出）中截取部分改寫之外，其餘各章均是以我在這十年間發表的文章為藍本，加以刪改而成。這些文章大多刊載於報章或雜誌，在此不一一備載。書中所參考的文獻，僅將其中有收錄在單行本中的論文列記如下；各項最後面的附註為出現於本書中的章目。

・〈兒童文學研究的現狀與問題〉（〈児童文学研究の現状と課題〉，藤原和好編，《國語教育的現狀與課題》，日本書籍，1991年4月所收錄）（〈前言〉）

・〈「兒童」的再發現〉（《講座昭和文學史》三，有精堂，1988年6月所收錄。宮川健郎，《國語教育與現代兒童文學之間》，日本書籍，1993年4月所收錄）（第三章）

・〈「方舟」的去向〉（〈「方舟」のゆくえ〉，石井直人、宮川健郎編，《「活寶三人組」的大研究——那須正幹研究讀本》，ポプラ社，1990年6月所收錄）（第五章）

・〈兒童心中的《一朵花》〉「兒童心中的文學作品」（田近洵一等人合編，《有關「讀者論」的閱讀指導》〔《「読者論」に立つ読みの指導》〕，小學中學年篇，東洋館出版社，1995年2月所收錄）（第八章）

・〈出發期的古田足日，出發期的現代兒童文學——再讀「被偷走的小鎮」〉（《全集古田足日兒童書》第13卷，童心社，1993年11月所收錄）（第九章）

・〈迎向轉機的兒童文學〉（〈転機をむかえる児童文学〉，日本兒童文學者協會編，《戰後兒童文學的50年》，文溪堂，1996年8月）（第十章）

日本現代兒童文學史年表（1945～1995年）

1945（昭和20）年

8■ 太平洋戰爭結束

9■ 石臼の歌（壺井榮　少女俱樂部）

10■ 聯合國成立＊日本少國民文化協會解散

12■ 谷間の池（坪田譲治）

★ 「リンゴの歌」盛行

1946（昭和21）年

1■ 天皇發表「人間宣言」＊手塚治虫處女作「マアちゃんの日記帳」（每日小學生新聞）

2■ 日本童話會創立＊為小孩而創作（中野重治　世界）

3■ 兒童文學者協會創立

4■ にじが出た（平塚武二）＊兄の声（小川未明　兒童廣場）＊《紅蜻蜓》（實業日本社）＊《兒童廣場》（新世界社）創刊

5■ 《童話》（日本童話會會刊）創刊

5～■ 海螺小姐（長谷川町子　フクニチ晚報）

7～■ ふしぎな国のプッチャー（横井福次郎　少年俱樂部）

9■ 兒童文學家的職責為何（關英雄　日本兒童文學）＊對兒童的責任（小川未明　同前）＊《日本兒童文學》（兒童文學者協會會刊）創刊（第一次）

10■ 國定歷史教科書《くにのあゆみ》發行＊《銀河》（新潮社）創刊＊蘆谷蘆村逝世

11■ 魔法の庭（坪田譲治）＊《少年》（光文社）創刊＊日本憲法頒佈

12■ 蒲公英劇團創立

1947（昭和22）年

1■ サバクの虹（坪田譲治　少國民世界）＊《童話教室》（柏書房）創刊＊麥克阿瑟下達2・1罷工禁止令

2■　阿信在雲端（石井桃子）

3■　教育基本法、學校教育法公佈

3～翌2■緬甸的豎琴（竹山道雄　紅蜻蜓）

4■　新寶島（酒井七馬・手塚治虫）＊6・3制九年國民教育實施

5■　プーク人偶劇團重新成立＊日本憲法實施

6■　動物列車（岡本良雄）＊《兒童村》（子どもの村，新世界社）創刊

7～■鐘の鳴る丘（菊田一夫　NHK）

8■　超越太陽與月亮（平塚武二）

11■　黄金バット（永松健夫）1

12■　少年王者（山川惣治）1＊木馬座劇團第一次公演＊兒童福祉法公佈

1948（昭和23）年

1■　《漫畫少年》（學童社）創刊

1～■バット君（井上一雄　漫畫少年）

2■　ラクダイ横丁（岡本良雄　銀河）＊《少年少女》（中央公論社）創刊＊たまむしのずしの物語（平塚武二　少年少女）冒険ターザン（横井福次郎）

3■　菊池寛逝世

4■　柯爾普斯老師搭火車（筒井敬介）

5■　ジローブーチン日記（北畠八穂）＊「教育敕詔」失效

6■　《日本兒童文學》（第一次）停刊

7■　すこし昔のはなし（國分一太郎）

8■　《冒險活劇文庫》（明明社）創刊

10■　兒童文學手帖（古谷綱武）＊《紅蜻蜓》停刊

★　「無國籍童話」創作盛行＊學習類雜誌創刊、復刊頻繁＊戰後第一次漫畫風潮。

1949（昭和24）年

1■　《少年少女冒險王》（秋田書

店）創刊

4■ 柿の木のある家（壺井榮）＊小さな町の六(与田準一)

4～翌10■生きている山脈（打木村治　少年少女）

5■ 海野十三逝世

5～■ あんみつ姫（倉金良行　少女）

6■ 佐藤紅綠逝世

8■ 《銀河》廢刊＊松川事件

9■ 《有趣的書》(おもしろブック，集英社）創刊

9～■ 歌唱阿姨（歌のおばさん，NHK）

11■ 兒童文學的危機（高山毅　新兒童文化）＊「夕鶴」(木下順二）初次上演＊湯川秀樹得諾貝爾獎

1950（昭和25）年

2■ 全國學校圖書館協議會成立

3■ 風船は空に（塚原健二郎）＊彥次（長崎源之助　豆之木）＊《少年少女廣場》(原《兒童廣場》) 停刊＊同人誌《豆之木》創刊

4■ 《兒童村》停刊＊《冒險活劇文庫》更名為《少年畫報》

5■ 原始林風暴（前川康男　兒童文學研究）＊《兒童文學研究》(兒童文學者協會新人研究會會誌）創刊＊教育性連環畫劇研究會成立

6■ 韓戰爆發

7■ 開始清共

8■ 警察預備隊設置令公佈、施行

10■ 日本拼音造句會成立

11■ 楠山正雄逝世

11～■小川未明童話全集　（講談社）全12冊＊森林大帝（ジャングル大帝，手塚治虫　漫畫少年）

12■ 《岩波少年文庫》開始刊行，專門翻譯、介紹外國兒童文學＊日本童謠協會創立

1951（昭和26）年

1～4■第五十一顆朱欒（与田準一　每日小學生新聞）

5■ 兒童憲章制定

6■ 坂道（壺井榮　少年少女）＊林芙美子逝世

9■《月刊少女BOOK》(集英社)創刊＊對日合約簽字＊日美安保條約簽訂

10■ おせんち小町（潮宗二）

10～■クリちゃん（根本進　朝日新聞晚報）＊少年ケニア(山川惣治　產業經濟新聞)

11■ 小說三太物語（青木茂）＊母のない子と子のない母と（壺井榮）＊川將軍（前川康男　枇杷果）＊貝になった子供（松谷美代子）＊ジロリンタン物語(佐藤八郎、筒井敬介　NHK）＊《少年少女》停刊

★ 大闕松三郎《山芋》、無著成恭編《山びこ学校》、長田新《原爆の子》等兒童文章及詩，紛紛出版＊連環畫劇流行全日本

1952（昭和27）年

1～■ イガグリくん（福井英一　冒險王）

2■ 民話會成立

4■ 八郎(齋藤隆介　人民文學)＊《日本兒童文學》復刊(第二次)

4～■ 原子小金剛（鉄腕アトム，手塚治虫　少年）＊白馬の騎士（北村壽夫　NHK）

5■ 現代兒童文學史(船木枳郎)＊日本兒童保護會成立＊五一勞動節流血事件

7■ 叛亂防治法公佈、施行

10■ 日本PTA全國協議會成立＊警察預備隊改組成保安隊

12■ 二十四隻眼睛（壺井榮）

★ 兒童雜誌上刊載的連環畫劇圖畫故事，大受歡迎

1953（昭和28）年

1～■ 寶馬王子（リボンの騎士，手塚治虫　少女俱樂部）＊笛吹童子（北村壽夫　NHK）

2■ 電視開播（收視戶數866臺）

4■ 長篇創作的諸多問題（關英雄　長篇少年文學）
7■ 韓戰停戰
9■ 風信器（大石真　童苑）＊到「少年文學」的旗下吧!（早大童話會　少年文學）
10■ 蘇黎世舉辦第一屆IBBY（國際兒童圖書評議會）
12■ あくたれ童子ポコ（北畠八穗）＊鶇（乾富子　麥）
★ 3月《日本兒童文學全集》(河出書房）全12冊＊5月《世界少年少女文學全集》（創元社）全50冊＊12月《岩波兒童書》全24冊分別刊行

1954（昭和29）年

1～■ 紅孔雀（北村壽夫　NHK）
2■ 小川未明童話研究（船木枳郎）＊全日本電視收視戶總數突破一萬戶
3■ 日本兒童文學事典（長谷川誠一編）
4■ 學校圖書館法實施
6■ 夜あけ朝あけ（住井須江）＊少年の日（坪田讓治）＊教育二法公佈、施行，教師不得參與政治活動
7■ 論争よ起れ上・下（坪田讓治　東京新聞）＊陸海空自衛隊成立
7～■ 火鳥（火の鳥，手塚治虫　漫畫少年）
8～■ 赤胴鈴之助（福井英一、武內綱吉　少年書報）
9■ 近代童話的崩壞（古田足日　小朋友）
11■ 《日本兒童文學》(第二次）停刊
12■ 鐵都少年（國分一太郎）
★ 同人誌活動興盛＊《小朋友》、《馬車》等創刊

1955（昭和30）年

1■ 三太の日記（青木茂）＊《我們》(講談社)、《好友》(同前）創刊
1～■ 二流天使（石森章太郎　漫畫少年）
2■ 風ぐるま（太田博也）

3■ 馬ぬすびと（平塚武二　青鳥）

4■ 下村湖人逝世

5■ ツバメの大旅行（齋藤秋男編）＊日本兒童文藝家協會創立

5～■ 日本兒童文學大全（菅忠道等編　三一書房）全6冊

6■ 豊島与志雄逝世＊第一次日本母親大會

8■ 兒童文學論（關英雄）＊《日本兒童文學》復刊（第三次）＊第一屆廢止原氫彈世界大會（廣島）＊日本民主黨《令人堪憂的教科書問題》刊行＊森永牛奶含砷事件

9■ 《緞帶》（りぼん，集英社）創刊

10■ 《漫畫少年》停刊

11■ 竹葉船船長（永井萠二）

★ 力道山風潮＊神武期經濟景氣開始

1956（昭和31）年

1～■ 背番号0(寺田廣男　野球少年)、よたろうくん（山根赤鬼　少年倶樂部）

2■ トコトンヤレ（長崎源之助　日本兒童文學）

4■ そらのひつじかい（今西祐行）＊あかつきの子ら（片山昌造）＊日本的兒童文學（菅忠道）＊東映動畫成立

4～■ チロリン村とクルミの木（恒松恭助　NHK–TV）

5■ 蘋果園的四天(國分一太郎)

7■ おしくらまんじゅう（筒井敬介）＊かもしか学園（戸川幸夫）

7～■ 鐵人28（鉄人28号，横山光輝　少年）

9■ 槙本楠郎逝世

10■ 日蘇兩國恢復邦交＊任命制教育委員會法實施

12■ 火星にさく花（瀨川昌男）

1957（昭和32）年

1■ 吉田甲子太郎逝世

3■ 長長的長長的企鵝的故事（乾富子）

3～■ 夢幻偵探（まぼろし探偵，桑田次郎　少年畫報）
7■ ミノスケのスキー帽（宮口靜枝）
8～■ 矢車剣之助(堀江卓　少年)
10■ 山のトムさん（石井桃子）＊文學教育基礎講座（國分一太郎等編)全3冊＊書・小孩・大人（阿薩爾、矢崎源九郎等合譯）＊蘇聯成功發射世界第一枚人造衛星
11■ 勤評鬥爭展開
12■ 部落的口哨（石森延男）
★ 電視「超人」受歡迎、「太空飛鼠」（KR–TV）等外國電視漫畫開播＊收音機、電視、電影紛紛播放「赤胴鈴之助」系列作品

1958（昭和33）年

1～■ ジャジャ馬くん（關谷久　冒險王）
2■ 天平の少年（福田清人）
3■ 兒童文學的危機（高山毅）
4■ がんばれゴンべ（園山俊二　每日小學生新聞）
5～■ 月光假面（月光仮面，川內康範、桑田次郎　少年俱樂部）
6■ 白い帽子の丘(佐佐木田津)
7■ 兒童文學的世界（高山毅）
8■ 風の中の瞳（新田次郎）＊文部省明令道德教育列入中小學標準課程
9■ ゲンと不動明王(宮口靜枝)＊《少年少女世界文學全集》（講談社）全50冊發行，成為暢銷書
10■ 長篇卡通「白蛇傳」(東映動畫）首映
12■ 日本民間故事選(木下順二)
★ 呼拉圈盛行

1959（昭和34）年

2■ 多嘴的荷包蛋（おしゃべりなたまごやき，寺村輝夫著／長新太繪）
2～■ 少年ジェット（武內綱吉　我們）
3■ 論少年的理想主義（佐藤忠

男　思想科學）＊文部省電視影響調查委員會進行調查「電視對兒童生活的影響」

4■　皇太子結婚＊美智子風潮

4～■スポーツマン金太郎（寺田廣男　少年星期天〔少年サンデー〕）

6■　迷子の天使（石井桃子）

8■　沒有人知道的小國家（佐藤曉）

9■　從谷底站起（柴田道子）＊現代兒童文學論(古田足日)

10■　荒野の魂（齋藤了一）

10～■親子唱遊「おかあさんといっしょ」(NHK–TV)

11■　風と花の輪（塚原健二郎）＊きょうも生きて(坂本遼)第1部＊導護媽媽誕生

12■　樹蔭之家的小矮人(乾富子)＊忍者武芸帳（白土三平）1

★　受成人雜誌週刊化影響,3月《週刊少年快報》(週刊少年マガジン,講談社)、4月《週刊少年星期天》(小學館)創刊＊外國電視卡通「大力水手」(KR–TV)等開播＊「原子小金剛」、「少年ヅェット」（皆為富士TV製作）搬上電視＊塑膠模型玩具盛行

1960（昭和35）年

1■　《少年BOOK》(原《有趣的書》）創刊

3■　佐藤義美童謠集

4■　跳的好就正式來（山中恒）＊山の終バス（宮口靜枝）＊ 大空に生きる（椋鳩十）＊兒童與文學(石井桃子等)

5～6■在反安保示威遊行擴大的情形下，強行通過法案

7■　紅毛波奇（山中恒）

8■　龍子太郎（松谷美代子）＊サムライの子（山中恒）＊山が泣いてる（鈴木實等）

9■　自民黨發表高度成長・所得倍增政策＊彩色電視開播

9～■マキの口笛（牧美也子　緞帶）

10■　山的那一頭是藍色的大海

(今江祥智)＊考えろ丹太!(木島始)＊文部省強力推行學力測驗

★ 黑人達可娃娃(ダッコちゃん人形)流行

1961(昭和36)年

1■ 地下室的魔球(ちかいの魔球，福本和也・千葉哲哉 少年快報)

4■ キューポラのある街(早船千代)＊蘇聯成功發射載人人造衛星

4~■ 伊賀の影丸(横山光輝 少年星期天)＊大家的歌(みんなのうた，NHK)

5■ 小川未明逝世

6■ ぽけっとにいっぱい(今江祥智)＊我是國王(寺村輝夫)＊虫製作公司動畫部成立

7~■ サスケ(白土三平 少年)

9■ 宇野浩二逝世

10■ でかでか人とちびちび人(立原繪里加)

11■ 北極的莫佳希、咪希佳(乾富子)＊被偷走的小鎮(古田足日)

12■ 白いりす(安藤美紀夫)＊小不點凱姆的冒險(神澤利子)＊東京のサンタクロース(砂田弘)

★ 針對3月發行的《現代兒童氣質》(阿部進)展開論爭＊忍者漫畫蔚為流行

1962(昭和37)年

1~■ 1・2・3・と4・5・ロク(千葉哲哉 少女俱樂部)

3■ あり子の記(香山美子)＊教科書無償法確立＊電視收訊數破1千萬關卡

4~■ おそ松くん(赤塚不二夫 少年星期天)

5■ うずしお丸の少年たち(古田足日)＊秋田雨雀逝世＊沙利竇邁(thalidomide)事件

8■ 豆粒大的小狗(佐藤曉)

10■ ドブネズミ色の街(木暮正

夫）＊巨人の風車（吉田壽）＊日本兒童文學學會成立

11■ 定本宮澤賢治（中村稔）

12■ いやいやえん(中川李枝子)＊ぼくらの出航(那須田稔)＊《少年俱樂部》、《少女俱樂部》停刊

1963（昭和38）年

1■ 《週刊少女フレンド》(講談社）創刊

1～■ サブマリン707(小澤悟　少年星期天)＊原子小金剛(富士TV)→日本第一部自製電視卡通

2■ コーサラの王子（吉田比砂子）＊岡本良雄逝世

3■ 春の目玉（福田清人）

5■ 《少女BOOK》停刊＊《瑪格麗特週刊》(週刊マーガレット，集英社）創刊＊厚生省發表《兒童白皮書》

5～■ 黒い秘密兵器（福本和也、一峰大二　少年快報)＊8マン（平井和正、桑田次郎　少年快報）

6■ 若草色の汽船（石川光男）

6～■ 紫電改のタカ（千葉哲哉　少年快報）

7■ つるのとぶ日（石川光男　兒童之家）

8■ 日本兒童文學介紹(鳥越信)＊《週刊少年王》(週刊少年キング，少年畫報社）創刊

8～■ 0戦はやと（辻直木　少年王）＊月光少年忍者（少年忍者部隊月光，吉田龍夫　同前）

9■ 世界兒童文學導引（神宮輝夫）＊中央教育審議會「理想的人物塑造」特別委員會成立

10■ 《枇杷果學校》(枇杷果）創刊

10～■ ロンパールーム（NTV）

11■ 少年のこよみ（大石真）

12■ 三月ひなのつき(石井桃子)＊星の牧場（庄野英二）＊孤島の野犬（椋鳩十）＊ぐりとぐら（中川李枝子／大

村百合子）＊教科書無償法案成立，強化檢定、採用的原則

1964（昭和39）年

1■ シラサギ物語（岩崎京子）＊ビルの山ねこ（久保喬）

1～■ 丸出だめ夫（森田拳次　少年快報）

2■ マアおばさんはネコがすき（稲垣昌子）＊銀色ラッコのなみだ（岡野薫子）＊火の瞳（早乙女勝元）＊燃える湖（山本和夫）第1部

3■ 筆架山（乙骨淑子）＊桃の木長者（吉田瀧野）

3～■ 妖怪Q太郎（オバケのＱ太郎，藤子不二雄　少年星期天）

4■ 兒童文學論（史密斯、石井桃子等譯）

4～■ ひょっこりひょうたん島（井上久、山元護久　NHK-TV）

5■ 通往兒童文學的招待（鳥越信）＊日本兒童保護會發行《兒童白皮書》

6■ 銀の触覚（小林純一）

7■ ちいさいモモちゃん（松谷美代子）

7～■ サイボーグ009（石森章太郎　少年王）

8■ 兒童出版美術家聯盟成立

9■ 傻瓜的星球（長崎源之助）＊《月刊ガロ》（青林堂）創刊＊佐佐木邦逝世

10■ 東京奧運

12■ 三木露風逝世

12～■ カムイ伝（白土三平　ガロ）＊ひみつ探偵ＪＡ（望月三起也　少年王）

★ 原子小金剛貼紙流行

1965（昭和40）年

1■ 巧克力戰爭（大石真）＊兒童文學的思想（古田足日）

2■ 越戰爆發

2～■ すきすきビッキ先生（望月明　瑪格麗特）

4■ 赤鳥研究（日本兒童文學學

會編）＊兒童書・百年展（於東京、伊勢丹）

4～■ ハリスの旋風（千葉哲哉　少年快報）＊ワタリ（白土三平　少年快報）

5■ うみねこの空（乾富子）、兒童的圖書館（石井桃子）

6～■ ねこ目の少女（楳圖和夫　少女フレンド）

7■ 通往兒童文學的招待（加太浩二等編）＊江戶川亂步逝世

8■ 醒醒！虎五郎（小澤正）＊青いスクラム（西澤正太郎）＊塚原健二郎逝世

8～■ 墓場の鬼太郎（水木茂　少年快報）

10■ 北川千代逝世

10～■ 森林大帝（富士TV）=日本第1部自製彩色電視卡通

11■ 早安！兒童秀（おはよう！子どもショー，NTV）

12■ 肥後的石工（今西祐行）＊水つき学校（加藤明治）＊シラカバと少女（那須田稔）＊まえがみ太郎（松谷美代子）

12～■ 怪物（怪物くん，藤子不二雄　少年畫報）

★ 幼兒童話出版盛行＊伊奘諾經濟榮景開始

1966（昭和41）年

1■ 草の芽は青い（生源寺美子）＊柳のわたとぶ国（赤木由子）

2■ ポイヤウンベ物語（安藤美紀夫）＊代做功課股份有限公司（宿題ひきうけ株式会社，古田足日）

5■ 青い目のバンチョウ（山中恒）＊日本的兒童文學（菅忠道）增訂版＊《GOLDEN COMICS》（小學館）、《DIAMOND COMICS》（コダマプレス）發刊，為漫畫新書版風潮的先驅

5～■ 巨人の星（梶原一騎、川崎昇　少年快報）

7■ 秋の目玉（福田清人）＊け

んちゃんあそびましょ（藤田圭雄）

8■ 八月の太陽を（乙骨淑子）＊未明童話的本質（上笙一郎）

9■ おばあさんのひこうき（佐藤曉）

10■ 雪の下のうた（杉幹子）

11■ まるはなてんぐとながはなてんぐ（角田光男）＊《週刊少年快報》突破100萬本

12■ 海の日曜日（今江祥智）＊あるハンノキの話（今西祐行）

★ 特效電視電影鹹蛋Q（ウルトラQ，TBS）、「鹹蛋超人」系列(ウルトラマン，同前)、電視人偶劇「サンダーバード」(NHK)、親子唱遊「ママとあそぼう！ピンポンパン」(富士TV）開播

1967（昭和42）年

1■ 《COM》（虫製作公司）創刊

1～■ 悟空の大冒険（富士TV）

2■ シマフクロウの森（香山彬子）＊大地處處有天使（後藤龍二）＊戰後兒童文學論（上野瞭）

4■ いないいないばあ（松谷美代子著／瀨川康男繪）＊少年戲劇中心成立＊日本近代文學館分館──兒童文庫開設

4～■ 天才笨蛋（天才バカボン，赤塚不二夫　少年快報）

5■ 「援助越南兒童集會」開辦

6■ 王さま　ばんざい（寺村輝夫）＊ヒョコタンの山羊(長崎源之助）＊壺井榮逝世

6～■ 柔道一直線（梶原一騎・永島愼二　少年王）

8～■ いなかっぺ大将（川崎昇　小學五年級）

9■ 楊（前川康男）

10■ 日本兒童書研究會創立

11■ ベロ出しチョンマ（齋藤隆介）

1968（昭和43）年

1■ くろ助（來栖良夫）

1〜■ あしたのジョー(高森朝雄、千葉哲哉　少年快報）＊アタックNo. 1（浦野千賀子　瑪格麗特）＊虎面具（タイガーマスク，梶原一騎・辻直木　我們）

3■ 車のいろは空のいろ（亞曼君子)＊《少年》停刊＊「《あかつき戦闘隊》大懸賞」問題

4■ 二年 2 組はヒヨコのクラス（山下夕美子）＊ああ！五郎（袖木象吉）

5■ 《少女漫畫》(少女コミック，小學館）創刊

6■ てんぷろ ぴりぴり（窗・道雄）＊卡通電影「一千零一夜」(千夜一夜物語，虫製作）首映

7■ 海へいった赤んぼ大将（佐藤曉）

8■ 《少年JUMP》（集英社）創刊

8〜■ ハレンチ学園（永井豪　少年JUMP）

9■ 兒童文學的現代史(菅忠道)

10■ 道子の朝（砂田弘）

10〜■ サインはV！(神保史郎、望月明　少女フレンド）

11■ ちょんまげ手まり歌（上野瞭）

12■ 綠川的叮沙沙（乾富子）＊ゲンのいた谷(長崎源之助)＊土撥鼠空地的夥伴們（古田足日）＊天文子守唄（山中恒）＊佐藤義美逝世

12〜■ 男一匹ガキ大将（本宮廣志　少年JUMP）

★ 全日本校園鬥爭激烈

1969（昭和44）年

1■ 東大安田講堂攻防事件影響，東大決議中止入學考試

1〜■ ガラスの城（渡邊雅子　瑪格麗特）

3■ 寺町三丁目十一番地（渡邊茂男）

4■ 終りのない道（永井明）＊《少年BOOK》停刊

5■ 兩個意達（松谷美代子）＊滅亡的王國之旅（三木卓）＊ぽんこつマーチ（阪田寛夫）

5～■ 金メダルへのターン（津田幸夫、細野道子 少女フレンド）

6■ 浦上の旅人たち(今西祐行)＊二〇五號教室（大石真）＊くまの子ウーフ（神澤利子）＊兒童文學的思想及方法（横谷輝）

7■ 美國阿波羅11號登陸月球

8■ 《少年冠軍》(少年チャンピオン，秋田書店）創刊

8～■ スマッシュをきめろ!(志賀公江 瑪格麗特）＊おくさまは18歳（本村三四子 瑪格麗特）

9■ 魔神の海（前川康男）

9～■ ワイルド7(望月三起也 少年王)

10■ るすばん先生（宮川廣）＊《我們》停刊

10～■ 慕敏家族（ムーミン，富士TV）

11■ 最後のクジラ舟(川村隆史)＊兒童文化研究所成立

12■ 鯉のいる村（岩崎京子）＊おかあさんのホ(大川悅生)＊小弟的戰場（奥田繼夫）＊我就是我自己（山中恒）

★ 運動漫畫風潮＊永井豪的「ハレンチ学園」漫畫引發贊成反對二派意見爭論＊「8點到! 全員集合」(8時だヨ! 全員集合，TBS）開始播放＊コント55號廣受歡迎

1970（昭和45）年

1～■ ワル（真樹日佐夫、影丸讓也 少年快報）

2■ 冬天大地的夥伴們（後藤龍二）＊古禮古的冒險（齋藤惇夫）＊大人和小孩的時間（今江祥智）＊男どアホウ甲子園（佐佐木守、水島新司 少年星期天）

3■ もぐりの公紋さ（岸武雄）＊空中アトリエ(武川水枝)

＊わが母の肖像（濱密雄）＊大的一年級與小的二年級（古田足日）＊ロボット・カミイ（古田足日）＊日本萬國博覽會於大阪揭幕

3～■ 銭ゲバ（喬治秋山　少年星期天）

4■ 兒童文學的創造(西本雞介)＊親子讀書・地域文庫全國聯絡會成立

4～■ ネコジャラ市の11人（井上久、山元護久、山崎忠昭　NHK–TV）＊小蜜蜂（みなしごハッチ，富士TV）

5■ あかちゃんが生まれました（長崎源之助）＊GNP（國民生產毛額)居世界第二位，國民平均所得為第15、6位

6■ 兒童文學之旗（古田足日）＊日美安保條約期限自動延長

8～■ アシュラ（喬治秋山　少年快報）→經各地兒童福祉審議會評定為不良圖書＊ちいさな恋の物語（三橋近子）

9■ 江戸のおもちゃ屋（來栖良夫）＊真夏の旗（三木卓）

9～■ トイレット博士（鳥居和良　少年JUMP）＊ど根性ガエル（吉澤安美　同前）

10■ マヤの一生（椋鳩十）＊通往童話的招待（神宮輝夫）

10～■ ダメおやじ（古谷三敏　少年星期天）

11■ はらがへったらじゃんけんぽん（川北涼二）＊再見了，高速公路（砂田弘）＊新美南吉童話論(佐藤通雅)

12■ ちょうちん屋のままッ子（齋藤隆介）

★ 「越南兒童援助會」活動頻繁＊谷岡安次的漫畫「鼻血ブー」登場

1971（昭和46）年

1～■ 哆啦A夢（ドラえもん，藤子不二雄　小學一～四年級）

2■ トンカチと花将軍（舟崎克彦、靖子）＊小說的寫法（吉

田壽）

3■　千本松原（岸武雄）＊東京っ子物語（土家由岐雄）＊春駒のうた（宮川廣）＊平塚武二逝世

4■　赤い風船（岩本敏男）

4～■　假面騎士（仮面ライダー，石森章太郎　我們）

5■　小さなハチかい(岩崎京子)＊大鵬退休

5～■　男おいどん（松本零士　少年快報）

6■　たたかいの人（大石真）＊《少年畫報》停刊

7■　ぼくらははだしで（後藤龍二)＊黒い雨にうたれて(中澤啟治）

8■　《SNOOPY》(ツル・コミック社）創刊

9■　海辺のマーチ（中野道子）

9～■　戰爭兒童文學傑作選（日本兒童文學者協會編）全5冊

10■　母と子の川（菊地正）＊たいくつな王様（高木明子）＊日本童謠史（藤田圭雄）

10～■アラベスク（山岸涼子　緞帶）

11■　まぼろしの巨鯨シマ（北川健二）＊ねしょんべんものがたり（椋鳩十）

12■　小さい心の旅（關英雄）＊鉄の街のロビンソン（富盛菊枝）＊ひとすじの道（丸岡秀子）

★　文壇作家以《新潮少年文庫》(11月～)、《筑摩少年文學館》(12月～）等為舞臺，參與兒童文學創作＊地方文庫運動盛行＊漫畫風潮漸退

1972（昭和47）年

1■　むくげとモーゼル(仕方信)

2■　地べたっこさま（實藤明）＊淺間山莊事件＊冬季奧運會於札幌開幕

3～■　波之一族（ポーの一族,萩尾望都　別冊少女漫畫）

4■　明夫と良二（庄野潤三）

4～■　キャプテン（千葉秋夫　別冊少年JUMP）

5■　風と木の歌（安房直子）＊白いにぎりめし（鰹金屋）＊冒險家（齋藤惇夫）

5～■　凡爾賽玫瑰（ベルサイユのばら，池田理代子　瑪格麗特）

6■　黑暗山谷的小矮人(乾富子)＊現代的兒童文學(上野瞭)＊「救救越南兒童！我和越南之會」成立

7■　堀のある村（濱野卓也）

8■　蝸牛賽馬（安藤美紀夫）＊オイノコは夜明けにほえる（鈴木實）

9■　百様タイコ（橋本時雄）

10■　絵にかくとへんな家（佐藤牧子）＊うみのしろうま(山下明生）＊日本のわらべ唄（上筆一郎）＊兒童文學的誕生（續橋達雄）

10～■あした輝く（里中滿智子　少女フレンド）

11■　銀のほのおの国(神澤利子)＊沖繩少年漂流記(谷真介)＊月夜のはちどう山（秦隆史）

12■　赤い帆の舟（久保喬）＊ぼくらは機関車太陽号（古田足日）

★　石森章太郎「假面騎士」等變身怪物、怪獸題材盛行＊電視播放「假面騎士」(NET)、「ミラーマン」（富士TV)、「鹹蛋超人S」(TBS)等＊「芝蔴街」(NHK教育TV)大受歡迎＊乒乓碰體操（ピンポンパン体操）流行＊熊貓風潮

1973（昭和48）年

1■　越南聯合協定簽字

1～■愛と誠（梶原一騎、長安巧　少年快報）＊エースをねらえ!(山本鈴美香　瑪格麗特)

2■　初山滋逝世＊島田啟三逝世

3■　ぼくらは6年生（黑木正夫）＊風にのる海賊たち（後藤龍二）＊野ゆき山ゆき（与田準一）

4■　旋轉吧! 光車（天澤退二郎）＊巽聖歌逝世

4～■ つる姫じゃ～っ!(土田良子　瑪格麗特）＊新八犬傳（NHK–TV）＊ひらけ! ポンキッキ（富士TV）

5■　燃えながら飛んだよ!(飯田榮彥）＊《月刊繪本》(盛光社）創刊

5～■ 校本宮澤賢治全集（筑摩書房）全14冊

6■　《兒童館》(福音館書店）創刊

7■　《繪本的世界》(らくだ出版設計）創刊

7～■ 天才小釣手(釣りキチ三平，矢口高雄　少年快報)

8■　花咲か（岩崎京子）＊龍宮へいったトミばあやん（古世古和子）＊《COM》停刊＊美國卡通「史努比的大冒險」、「夏綠蒂的網」首映＊橫谷輝逝世

8～■ おねは鉄兵（千葉哲哉　少年快報)

9■　きつねみちは天のみち（亞曼君子）

9～■《講座　日本兒童文學》(豬熊葉子等編）全8冊、別冊2冊

10■　少爺（今江祥智）＊算法少女（遠藤寬子）＊じろはったん（森花）

11■　旅しばいのくるころ（佐佐木赫子）＊佐藤八郎逝世＊濱田廣介逝世

11～■怪醫黑傑克（ブラックヅャック，手塚治虫　少年冠軍)

1974（昭和49）年

1■　現代日本兒童文學（神宮輝夫）

1～■ 小天使（アルプスの少女ハイジ，富士TV）

2■　教員人材確保法成立

3■　ぽっぺん先生と帰らずの沼（舟崎克彥）

4～■ カリキュラマシーン（NTV）

5■　親子電視運動展開

6■　十三湖のばば(鈴木喜代春)＊兔之眼（灰谷健次郎）＊モモちゃんとアカネちゃん（松谷美代子）＊《花和夢》（花とゆめ，集英社）創刊

7■　雨の動物園（舟崎克彥）

8■　《横谷輝兒童文學論集》全3冊＊岩崎地廣逝世

9■　はんぶんちょうだい（山下明生）

10■　巣立つ日まで（菅生浩）＊長島茂雄退休

10～■がきデカ（山上達彥　少年冠軍）

11■　ジンタの音（小山正吾）＊JBBY　(日本兒童圖書評議會）創立＊寶塚歌劇團演出「凡爾賽玫瑰」

12■　生之意義（高史明）＊兒童文學裡的主角（神宮輝夫）

★　玄幻、異想風格的卡通替代怪獸系列登場＊「北海小英雄」(小さなバイキング・ビッケ，富士TV)、「星の子チョッピン」(TBS)等＊玄奇、超能力風潮

1975（昭和50）年

1■　閣樓裡的遠行（那須正幹）＊動物のうた（窗・道雄）＊《公主》(プリンセス，秋田書店）創刊

1～■　サーキットの狼（池澤聰　少年JUMP）＊フランダースの犬（富士TV）

3■　植物のうた（窗・道雄）＊変奏曲（竹宮惠子）

4■　ちゃぷちゃっぷんの話（上崎美惠子)＊遊びの四季(水夫聰)＊戰後漫畫史手冊(石子順造)

4～■　小甜甜（キャンディ・キャンディ，水木杏子、五十嵐由美子　好友）

5■　長冬的故事（鶴見正夫）＊好多個爸爸（三田村信行）＊世界兒童文學手札（安藤美紀夫）1＊はだしのゲン（中澤啟治）1

6■　對面巷子的五穀神（長崎源

之助）＊アンデルセンの生涯（山室靜）

7■ 雪と雲の歌（市川信夫）＊算数病院事件（後藤龍二）＊ウネのてんぐ笑い（松田司郎）＊鵝媽媽之歌（谷川俊太郎譯）1→鵝媽媽旋風

8■ 柴田道子逝世

9■ 帰らぬオオワシ（遠藤公男）＊日本兒童文學史年表（鳥越信編）1＊《週刊少年ACTION》（雙葉社）創刊

9～■ 750ライダー（石井勇　少年冠軍）

10■ 霧のむこうのふしぎな町（柏葉幸子）＊少年俱樂部文庫（講談社）發刊（第1期）

10～■ 一休和尚（一休さん，NET）

12■ まほうのベンチ（上崎美惠子）＊虹のたつ峰をこえて（新開百合子）＊きみはサヨナラ族か（森忠明）＊マキコは泣いた（吉田比砂子）

★ 「秘密戦隊ゴレンジャー」（NET）廣受歡迎＊「およげ！たいやきくん」歌曲造成流行＊腦筋急轉彎之類的猜謎風潮

1976（昭和51）年

1■ お菓子放浪記（西村滋）

2■ トビウオはホにとまったか（菊池俊）＊闇と光の中（日野多香子）＊死の国からのバトン（松谷美代子）、小さなぼくの家（野長瀨正夫）＊洛克希德事件

3～■ 風と木の詩（竹宮惠子　少女漫畫）

4■ ソウルの春にさよならを（韓丘庸）

4～■ まことちゃん（楳圖和夫　少年星期天）《小學館文庫》發行，為漫畫文庫本的先驅

5■ 少年動物誌（河合雅雄）＊TN君の伝記（名田稲田）

6■ はせがわくんきらいや（長谷川集平　月刊繪本別冊）＊がんばれ元気（小山優　少年星期天）

8■　白赤だすき小○の旗風（後藤龍二）＊日本兒童戲劇史（富田博之）

9■　チッチゼミ鳴く木の下で（皿海達哉）＊樹によりかかれば（和田茂）＊《月刊漫畫少年》(朝日ソノラマ)、《LaLa》（集英社）創刊

10■　兄貴（今江祥智）＊日本宝島（上野瞭）＊とおるがとおる（谷川俊太郎）＊わたし（谷川俊太郎著／長新太繪）＊王貞治擊出第715支全壘打

11■　流れのほとり（神澤利子）＊竜のいる島（孝世一）＊《リリカ》(三麗鷗[サンリオ]出版）創刊

12■　夏時間（奥田繼夫）＊石切山的人們（竹崎有斐）

★　兒童文學文庫本化（角川文庫、講談社文庫、偕成社文庫等）＊「漫畫日本民間故事」(TBS)、「欽ちゃんのドンとやってみよう!」（富士TV）受歡迎＊「電線音頭」的歌及舞蹈流行

1977（昭和52）年

1■　朝はだんだん見えてくる（岩瀬成子）＊地球へ!（竹宮惠子　漫畫少年）

1～■　銀河鐵道999(松本零士　少年王）

2■　雪ぼっこ物語(生源寺美子)

3■　星に帰った少女(末吉曉子)＊擊チテシ止マム(山中恒)

4～■　日本兒童史(久木幸男等編)全7冊

5■　馬でかければ（水上和世）＊マカロニほうれん荘（鴨川燕　少年冠軍）

6■　裂縫社區4號館（川北亮司）＊お父さんのラッパばなし（瀬田貞二）

7■　優しさごっこ（今江祥智）＊二反長半逝世＊大木惇夫逝世＊石子順造逝世

8■　解題戰後日本童謠年表（藤田圭雄）＊電影「宇宙戰艦

大和號」(宇宙戦艦ヤマト)首映＊白木茂逝世

9■ 古都に燃ゆ(乾谷敦子)

10■ 街上的小紅帽們(大石真)＊白いとんねる(杉幹子)＊古老傳說的深層解析(河合隼雄)＊すすめ!! パイレーツ (江口壽史 少年JUMP)＊《ちゃお》(小學館)創刊

11■ 東海道鶴見村(岩崎京子)＊山へいく牛(川村隆史)＊お蘭と竜太(仕方信)＊日本兒童文學大全(大藤幹夫等編 ほるぷ出版)全30冊

12■ 北へ行く旅人たち 新十津川物語(川村隆史)＊天の赤馬(齋藤隆介)＊玻璃兔(高木敏子)＊トンネル山の子どもたち(長崎源之助)＊今井誉次郎逝世

★ 極頂名跑車(super car)風潮

1978(昭和53)年

1■ ひとりぼっちの動物園(灰谷健次郎)

2■ 草の根こぞう仙吉(赤木由子)＊前進! 活寶三人組(那須正幹)＊野ばらのうた(山里琉璃)＊少年小說系譜(二上洋一)

3■ 北風をみた子(亞曼君子)＊おかあさんだいっきらい(安藤美紀夫)＊風の鳴る家(岸武雄)＊潮風の学校(後藤龍二)＊坂をのぼれば(皿海達哉)＊夜のかげぼうし(宮川廣)

3～■ 翔んだカップル(柳澤君夫 少年快報)

4■ スッパの小平太(岩本敏男)＊合言葉は手ぶくろの片っぽ(乙骨淑子)＊青葉学園物語 右向け、左!(吉本直志郎)＊《ひとみ》(秋田書店)創刊

5■ 少年のブルース(那須正幹)＊果てなき旅(日向康)上＊綿の国星(大島弓子 La

L a）
6■ 茂作じいさん（小林純一）
8■ おかしな金曜日（國松俊英）＊電影「再見宇宙戰艦大和號・愛的戰士們」（さらば宇宙戦艦ヤマト・愛の戦士たち）首映
9■ 太陽の子（灰谷健次郎）＊アフリカのシュバイツァー（寺村輝夫）＊《ぶ～け》（集英社）創刊
11■ 光の消えた日（乾富子）＊原野にとぶ橇（加藤多一）＊いないいないばあや（神澤利子）
11～■1・2の三四郎（小林誠　少年快報）＊コブラ（寺澤武一　少年JUMP）
12■ 青葉学園物語　さよならは半分だけ（吉本直志郎）＊オンリー・コネクト（イーゴフ等人合編、豬熊葉子等譯）1＊兒童文學戰後史（日本兒童文學者協會編）＊奈街三郎逝世

★ 「小甜甜」旋風＊粉紅女郎（Pink Lady）廣受歡迎

1979（昭和54）年

1■ 春よこい（濱光夫）＊はるにれ（姉崎一馬）＊國公立大學首次聯合招考
2■ ジャンボコッコの伝記（實藤明）＊白秋的童謠（佐藤通雅）
3■ 花ぶさとうげ（岸武雄）＊ばけもの千両（菊地正）＊福星小子（うる星やつら，高橋留美子　少年星期天）＊《漫畫君》（マンガくん），更名為《少年BIG COMIC》
5■ なきむし魔女先生（淺川俊）＊雪はちくたく（長崎源之助）＊蕗谷虹兒逝世
6■ いななく高原（庄野英二）上・下
7■ ゆうれいがいなかったころ（岩本敏男）
8■ ニムオロ原野の片隅から（高田勝）＊瀬田貞二逝世

10■ おかあさんの生まれた家（前川康男）＊超人ロック（聖悠紀　少年王）

11■ 鶴見十二景（岩崎京子）＊故鄉（後藤龍二）＊菅忠道逝世＊恩田逸夫逝世

12■ ひろしの歌がきこえる（伊澤由美子）＊我的安妮・富蘭克（松谷美代子）

★ 國際兒童年＊「哆啦A夢」大受歡迎＊人侵者遊戲（Invader Game）風行＊「裂嘴女妖」（口裂け女），在小孩間形成話題

1980（昭和55）年

1■ 青い目の星座（和田登）＊我們往大海去（那須正幹）＊發現兒童（柄谷行人　群像）

2■ 歌よ川をわたれ（沖井千代子）＊高空一〇〇〇〇メートルのかなたで（香川茂）＊華華與明美（渡光子）、怪博士與機器娃娃（Dr. スランプ，鳥山明　少年JUMP）

3■ 光と風と雲と樹と（今西祐行）＊トラジイちゃんの冒険（阪田寬夫）

4■ さくらんぼクラブにクロがきた（古田足日）

4～■ 日出処の天子（山岸涼子　LaLa）

6■ 七つばなし百万石（鰹金屋）＊忘れられた島へ（長崎源之助）＊おれたちのはばたきを聞け（崛直子）＊校定新美南吉全集（与田準一等編　大日本圖書）全12冊

7■ 放課後の時間割（岡田淳）＊好似花瓣雨（竹崎有斐）

8■ 乙骨淑子逝世

9■ 晴天有時下豬（矢玉四郎）

11■ 鋁棒殺人事件

12■ 昼と夜のあいだ（川村隆史）＊「兒童」的誕生（阿里耶斯、杉山光信等譯）

★ 相聲大為流行＊國語教科書内的兒童文學作品被評為有「偏頗」之嫌＊「たのきん

トリオ」廣受歡迎＊電視播出「光鮮亮眼的一年級新生」（ピカピカの一年生）CM

1981（昭和56）年

1■ 安全帯（菊池鮮）＊金字塔的帽子，再見！（乙骨淑子）＊日本的兒童畫（第一法規）全13冊

3■ 千葉省三童話全集（岩崎書店）全6冊＊現代日本兒童文學的觀點（古田足日）

3～11■善財童子ものがたり（菅龍一）全3冊

4～■ キャプテン翼（高橋陽一少年JUMP）

5■ 海とオーボエ（吉田定一かど創房）＊《亞空間》（兒童文學創作集團）創刊

7■ ズボン船長さんの話（角野榮子）

8～■ 鄰家女孩（タッチ，安達充少年星期天）

9■ 遠い野ばらの村（安房直子）＊東京どまん中セピア色（日比茂樹）＊星期天之歌（長谷川集平）＊《季刊兒童文學批評》（兒童文學批評會）創刊

10■ 國語教科書的批判及兒童文學（日本兒童文學協會編）＊屋根うらべやにきた魚（山下明生）

12■ かれ草色の風をありがとう（伊澤由美子）＊おばあちゃん（谷川俊太郎著／三輪滋繪）＊《飛行教室》（光村圖書）創刊＊兒童問題（中村雄二郎　世界）

★ 黑柳徹子《窗口邊的小荳荳》（窓ぎわのトットちゃん）突破100萬冊銷售量＊「裝可愛」（ぶりっ子）成為流行語＊中學生的校園暴力事件急速增加

1982（昭和57）年

1■ てつがくのライオン（工藤直子）＊北の天使南の天使（吉本直志郎）＊どろぼう

天使（仕方信）＊まなざし（横澤彰）＊齋藤隆介全集（岩崎書店）全12冊＊宮尾茂雄逝世

2■ 民間故事和日本人的精神（河合隼雄）

3■ ひげよ、さらば（上野瞭）

4■ おふろだいすき（松岡享子著／林明子繪）

5■ ハッピーバースデー（佐藤牧子）＊炎のように鳥のように（皆川博子）

6■ 不同文化下的兒童（本田和子）＊椋鳩十的書（理論社）全36冊＊兒童文學年報1982（今江祥智等編）

8■ ちいちゃんのかげおくり（亞曼君子著／上野紀子繪）＊《少年王》（少年畫報社）創刊＊宮澤賢治紀念館開幕

9～■ シニカル・ヒステリー・アワー（玖保桐子　LaLa）

10■ ごめんねムン（尾碁誠　小峰書店）

11■ 甘八與河獺的冒險（齋藤惇夫）

12■ 十二歳の合い言葉（薰久美子）＊少年們（後藤龍二）＊はるかな鐘の音（崛内純子）

★ 電視版的「機器娃娃」造成旋風＊「機動戰士鋼彈」（ガンダム）塑膠模型風靡＊「我們是滑稽一族」（オレたちひょうきん族，富士TV）受歡迎＊電影「E・T」放映後造成ET風潮

1983（昭和58）年

1■ まつげの海のひこうせん（山下明生著／杉浦範茂繪）

1～■ 湘南爆走族（吉田聰　少年王）

2■ 家族（吉田壽）＊父母の原野（更科源藏）＊私のよこはま物語（長崎源之助）＊どきん（谷川俊太郎）＊武井武雄逝世＊橫濱發生少年連續殺害流浪漢事件

4■ びんの中の子どもたち（大

海赫）＊きのうのわたしがかけていく（泉幸子）＊兒童書和讀書事典（日本兒童書研究會編）＊兒童文學的第一步（三宅典子等）＊東京迪斯奈樂園開幕

7■ かむさはむにだ（村中李衣）＊堤防のプラネタリウム（皿海達哉）＊14ひきのあさごはん（岩村和朗）

8■ にげだした兵隊（竹崎有斐）＊つむじ風のマリア（崛直子）＊とうさん、ぼく戦争をみたんだ（安藤美紀夫）＊友情のスカラベ（佐藤真紀子）＊ゆかりのたんじょうび（渡邊茂男）

9■ ぱたぱた（三木卓）

10■ じゃんけんポンじゃきめられない（伊東信）＊初恋クレイジーパズル（加藤純子）＊だーれもいないだーれもいない（片山健）

11■ すきなあの子にバカラッチ（吉本直志郎）＊へんしん！スグナクマン（川北亮司）

12■ 同級生たち（佐佐木赫子）＊白いパン（日比茂樹）＊好きだった風　風だったきみ（水島志穗）

12～■ 菅忠道著作集（菅忠道　あゆみ出版）全4冊

★ 任天堂電視遊樂器發售＊「阿信」（おしん，NHK–TV）造成旋風＊戶塚遊艇學校校長戶塚因傷害致死罪遭逮捕＊思春期厭食症蔓延＊校園暴力問題嚴重

1984（昭和59）年

2■ とべないカラスととばないカラス（舟崎靖子）＊おときときつねと栗の花（松谷美代子）＊金子美鈴全集（JULA）全3冊＊少女雜誌的性描寫於國會引起爭議

3■ 額の中の街（岩瀨成子）＊やい トカゲ（舟崎靖子著／渡邊洋二繪）

5■ 大阪府立國際兒童文學館開

館

5～■《藤子不二雄樂園》(中央公論社) 全301冊

6■ ともだちは海のにおい(工藤直子) ＊大きくてもちっちゃいかばのこカバオ(森山京) ＊竹山道雄逝世

7■ 小さいベッド (村中李衣) ＊《季節風》(全國兒童文學同人誌聯絡會) 創刊

9■ 現代兒童讀物(清水真砂子)

11■ 第六年的班會(那須正幹)

12■ 太陽の牙(濱高屋) ＊銀のうさぎ(最上一平)

12～■白秋全集(岩波書店) 全40冊 ＊七龍珠 (DRAGON BALL, 鳥山明 少年JUMP)

★ 劇場卡通「風之谷」(宮崎駿)受到極大迴響

1985(昭和60)年

1■ 魔女宅急便(角野榮子) ＊《月刊少年CAPTAIN》(德間書店) 創刊 ＊豬野省三逝世

2■ 國分一太郎逝世

4■ 東京石器人戰争(實藤明)

5■ 海のコウモリ(山下明生)

5～■ BANANA FISH (吉田秋生 別冊少女漫畫)

6■ 電話がなっている(川島誠)

7■ 日の出マーケットのマーチ(木暮正夫)

8～■ 花のあすか組(高口里純 ASUKA) ＊《ASUKA》(角川書店) 創刊

9■ 昔、そこに森があった(飯田榮彥) ＊風の音をきかせてよ(泉啟子) ＊さらば、おやじどの(上野瞭)

9～■ 少年は荒野をめざす(吉野朔美 ぶ～け)

10～■少年少女日本文學館(講談社) 全24冊＊日本兒童文學展(神奈川近代文學館)

11■ 定本 野口雨情(未來社) 全8冊＊繪本論(瀨田貞二) ＊東京兒童城開幕

12■ 草原ーぼくと子っこ牛の大

地（加藤多一）＊のんびり轉校生事件（後藤龍二）＊ママの黄色い子象（末吉曉子）＊少年時代的畫集（森忠明）＊乙骨淑子的書（理論社）全8冊

★ 改編自漫畫的卡通「筋肉超人」（キン肉マン）受歡迎＊警察廳發表「校園暴力白皮書」＊文部省通知各校必須懸掛太陽旗及唱國歌

1986（昭和61）年

2～■ 國境（仕方信）三部曲

3■ たたけ勘太郎（吉橋通夫）＊A DAY（長崎夏海）＊火の王誕生（濱高屋）

3～■ 少年小說大全（三一書房）全12冊

4■ 元気のさかだち（三木卓）＊白鳥のふたごものがたり（乾富子）1＊三日月村の黒猫（安房直子）＊車諾比核能廠爆炸事件＊偶像歌手跳樓自殺，各地歌迷紛紛仿傚

5■ ふたつの家のちえ子（今村葦子）

5～■ おぼっちゃまくん（小林善紀 コロコロCOMIC）

6■ 街かどの夏休み（木暮正夫）＊我利馬的出航（灰谷健次郎）＊ねこのポチ（岩本敏男）

8～■ 櫻桃小丸子（ちびまる子ちゃん，櫻桃子 緞帶）＊兒童書世界大會（IBBY）於東京兒童城舉辦

11■ 《兒童月刊》（月刊子ども，クレヨンハウス）創刊

12■ 学校ウサキをつかまえろ（岡田淳）＊ぼくのお姉さん（丘修三）＊はだかの山脈（木暮正夫）＊お江戸の百太郎（那須正幹）＊《音樂廣場》（クレヨンハウス）創刊

★ 《週刊少年 JUMP》年底最後一期突破450萬冊銷售量＊「少年隊」大受歡迎

1987（昭和62）年

1～■ ぼくの地球を守って（日渡早紀　花和夢）

3■ 遠い水の伝說（濱高屋）＊ルビー色の旅（崛内純子）

5■ ルドルフとイッパイアッテナ（齋藤洋）

6■ ぐみ色の涙（最上一平）＊とまりホをください（松谷美代子）＊「家なき子」の旅（佐藤宗子）

7■ 扉の向こうの物語(岡田淳)

8■ はじまりはイカめし!(山末安世)

8～■ 亂馬1/2(らんま1/2，高橋留美子　少年星期天）＊石森延男逝世＊臨時教育審議會最後一次回答諮詢

9■ 海裡的目高魚（皿海達哉）

10■ さんまマーチ（上條早苗）＊へび山のあい子（古田足日著／田畑精一繪）＊重新正視孩童（古田足日）

11■ おばあちゃん(大森真貴乃)

12■ のんカン行進曲(寺村輝夫)＊雨のにおい星の声（赤座憲久）＊椋鳩十逝世

1988（昭和63）年

1～■ 動物のお医者さん（佐佐木倫子　花和夢）

2■ のぞみとぞぞみちゃん（時亞里江）

4■ 兒童文學事典（日本兒童文學學會編）

6■ 14歳——Fight（後藤龍二）＊京のかざぐるま（吉橋通夫）＊海野十三全集（三一書房）全13冊

7■ 閣樓裡的秘密(松谷美代子)＊月夜に消える（佐佐木赫子）＊とべ　バッタ（田島征三）

8■ 空色勾玉（荻原規子）

9■ タンポポコーヒーは太陽のにおい（高科正信）

10■ ゆうたはともだち（北山陽子）

10～■現代兒童文學作家對談（神宮輝夫）

11■ びりっかすの神さま（岡田

淳）＊ミッドナイト・ステーション（八東澄子）

12■ 犬散歩めんきょしょう（吉田足日）＊十四歲の妖精たち（小川千歲）＊風にふかれて（丘修三）＊消費稅法案通過

★ 《ちびくろさんほ》因助長歧視黑人爭議影響，陸續絕版＊劇場卡通「龍貓」（となりのトトロ，宮崎駿）大受好評＊電視遊樂器「勇者鬥惡龍3」（ドラゴンクエスト３）暢銷＊「光源氏」當紅＊「早晨洗頭」（朝シャン）成為流行語

1989（平成元）年

1■ ぼくらの地図旅行（那須正幹著／西村繁男繪）＊昭和天皇逝世

3■ ざわめきやまない（高田桂子）

5■ 開拓日本兒童史（上笙一郎）

8■ 寒冷的夜裡（江國香織）

10■ おねいちゃん（村中李衣）

11■ 海邊之家的秘密（大塚篤子）

12■ 桂子は風のなかで（宮川廣）＊お父さんのバックドロップ（中島羅磨）

12～■電影少女 （桂正和　少年JUMP）

1990（平成2）年

2■ DOWN TOWN通信　友だち貸します（石原照子）

3■ 眠れない子（大石真）＊メロディー・ストーリーズ（廣越孝）＊安藤美紀夫逝世

6■ クヌギ林のザワザワ荘（富安陽子）＊活寶三人組研究（石井直人等編）

7■ ふるさとは、夏（芝田勝茂）＊女高中生被校門壓死事件

8■ お引越し（田中雛）

9■ こうばしい日々（江國香織）＊大石真逝世

12■ サツキの町のサツキ作り（岩崎京子）＊兒童文學的

現況為何?（藤田昇）

★ 電視卡通「櫻桃小丸子」(富士TV) 廣受歡迎

1991（平成3）年

1■ 夏の子どもたち（川島誠）＊《週刊少年JUMP》發行突破602萬本

2■ 綿菓子（江國香織）

3■ 初潮という切札（横川壽美子）

5■ 猴子的一天（伊東寛）

7■ 九月的口述（後藤龍二）＊学校へ行く道はまよい道（古田足日）

8■ 遠くへいく川（加藤多一）＊ごきげんなすてご（伊東寛）

9■《JUMP NOBEL》(集英社) 創刊

10■ 風の城（三田村信行）

11■ カモメの家（山下明生）＊ファンタジーの秘密（脇明子）

★ 繪本《ウオーリーをさがせ》大受歡迎＊莉香娃娃（リカちゃん人形）誕生25周年

1992（平成4）年

2■ カレンダー（田中雛）＊兒童書的視線（清水真砂子）

4■ アカネちゃんのなみだの海（松谷美代子）＊學校開始每月一次上課五天

5■ 夏の庭（湯本香樹實）

7■ ぼくの・稲荷山戦記（立宮章）

9■ さぎ師たちの空(那須正幹)＊亀八（舟崎靖子）＊窗・道雄詩集全（伊藤英治編）

11■ たまごやきとウインナーと（村中李衣）

12■ 滑川道夫逝世

★ 電視卡通「蠟筆小新」(クレヨンしんちゃん，朝日TV) 廣受歡迎

1993（平成5）年

2■ 安房直子逝世

3■ 花豆の煮えるまで（安房直

子）＊とんでろじいちゃん（山中恒）＊與童書結緣會成立

5■ 半分のふるさと（薩奎伊）

9■ 竹崎有斐逝世

10■ これは王国のかぎ（荻原規子）＊日本兒童文學大事典（大阪兒童文學館編）全3冊

12■ クラスメイト（時亞里江）

★ 婦女生育率下降＊電視卡通「美少女戰士」（美少女戦士セーラームーン，朝日TV）廣受喜愛＊蘇聯共產世界瓦解＊柏林圍牆倒塌

10■ 地獄堂霊界通信　ワルガキ、幽霊にびびる!（香月日輪）＊暴風雨的夜晚（木村裕一著／阿部弘士繪）

11■ 宇宙のみなしご（森繪都）

12■ 富田博之逝世

★ 窗・道雄得到國際安徒生大獎＊常光徹《學校怪談》（講談社KK文庫）＊日本民話之會《學校怪談》（ポプラ社）點燃學校怪談故事風潮＊《金田一少年事件簿》（金成陽三郎原著、佐藤文也漫畫）廣受歡迎

1994（平成6）年

4■ ゆびぬき小路の秘密（小風道）＊西の魔女が死んだ（梨木香步）

5■ ボクサー志願（皿海達哉）＊兒童權利條約生效

7■ ちかちゃんのはじめてだらけ（薫久美子）＊宮口靜枝逝世

8■ 夏の鼓動（長崎夏海）

1995（平成7）年

1■ 阪神・淡路大地震

3■ 絵で読む広島の原爆（那須正幹著／西村繁男繪）＊地下鐵沙林事件

7■ グフグフグフフ（上野瞭）

11■ 銀色の日々（次郎丸忍）

12■ ギンヤンマ飛ぶ空（北村健二）＊マサヒロ（田中文子）

★ 《枇杷果學校》、《飛行教室》、

《兒童世界》、《兒童與讀書》
等停刊、廢刊

註：以上作品主要是以中文版譯名為依據，其餘以原文表示，但評論性作品及在正文已出現過的作品不在此限。

日本學叢書

書名	作者	出版狀況
日本學入門	譚汝謙 著	撰稿中
日本的社會	林明德 著	已出版
日本近代文學概說	劉崇稜 著	已出版
日本近代藝術史	施慧美 著	已出版
衍生性金融商品入門 ——以日本市場為例	三宅輝幸 著 林炳奇 譯 李麗 審閱	已出版
日本金融大改革	相沢幸悅 著 林韓菁 譯 李麗 審閱	已出版
日本現代兒童文學	宮川健郎 著 黃家琦 譯	已出版

國家圖書館出版品預行編目資料

日本現代兒童文學／宮川健郎著.黃家琦譯－－初版
一刷.－－臺北市；三民，民90
面；　公分－－(日本學叢書)

ISBN 957-14-3454-X　(平裝)

861

網路書店位址　http://www.sanmin.com.tw

著作人　宮川健郎
譯　者　黃家琦
發行人　劉振強
著作財產權人　三民書局股份有限公司
臺北市復興北路三八六號
發行所　三民書局股份有限公司
地址／臺北市復興北路三八六號
電話／二五〇〇六六〇〇
郵撥／〇〇〇九九九八──五號
印刷所　三民書局股份有限公司
門市部　復北店／臺北市復興北路三八六號
重南店／臺北市重慶南路一段六十一號
初版一刷　中華民國九十年四月
編　號　S 86020
基本定價　肆元陸角
行政院新聞局登記證局版臺業字第〇二〇〇號

ISBN　957-14-3454-X　(平裝)